Шах Надир и мудрец Али Керим

Павел Засодимский

Шах Надир и мудрец Али Керим

ISNB: 978-1-64439-577-6

СОДЕРЖАНИЕ

СОДЕРЖАНИЕ

ШАХЪ НАДИРЪ И МУДРЕЦЪ АЛИ КЕРИМЪ

Нѣкогда, въ старые годы, царствовалъ въ Персіи великій, славный шахъ Надиръ Счастливый. Народъ прозвалъ его Счастливымъ за то, что въ жизни ему все удавалось, что бы онъ ни задумалъ.

Въ то время онъ былъ самымъ могущественнымъ изъ восточныхъ государей: онъ побѣдилъ тьму народовъ, обладалъ сокровищами несмѣтными и, казалось, не было на свѣтѣ женщинъ прелестнѣе его женъ,— онѣ на всемъ Востокѣ славились своею красотой.

Шахъ Надиръ былъ еще не старъ, здоровъ, силенъ. Темные волосы на головѣ его вились кудрями, и еще ни одна сѣдая нить не серебрила ихъ. Его темные, блестящіе глаза смотрѣли такъ горделиво, какъ будто весь міръ лежалъ у его ногъ. Смуглое лицо его, по истинѣ, было прекрасно — въ тѣ минуты, когда оно не искажалось гнѣвомъ и когда порывы необузданной ярости не помрачали блескъ его чудныхъ глазъ.

Во все его царствованіе счастье ни разу не измѣнило ему. Онъ не проигралъ ни одной битвы, никогда не былъ раненъ и ни одинъ военачальникъ не пытался предать его врагамъ. Судьба баловала его безъ конца. Царедворцы также безъ конца, безудержу, льстили ему. Шахъ былъ уменъ, но постоянныя удачи во всемъ и льстивыя рѣчи приближенныхъ вскружили ему голову. И ни вѣсть что возмнилъ о себѣ шахъ Надиръ.

Однажды шахъ повелѣлъ всѣмъ своимъ министрамъ, высшимъ сановникамъ и придворнымъ собраться въ большую тронную залу.

По обычаю той страны, ближе всѣхъ къ трону, по бокамъ его, расположились знаменитые военачальники. У входа въ залу грозно и неподвижно, какъ статуи, стояли воины съ оружіемъ въ рукахъ. За ними въ отдаленіи виднѣлась толпа рабовъ.

И, сидя на тронѣ во всемъ великолѣпіи и блескѣ своего земного величія,— облеченный въ пурпуръ, затканный золотомъ и усыпанный драгоцѣнными каменьями,— отуманенный сознаніемъ своего могущества, шахъ сказалъ собравшимся вельможамъ:

— Все — въ моей власти! И воля моя — законъ! Я всемогущъ, я непобѣдимъ. Все" что я желаю, исполняется въ мгновеніе ока. У меня уже почти нѣтъ желаній... Все, чего я:

жаждалъ, о чемъ мечталъ, уже у меня въ рукахъ. Я — выше всѣхъ сыновъ земли... И теперь, могучій, въ сознаніи своей несокрушимой силы, въ довольствѣ и блаженствѣ, я ночію, какъ Богъ! И развѣ я не подобенъ Богу? Развѣ я не достоинъ божескихъ почестей?

Задавъ неожиданно такой вопросъ, шахъ умолкъ и изъ-подъ темныхъ бровей пытливо посмотрѣлъ на присутствующихъ. Тѣ смиренно склонились передъ шахомъ.

— О, великій, славный, свѣтозарный шахъ! съ покорнымъ видомъ заговорилъ отъ лица всѣхъ предстоявшихъ старѣйшій изъ сановниковъ.— Ты — украшеніе вселенной! Ты — свѣтъ міра! Ты — единственный, ты всему — начало и конецъ. Ты подобенъ Богу и уже давно, достоинъ божескихъ почестей!

— Да, да! послышалось изъ среды вельможъ и царедворцевъ.— Да живетъ вѣчно нашъ богоподобный, свѣтозарный шахъ!

Но лишь только замолкъ въ залѣ гулъ голосовъ, изъ блестящей толпы придворныхъ и вельможъ выступилъ скромно, даже бѣдно одѣтый, старикъ почтеннаго вида, высокій, сѣдой, худощавый, съ очень умнымъ лицомъ и съ живыми, смѣлыми и не по старчески проницательными глазами. Это былъ мудрецъ, придворный врачъ, Али Керимъ.

— Великій шахъ! торжественно заговорилъ онъ, поднявъ руку.— Ты сказалъ: "я — всемогущъ, все въ моей власти..." Такъ запрети солнцу завтра взойти надъ землей! Останови порывы бури! Заставь стихнуть вѣтеръ, вырывающій деревья съ корнемъ и бросающій въ море корабли, какъ щепки! Скажи этому буйному вѣтру: "не дохни!" Продли хоть на одно мгновенье жизнь умирающему, когда огонь жизни гаснетъ въ немъ подъ дуновеніемъ высшихъ силъ, правящихъ міромъ! Ты говоришь: "все, что я желаю, исполняю..." Полети, вонъ, за той птицей по поднебесью!.. (И старикъ указалъ рукой въ окно, откуда была видна въ ту минуту пролетавшая птичка). Пожелай, чтобы мать не проронила слезы надъ своимъ нѣжно любимымъ умершимъ дитятей, чтобы душа ея не изнывала въ тоскѣ смертной!.. Ты не можешь сдѣлать, повидимому, самаго простого... ты не въ состояніи укрощать себя, обуздывать бѣшенные порывы своихъ страстей! Ты, рѣшительно, Не въ силахъ заставить ни одного изъ своихъ приближенныхъ говорить тебѣ правду, всю правду и только одну правду!.. Ты сказалъ, что ты — непобѣдимъ... Смерти побѣдить ты не можешь! Ты умрешь такъ же, какъ всѣ мы, и тебя такъ же, какъ и насъ, зароютъ въ землю!.. Нѣтъ, шахъ! съ легкимъ вздохомъ закончилъ старикъ, покачавъ головой.— Ты — не подобенъ Богу и божескихъ почестей ты не достоинъ!

Шахъ даже вздрогнулъ отъ неожиданности и откинулся на спинку трона... Блѣдностью, какъ сѣроватой тѣнью, мгновенно перекрылось его смуглое лицо, а пальцы такъ и впились въ золотыя ручки трона...

"Что сказалъ этотъ несчастный!.."" Старикъ дерзнулъ ему противоречить? Ему, шаху, онъ осмѣлился сказать: "нѣтъ!.." "Выжившій изъ ума мудрецъ!..".

Нѣсколько мгновеній шахъ Надиръ сидѣлъ молча, неподвижно, крѣпко стиснувъ губы, и съ зловѣщимъ видомъ смотрѣлъ въ упоръ на старика. А тотъ также не сводилъ съ него глазъ и, выпрямившись во весь ростъ, спокойно, смѣло и свободно стоялъ передъ шахомъ... "Что жъ это такое!" подумалъ шахъ. Этотъ жалкій старикъ смѣется надъ нимъ, что ли? Въ присутствіи всего собранія — въ присутствіи воиновъ и рабовъ — Али Керимъ такъ дерзко говорилъ съ нимъ, надругался надъ его всемогуществомъ — и не падаетъ передъ нимъ ницъ на колѣни, а стоитъ совершенно спокойно и смотритъ на него, какъ равный на равнаго. Али Керимъ оскорбилъ его величество Надира Счастливаго... Еще никто никогда не наносилъ шаху такой кровной обиды, да шахъ никогда и не представлялъ возможности кѣмъ бы то ни было на свѣтѣ быть оскорбленнымъ, да къ тому же еще своимъ подданнымъ — и притомъ публично. Ярость забушевала въ немъ... Блѣдность, мгновенно появившаяся, такъ же мгновенно и исчезла,— лицо его побагровѣло отъ сдерживаемаго гнѣва, и глаза, еще за минуту такіе прекрасные, такіе спокойные, налились кровью и горѣли, какъ два раскаленные; угля.

— Прочь съ глазъ моихъ! Взять его! указывая рукой на старика съ бѣшенствомъ вскричалъ шахъ, и голосъ его громовыми раскатами пронесся подъ сводами залы, заставивъ задрожать отъ ужаса всѣхъ присутствовавшихъ, кромѣ Али Керима.— Въ подземелье его! А черезъ три дня казнить, отрубить ему голову и выставить ее надъ воротами главной городской башни... Пусть хищныя птицы вырвутъ его безстыдные глаза, пусть расклюютъ въ клочья его дерзкій, проклятый языкъ! И пусть...

Но шахъ задохнулся отъ бѣшенства и не могъ болѣе вымолвить ни слова. Онъ только, молча, махнулъ рукой стражѣ.

Воины съ обнаженными мечами бросились на старика, схватили его и, бряцая оружіемъ, повлекли его изъ залы. Они

3

стащили его въ подземелье и заперли тамъ. Въ подземельѣ было душно, сыро; ни одинъ лучъ свѣта не проникалъ туда и отвратительныя гадины ползали во мракѣ по земляному полу.

Послѣ того, какъ воины увели Али Керима, шахъ съ минуту, молча, сидѣлъ " на тронѣ и помутившимися очами, какъ безумный, смотрѣлъ на своихъ вельможъ.

— Всѣ — вонъ!.. только и могъ онъ крикнуть хриплымъ голосомъ.

И всѣ сановники и царедворцы съ низкими, почтительными поклонами немедленно удалились изъ залы.

* * *

Въ ту же ночь,— отъ сильнаго волненія или отъ чего нибудь другого — неизвѣстно,— шахъ опасно заболѣлъ.

Лежитъ онъ въ своей опочивальнѣ, на роскошномъ ложѣ,— въ жару, въ бреДУТо видитъ онъ себя въ пылу сраженья... Въ вихрѣ пыли мчится онъ въ раззолоченной колесницѣ, на своихъ бѣлыхъ арабI скихъ коняхъ, и жестокая битва кипитъ I кругомъ него... слышатся крики сражающихся, стукъ оружія, лошадиный топотъ и ржанье... То, грезится ему поле послѣ битвы, озаренное блѣднымъ сіяніемъ мѣсяца. Теперь это поле безмолвно, залито кровью и усѣяно грудами мертвыхъ тѣлъ.

— Обильна жатва смерти! бормочетъ онъ въ бреду и содрогается невольно при видѣ мертвецовъ, при видѣ ихъ остеклѣвшихъ глазъ, блестѣвшихъ при лунномъ свѣтѣ и, казалось, отовсюду упорно, грозно смотрѣвшихъ на него.

И всѣ эти люди, погибшіе изъ-за него, ради его ненасытной алчности и жажды славы, вдругъ приподнимаются, простираютъ къ нему свои окровавленныя руки, хватаютъ его за край одежды, хотятъ остановить его. Онъ отбивается отъ мертвецовъ, рубитъ мечомъ по ихъ сухимъ, костлявымъ рукамъ, но тяжелый мечъ его ломается, словно ударяясь о камень. Онъ схватываетъ копье и колетъ имъ мертвецовъ, но и копье въ его рукахъ разлетается, какъ тоненькая тростинка.

Шахъ — въ отчаяніи... шахъ бѣжитъ... и чудится ему, что мертвецы отовсюду, со всѣхъ концовъ земли, съ тѣхъ полей битвъ, гдѣ онъ разбивалъ полчища непріятелей, гонятся, несутся за нимъ по пятамъ. То отъ ужаса его бросаетъ въ жаръ, то прошибаетъ холодный потъ... Онъ изнемогаетъ и падаетъ,— падаетъ все ниже, ниже, словно увлекаемый въ бездонную пропасть какою-то невѣдомою, невидимою силой...

То грезятся ему пылающіе города, слышится трескъ

пламени и грохотъ разрушающихся зданій, слышатся стоны и вопли женщинъ и жалобный, душу надрывающій, дѣтскій плачъ... Черныя, обгорѣлыя развалины зловѣщими силуэтами рисуются передъ нимъ на огненномъ фонѣ,— и въ одно мгновенье густые клубы дыма, пронизанные искрами, какъ мрачной завѣсой, все застилаютъ передъ нимъ...

И чудится ему, что солнце, луна и звѣзды спали съ небесъ и очутились у его ногъ. Но въ туже минуту, какъ призракъ, возстаетъ передъ нимъ Али Керимъ и говоритъ:

— Все, что ты видишь у своихъ ногъ,— это солнце, луна, звѣзды — не небесныя свѣтила, все это — не настоящее, поддѣльное. А истинное солнце не скатится съ неба къ твоимъ ногамъ! Смотри! Вонъ оно — высоко надъ тобой!..

Щахъ поднялъ голову и видитъ: въ небѣ стоитъ яркое-яркое солнце, огнемъ горитъ, пышетъ и жжетъ ему голову... И голова его горяча, голова болитъ, въ ушахъ шумъ и звонъ...

Съ часу на часъ шаху дѣлалось все хуже и хуже. По городу уже пронесся слухъ, что шахъ Надиръ умираетъ, и народъ при такой вѣсти не зналъ: радоваться ему или печалиться. Шахъ Надиръ бывалъ суровъ, а новый шахъ могъ-быть еще суровѣе...

Лейла, первая и самая любимая жена шаха, слыла красавицей изъ красавицъ. Поэты воспѣвали ее, а народъ за красоту, за необыкновенно нѣжный цвѣтъ лица прозвалъ ее "Блѣдной розой Фарсистана". Лейла любила шаха и теперь была въ отчаяніи. Она призвала къ себѣ всѣхъ знаменитыхъ врачей и умоляла ихъ спасти ея мужа и повелителя. Она рвала на себѣ волосы, плакала я рыдала...

— Просите, требуйте все, все, что хотите, только спасите его! ломая руки, говорила она сквозь слезы.

Врачи, молча, низко поклонились Лейлѣ и пошли въ опочивальню шаха. Тамъ у ложа больного они долго совѣщались между собою, и наконецъ одинъ изъ нихъ не побоялся вслухъ признаться ей въ своемъ безсиліи и отъ лица всѣхъ своихъ товарищей сказалъ ей:

— Всемилостивая повелительница! Великаго шаха поразилъ страшный недугъ, но намъ онъ совсѣмъ неизвѣстенъ. Мы только знаемъ, что нашъ славный, свѣтозарный шахъ опасно боленъ... Темные демоны мучатъ его, преслѣдуютъ призраки... Онъ на волосокъ отъ смерти! Клянусь вѣчнымъ Ормуздомъ,— мы всѣ желали бы помочь нашему великому шаху, но мы не знаемъ его болѣзни и не беремся его лечить!

— Неужели никто, никто изъ васъ не спасетъ мнѣ его! взывала она къ врачамъ, съ мольбой простирая къ нимъ руки.— Вы — такіе мудрые, все знающіе...

И тотъ же врачъ отвѣтилъ ей:

— Прости, всемилостивая наша повелительница! Мы не всезнающіе люди... У одра больного мы часто бродимъ, какъ впотьмахъ. Знанія наши несовершенны... Люди вѣрятъ намъ потому, что они еще темнѣе, невѣжественнѣе насъ... Мы часто обманываемся, заблуждаемся, но признаться въ своихъ заблужденіяхъ намъ совѣстно, и мы продолжаемъ обманываться и обманывать другихъ... Только тебѣ я это говорю, моя повелительница! Люди, для ихъ же собственнаго спокойствія, не должны объ этомъ знать... (И врачъ многозначительно, почти сурово, посмотрѣлъ въ заплаканные глаза красавицы Лейлы). Но осмѣлюсь я тебѣ сказать, что только одинъ человѣкъ, если захочетъ, можетъ спасти шаха — вырвать его изъ холодныхъ объятій смерти... Его свѣдѣнія во врачебномъ дѣлѣ далеко превосходятъ наши слабыя познанія,— кажется, всѣ тайны нашего искусства открыты ему...

— О, скажите, назовите мнѣ,— кто же этотъ человѣкъ? умоляла Лейла.

— Это — Али Керимъ! сказалъ ей врачъ.— Его нѣтъ съ нами и никогда уже не будетъ его въ нашей средѣ... Злые духи погубили Али Керима, гордыня его обуяла... По повелѣнію нашего всемилостивѣйшаго шаха, за свою великую дерзость, онъ заключенъ въ подземелье и завтра ему отрубятъ голову.

— Али Керимъ! Такъ онъ еще живъ? не казненъ? радостно воскликнула Лейла, вся просіявъ отъ блеснувшей ей надежды.— О, всѣ дерзости ему простятся, все забудется... только бы онъ...

Лейла замолкла и, приложивъ палецъ къ губамъ, на мгновенье задумалась и съ разсѣяннымъ видомъ посмотрѣла на врачей. "Если захочетъ!" вспомнила она только-что слышанныя ею слова.

Она знакомъ отпустила врачей и по уходѣ ихъ велѣла немедленно привести къ ней Али Керима. Начальникъ стражи, Ильдіафаръ, сказалъ ей:

— Али Керимъ по повелѣнью шаха заключенъ въ подземелье и завтра его ждетъ казнь.

Лейла грозно нахмурила брови, и прелестное лицо ея словно потемнѣло отъ гнѣва.

— Если ты скажешь еще слово, я брошу тебя на растерзанье голоднымъ псамъ! медленно, отчеканивая каждое слово, тихимъ голосомъ проговорила она, подходя къ Ильдіафару.— Подай мнѣ Али Керима! Чтобы черезъ минуту онъ былъ здѣсь!.. Слышишь ты?

Голосъ ея дрожалъ отъ душевнаго волненія, грудь тяжело поднималась, глаза метали молніи...

Ей не пришлось повторять приказанія. Ильдіафаръ поспѣшно отправился въ подземелье, гдѣ впотьмахъ уже два дня томился Али Керимъ. "Нѣтъ! Разгнѣвать эту женщину опаснѣе, чѣмъ наступить на змѣю или раздразнить тигрицу!" думалъ Ильдіафаръ.

* * *

Лейла встрѣтила Али Керима у входа въ опочивальню. И они остались одни въ томъ покоѣ — передъ ложемъ больного.

— Шахъ умираетъ... Али Керимъ, спаси его! тихо промолвила Лейла и порывисто схватила своею нѣжною, горячею рукой сухую, морщинистую руку старика.

Она прижала-къ своей груди эту грубую старческую руку и умоляюще, нѣжно и ласково посмотрѣла въ глаза Али Кериму.

Мудрецъ, молча, съ полузакрытыми глазами, стоялъ передъ нею. Глаза его, привыкшіе къ потемкамъ, первое время — по выходѣ его изъ подземелья — были ослѣплены яркимъ дневнымъ свѣтомъ и невольно смыкались.

— Али Керимъ! Слышишь ли ты меня? продолжала Лейла.— Неужели злые духи помутили его разсудокъ!..

— Шахъ умираетъ! громче заговорила она, опуская его руку.— Понимаешь ли ты меня, Али Керимъ?.. Умираетъ шахъ. Можешь ли ты его спасти?

— Не знаю! медленно отвѣтилъ ей мудрецъ.— Мертвыхъ я не воскрешалъ, но больныхъ иногда исцѣляю.

— Но захочешь ли ты спасти шаха? пожалѣешь ли ты его? робко спросила Лейла.— Ты, можетъ быть, въ своемъ сердцѣ таишь злобу противъ него? Я знаю: онъ велѣлъ тебя...

— Нѣтъ, дитя! Не бойся!.. Злобы нѣтъ въ моемъ сердцѣ! перебилъ ее мудрецъ, дружески положивъ ей руку на плечо, какъ будто бы она была его родною дочерью, а не женой великаго, могущественнаго шаха.— Мнѣ очень жаль его, Лейла! Онъ — человѣкъ... Онъ — ближній мой... Мнѣ хотѣлось бы спасти его!

— Такъ ты возьмешься его лечить? И будешь лечить старательно? Ты призовешь на помощь всѣ свои тайныя знанія — и не пожалѣешь силъ? Да? пытливо смотря на старика, спрашивала Лейла.

Въ тонѣ голоса ея какъ будто еще звучала неувѣренность, но надежда уже искрилась въ ея прелестныхъ глазахъ,

7

отуманенныхъ слезами. Такъ порою изъ-за темныхъ дождевыхъ облаковъ блеститъ, сверкаетъ солнечный лучъ...

— Помни, Али Керимъ, кто лежитъ передъ тобой на этомъ ложѣ! сказала Лейла — Это — нашъ великій повелитель, свѣтозарный шахъ Надиръ! Тебѣ я ввѣряю его... Отъ его жизни и смерти зависитъ судьба царствъ и народовъ...

— Шахъ Надиръ — великій шахъ! промолвилъ Али Керимъ.— Но судьбы царствъ и народовъ зависятъ не отъ шаховъ, но отъ воли высшихъ силъ,— имъ подчинены и шахи...

— Ты — мудрецъ, и я съ тобой не буду спорить... замѣтила Лейла.— Но развѣ одно и тоже что — шахъ, что — нищій или какой-нибудь презрѣнный рабъ?

— Больные для меня всѣ равны,— буть то шахъ или нищій... сказалъ Али Керимъ.— Но отчего-жъ ты такъ поблѣднѣла, прекрасная роза Фарсистана? Отчего ты поникла такъ печально головой? Не тревожься!.. Какъ для послѣдняго изъ людей, такъ и для великаго шаха — я, какъ врачъ, долженъ сдѣлать все, что могу и я сдѣлаю... Успокойся же, Лейла! Только пусть никто мнѣ не мѣшаетъ и все дѣлается такъ, какъ я скажу!

Лейла съ признательностью посмотрѣла на него.

И тотчасъ же былъ отданъ строжайшій приказъ, чтобы все въ точности исполнялось, какъ укажетъ Али Керимъ.

Прошло семь дней. Больной сдѣлался спокойнѣе, не стоналъ, не метался на своемъ роскошномъ ложѣ. Съ устъ его уже не срывались безумныя рѣчи... Бредъ прошелъ: шахъ уже не велъ свои полчища въ бой, кровавый призракъ войны его не мучилъ, не преслѣдовали его привидѣнія. Но больной все еще оставался въ полузабытьи, иногда совсѣмъ впадалъ въ безпамятство, иногда какъ будто приходилъ въ себя, и тогда — въ минуты просвѣтлѣнія разсудка — можно было замѣтить, что онъ смотрѣлъ на свою любимую Лейлу и на Али Керима, какъ во снѣ, но ничего не говорилъ... Черезъ мгновенье глаза его смыкались, и онъ опять впадалъ въ забытье.

Семь дней и семь ночей ухаживалъ за больнымъ Али Керимъ,— въ извѣстные часы давалъ ему свои лекарства, подавалъ ему пить, щупалъ пульсъ, слѣдилъ за его дыханіемъ. Старикъ почти не спалъ, ѣлъ очень мало и, весь погрузившись въ свое дѣло, напрягалъ послѣднія старческія силы, чтобы спасти жизнь человѣку. Но на седьмую ночь онъ уже не выдержалъ, совсѣмъ изнемогъ и тутъ же у одра больного онъ опустился на подушки и моментально заснулъ крѣпкимъ сномъ.

Въ это время Лейла зашла въ опочивальню навѣстить

больного и остановилась у его изголовья. Тревожные дни и безсонныя ночи не прошли для нея безслѣдно. На похудѣвшемъ лицѣ ея большіе глаза теперь казались еще больше, глубже. Щеки ея поблѣднѣли...

Одинъ изъ поэтовъ того времени, оплакивая въ своихъ стихахъ болѣзнь, поразившую великаго шаха, восклицалъ:

"Да! поблекли лепестки
Блѣдной розы Фарсистана...
Но — Ормуздъ ее храни!
Не навѣки роза блекнетъ"...

И вотъ когда Лейла стояла у изголовья, склонившись надъ больнымъ, шахъ вдругъ раскрылъ глаза и совершенно осмысленно посмотрѣлъ вокругъ себя. Увидавъ милое, дорогое лицо, склонившееся надъ нимъ, шахъ съ усиліемъ приподнялъ голову и протянулъ женѣ руки.

— Я ожилъ, Лейла... я возвратился, милая, къ тебѣ! слабымъ голосомъ промолвилъ онъ.

Лейла обняла его, и цѣловала и называла самыми нѣжными, ласковыми именами. Голосъ ея сладостно звучалъ для больного, журча, какъ тихій ручеекъ, шелестя, какъ легкій перелетный вѣтерокъ въ листвѣ деревъ. Шахъ не сводилъ глазъ со своей любимой жены и съ восторгомъ прислушивался къ ея тихимъ, ласковымъ рѣчамъ.

— Давно я не смотрѣлъ въ твои глаза... прошепталъ онъ.— Ахъ, Лейла! Въ каіая темныя, мрачныя области спускался я! Какіе ужасные призраки...

И вдругъ, смолкнувъ, шахъ закрылъ лицо обѣими руками, словно боясь снова увидать передъ собой призраки, мучившіе его въ бреду.

Немного поуспокоившись, больной опять осмотрѣлся по сторонамъ и, увидавъ спящаго Али Керима, остававшагося въ тѣни, невнятно пробормоталъ:

— Что это? Кто это сидитъ у меня въ опочивальнѣ?

— Это Али Керимъ! отвѣтила ему жена.

— Али Керимъ? какъ эхо, повторилъ шахъ, нахмуривъ брови, и сталъ потирать себѣ лобъ, какъ бы стараясь припомнить что-то, ускользавшее изъ его ослабѣвшей памяти.

Лейла догадывалась о томъ, что онъ силится припомнить, но не рѣшалась напомнить ему, боясь потревожить и взволновать его непріятнымъ воспоминаніемъ.

— Что же онъ тутъ дѣлаетъ?.. Зачѣмъ онъ здѣсь... спитъ?

9

немного погодя, спросилъ шахъ, разсѣянно посматривая на спящаго Али Керима.

— Онъ лечитъ тебя... сказала Лейла.— Семь дней и семь ночей онъ не отходилъ отъ тебя, почти не спалъ все это время... старикъ измучился,— и вотъ теперь сонъ одолѣлъ его... Онъ спасъ тебя отъ смерти! Онъ возвратилъ мнѣ тебя... Добрые духи милостивы къ намъ!..

— Такъ!.. Пусть онъ спитъ... И ты, моя милая, оставь меня... я уже усталъ и, можетъ быть, теперь засну спокойно... прошепталъ больной, закрывая глаза.

Лейла еще разъ поцѣловала его и тихо вышла изъ опочивальни.

Шахъ лежалъ съ закрытыми глазами, но не спалъ. Онъ упивался тѣмъ тихимъ блаженствомъ, какое испытываетъ каждый выздоравливающій отъ тяжкой, опасной болѣзни. Онъ упивался тѣмъ отраднымъ сознаніемъ, что онъ, уже стоявшій одной ногой въ могилѣ, снова возвратился къ близкимъ, милымъ ему людямъ, возвратился къ жизни — къ ея радостямъ и наслажденіямъ. Въ тѣ минуты онъ чувствовалъ себя добрѣе, мысленно онъ относился милостивѣе къ людямъ, и шахъ Надиръ Счастливый никогда — за исключеніемъ свѣтлыхъ дней дѣтства — не чувствовалъ себя въ дѣйствительности такимъ счастливымъ, какъ теперь. Но испытываемое имъ теперь счастье было совершенно особенное, безъ боевыхъ кликовъ, безъ трубныхъ звуковъ, безъ шума и гула народныхъ привѣтствій,— счастье тихое, безмятежное, какъ спокойное сіяніе утра. И славный, великій шахъ Надиръ, еще слабый, больной, почувствовалъ, что слезы подступаютъ у него къ горлу, навертываются на глаза,— слезы не горя, не горечи, но чистѣйшей радости, душевнаго довольства всѣмъ — собой и міромъ...

Вскорѣ послѣ того, какъ Лейла вышла изъ опочивальни, шахъ опять раскрылъ глаза, приподнялся на подушкахъ и, опершись на локоть, сталъ задумчиво смотрѣть на спящаго Али Керима. И такъ долго смотрѣлъ онъ на него...

Вдругъ возвратилась къ нему память и, словно молнія въ ночи, пронизывающая мракъ, озарила передъ нимъ недавнее прошлое... И шахъ съ усиліемъ сталъ подниматься съ ложа, все не сводя глазъ съ Али Керима, какъ будто этотъ изнеможенный, спящій старикъ обладалъ для шаха какою-то чудесною, притягательною силой и неотступно влекъ его къ себѣ...

***

10

Али Керимъ почувствовалъ сквозь сонъ, что какъ будто кто-то припалъ къ его ногамъ, обнимаетъ его колѣни и кто-то словно издалека тихимъ голосомъ зоветъ его: "Али Керимъ! Али Керимъ!"

Старикъ очнулся и съ трудомъ приподнялъ отяжелѣвшую голову.

Съ усиліемъ онъ раскрываетъ слипающіеся глаза и видитъ у своихъ ногъ, шаха, стоящаго на колѣняхъ, слабаго, поблѣднѣвшаго послѣ болѣзни, но, повидимому, уже въ полной памяти. Али Керимъ протираетъ глаза и не вѣритъ самому себѣ... Онъ только-что видѣлъ во снѣ больного шаха, и теперь сонъ и дѣйствительность спутались, смѣщались для него,— и на мгновенье старикъ воображалъ, что онъ все еще грезитъ. Но, услыхавъ взволнованный голосъ шаха, онъ убѣдился, что живетъ не во снѣ, а наяву.

— Али Керимъ! говорилъ ему шахъ, смиренно обнимая его колѣни.— Я хотѣлъ тебя лишить жизни за то... за тѣ слова... Да, я вспомнилъ... теперь я все помню! Я былъ безумецъ! А ты... ты спасъ мнѣ жизнь! Ты вывелъ меня изъ мрака... О, жизнь — такое благо!.. И теперь, Али Керимъ, я такъ счастливъ, такъ счастливъ...

Мудрецъ, молча, смотрѣлъ на колѣнопреклоненнаго шаха.

— Али Керимъ! Проси у меня всего, чего ты хочешь! продолжалъ тотъ.— Хочешь власти, почестей, славы? И ты будешь первымъ сановникомъ въ государствѣ послѣ меня. Тебѣ будутъ воздавать такія же почести, какъ мнѣ... Хочешь богатства? И завтра же къ твоимъ ногамъ насыплютъ цѣлыя груды золота... Хочешь семейныхъ радостей? Выбирай въ жены любую изъ моихъ красавицъ, кромѣ Лейлы... Хочешь: полцарства я отдамъ тебѣ!

— Изъ того, что ты мнѣ даешь, мнѣ ничего не надо! спокойно проговорилъ Али Керимъ.

— Но неужели у тебя нѣтъ никакой просьбы ко мнѣ? съ изумленіемъ спросилъ его шахъ.

Али Керимъ посмотрѣлъ на него, вздохнулъ и промолчалъ.

— Дай же мнѣ исполнить хоть одно тьое желаніе! Прошу, молю тебя! Доставь мнѣ эту радость! Сдѣлай меня, если только можно, еще счастливѣе... просилъ щахъ.

— Есть у меня одно желаніе,— только исполнишь ли ты его? задумчиво сказалъ Али Керимъ.— Я желаю отъ тебя гораздо болѣе всего того, чти ты мнѣ такъ великодушно предлагаешь...

— Все, все исполню, что въ моихъ силахъ... искренне буду

11

стараться исполнить твое желаніе! Скажи, скажи мнѣ его, Али Керимъ! съ жаромъ проговорилъ шахъ, опуская руки къ старику на колѣни и пристально смотря на него.

Али Керимъ отказался, отъ власти, отъ почестей и славы, отказался отъ богатства, отъ красавицъ-женъ... Чего-жъ онъ можетъ еще желать? О чемъ онъ можетъ просить?..

Али Керимъ наклонился къ шаху и, положивъ руку ему на плечо, тихо промолвилъ:

— Люби людей, — всѣхъ, кто бы и каковы они ни были... на всѣхъ смотри, какъ на самыхъ близкихъ родныхъ, будь то послѣдній нищій, будь то прокаженный!.. Не лишай никого жизни! Не отнимай у человѣка того, что не ты ему далъ, и чего, отнявши, уже не можешь никогда ему возвратить! Утѣшай въ несчастьи, облегчай страданье, прощай грѣху! Будь самъ правдивъ и справедливъ, и требуй отъ всѣхъ только правды и справедливости! Свѣтъ знанія не оставляй сокровеннымъ, не держи его въ потаенномъ мѣстѣ, — пусть онъ, какъ яркій свѣточъ, горитъ и свѣтитъ всѣмъ — такъ, чтобы не только было свѣтло въ твоемъ дворцѣ и около дворца, но чтобы и нигдѣ на землѣ не было потемокъ... Вотъ что я отъ. тебя желаю и что приму, какъ даръ единственно достойный меня и тебя, великаго шаха!

Шахъ, ошеломленный, поднялся съ колѣнъ и съ недоумѣніемъ посмотрѣлъ на старика.

— Я попросилъ у тебя больше, чѣмъ ты можешь дать... Да! Знаю... съ доброй, сострадательной улыбкой взглянувъ на шаха, сказалъ Али Керимъ, поднимаясь съ подушекъ, — Я указалъ тебѣ путь, но далеко ли ты пройдешь по немъ, то вѣдаетъ Ормуздъ!.. А теперь я помогу тебѣ, лечь и укрою тебя... Тебѣ Нужно поберечься, не, слишкомъ себя утомляй... А затѣмъ, шахъ, позволь днѣ удалиться! Ты выздоровѣлъ.. Дня черезъ три ты будешь ходить безъ посторонней помощи...

Черезъ недѣлю шахъ выздоровѣлъ. На пополнѣвшихъ щѣчкахъ Лейлы опять появился нѣжный румянецъ. И тотъ же поэтъ, что былъ такъ опечаленъ болѣзнью шаха и горемъ его любимой жены, теперь уже въ радостномъ, свѣтломъ настроеніи писалъ:

"Подъ, лучомъ весеннимъ роза
Оживаетъ и цвѣтетъ.
И всю ночь при лунномъ свѣтѣ
Соловей надъ ней поетъ"...

Али Керимъ послѣ того пропалъ неизвѣстно куда, исчезъ безслѣдно.

Напрасно шахъ Надиръ разыскивалъ его...

Одни говорили, что Али Керимъ скрылся въ ту великую азіатскую пустыню, что простирается далеко на востокъ. Другіе слышали отъ какихъ-то странниковъ, что Али Керимъ будто бы удалился въ Индію и тамъ прослылъ святымъ.

Шахъ Надиръ послѣ болѣзни сильно, измѣнился: онъ не воевалъ, не рубилъ головъ и сталъ очень милостивъ ко всѣмъ. Всѣ удивлялись такой перемѣнѣ въ шахѣ, но никто — кромѣ красавицы Лейлы — не зналъ: отчего она произошла...

Лѣтописцы повѣствуютъ (правда то или нѣтъ — теперь трудно рѣшить), что будто бы народъ въ той странѣ никогда такъ не благоденствовалъ, какъ во дни шаха Надира Счастливаго.

ИСТОРИЯ ОДНОЙ УСТАВНОЙ ГРАМОТЫ

Ровнехонько двадцать четыре года не был я на родной стороне. Уехал я из деревни в конце зимы 1864 года, а ныне весной только приехал домой — повидаться с родными. Много перемен нашел я в деревне. Старики померли; те, что были в мое время мальчишками, сделались бородатыми мужиками; молодые, здоровые парни состарелись.

В день моего приезда — в теплый майский день — над нашей стороной пронеслась первая весенняя гроза. Когда дождь перестал и солнце выглянуло из-за темных клочков разорвавшихся туч, я отправился в деревню, к своему старому другу-приятелю, Алексею-кузнецу. Деревня показалась мне такой жалкой, такой убогой, какой я никогда еще не видал ее. Я увидел покривившиеся избы с подслеповатыми оконцами, бревенчатые стены, почерневшие от недавнего дождя, серые полусгнившие соломенные крыши, поразметанные ветрами, грязную улицу и груды соломы и навоза в проулках между избами и на задворках. У некоторых изб двери и окна были наглухо заколочены досками. Посреди этих темных, полуразвалившихся хат две новые избы ярко блестели на солнце своими белыми сосновыми стенами. А одна из этих изб, большая, двухэтажная, была построена на городской манер и напоминала собой выскочку, вырядившегося в новое платье за счет "черни" и неуместно задиравшего нос перед той же самой "чернью"...

Алексея я нашел у избы на завалинке. Он сидел, грелся на вечернем солнышке и задумчиво чертил что-то палкой по земле. Постарел приятель!.. Когда я уезжал из деревни, ему было около сорока лет, и он тогда выглядел молодец молодцом. А теперь борода его сделалась совсем сивая, лицо сморщилось, потемнело, грудь ему точно что-нибудь вдавило, плечи подались вперед, опустились — и весь он как-то сгорбился, сделался ниже, меньше. Алексей сидел понурившись, но, услыхав мои шаги, лениво поднял голову и из-под руки посмотрел на меня своими серыми, теперь слезившимися глазами. Солнышко мешало ему, и он не сразу признал меня. Поздоровались, поцеловались трижды, и я сел с ним рядом на завалинку.

— Ну, брат, Алексей, постарел же ты! — сказал я, посмотрев на его глубокие морщины и на седые, слегка вьющиеся волосы.

14

— Да и ты, парень, не помолодел! — с тихой усмешкой промолвил он, пристально поглядев на меня.

— Что и говорить! — согласился я.

Я взял папиросу, другую подал Алексею; закурили и с минуту курили молча. Нам хотелось разом о многом поговорить, но слов как-то не находилось.

— Ну, как же вы, други мои, без меня поживали? — спросил я.

— Да так вот и поживали — плохо! — отвечал Алексей и, погодя немного, стал мне рассказывать о своих семьянах. Старуха его уже давно умерла; сын его, Петр, побывал в солдатах и воротился домой; теперь он со стариком управляется в кузнице; Мишутка давно женат и дети есть; три дочери замужем, одна в девках осталась.

— Вместе живете? Не поделились? — спросил я Алексея.

— Нет, бог миловал! — проговорил он.— Бабы-то промеж собой пошумят иной раз. Известно, без шуму у них никак нельзя,— то из-за плошки, то из-за поварешки дело затеют. Да ведь это что!.. Их пожалуй, не переслушаешь. Тут, братец, главное дело, чтобы мужья не путались в их бабьи пересуды: уж они сами промеж собой разберутся... Пофыркают, постучат ухватами и угомонятся...

— А в деревне у вас что нового? — спрашивал я.

— Нового?.. А вон кабак новый! — с усмешкой сказал Алексей, махнув головой в ту сторону, где видна была новая изба с вывеской кирпичного цвета и с надписью белыми буквами: "Питейная лавка".— Недавно, лет пять тому будет, завелась у нас еще одна лавка. Нимфодорку-то помнишь? Так вот, значит, ейная дочь теперь лавочницей... И все-то, братец, у нее есть: ситцы французские, керосин и табачище, и для девок всякая дрянь.

Когда я уезжал из деревни, уставная грамота еще не была утверждена, и у крестьян с помещиком шли споры из-за наделов. Теперь мне припомнилось это обстоятельство, и я спросил Алексея: как у них кончилось дело с барином?

— Да никак не кончилось! — коротко ответил Алексей.

— Как же это?.. В двадцать пять лет распутаться не могли?

— Да вот! — мотнув головой, сказал Алексей.— Встало наше дело — ни взад, ни вперед, хошь ты что скажи! Ни в кузов не лезет, ни из кузова не идет. Иной раз подумаешь — даже самому чудно станет... Ровно нас кто обошел — ей-богу, право!

— Да вы, братцы, и в самом деле, никак, очумели! В двадцать пять лет не могли наделов выправить...

— Гм! Очумеешь тут... Пожил бы ты в нашей шкуре, так и сам бы, дружок, не хуже нашего очумел...

Алексей вздохнул и, понурившись, стал чертить палочкой по земле. Я поглядел на него. Глаза его тупо смотрели на грязную деревенскую улицу, на ту пору залитую золотом солнечных лучей; губы его подергивались какою-то странною, болезненною улыбкой.

— За чем же дело стало? — продолжал я допытываться.

— А затем и стало, что никак разобраться не можно...

— Да ты расскажи толком!

— Э-эх! Да что уж рассказывать... Одно слово, дело наше вышло дрянь! — почесав затылок, начал Алексей.— Воля-то, братец ты мой, ведь порешилась еще при старом барине, при Василье Иваныче, а посредником в те поры был у нас Митрий Михайлыч — чай, помнишь! Барин-то наш ему кумом приходился, все у него детей крестил... Ну, вот этаким-то манером Митрий Михайлыч нам болото в надел и отхватил... Пустой Лог знаешь, поди,— в ту сторону, к Верейкину. Уж точно что — пустой лог... ни лесу, ни покосу, а там — только мох растет да белоус... А что за трава белоус, сам знаешь: ни к лешему не годится... Ни в корм ее, ни в подстилку! Прямо сказать, самая пустая трава... Посмотрели наши мужики, потолковали да и говорят: "Не возьмем мы Пустого Лога!" А Митрий Михайлыч ходит по пустоши да тросточкой в землю тычет: "Чтой-то вы, братцы, говорит, делаете? Земля-то, говорит,— чистый чернозем. Этакую-то землю даже и поп возьмет, не токмо что, говорит, вашему суконному рылу. Ежели, говорит, теперича кочки срезать, канавку прокопать вот тут да там, так земля-то, говорит, совсем преобразится,— у вас, говорит, на этакой земле не токмо что трава, виноград расти станет". А мы опять ему: "Нет, ваше благородие! Хошь что скажи, не возьмем мы этого лога! Винограду-то еще дожидайся, зубы, гляди, позеленеют до той поры, а за землю-то плати! Не заплатишь, спиной ответишь за этот самый виноград-то!" Хошь лесу-то нонече и мало стало в нашей стороне, а прутья-то все-таки есть. Спуску, братец мой, не дают...

— Ну, как же вы сделались? — спросил я.

— Да так и сделались... и говорим ему: "Ведь в "Положении", ваше благородие, сказано, чтобы отводить наделы из той земли, какой мы владели до воли, а Пустым Логом, говорим, мы не пользовались, да и никто испокон веку не пользовался им, потому — земля бросовая, ни к чему". А он на нас: "Вы, говорит, криво толкуете "Положение"! Ежели,

16

говорит, из прежнего вашего владения наделов не выходит, так помещик, говорит, волен прирезать земли, где ему угодно". Чуешь, братец, куда он загнул?

Я молча кивнул ему головой.

— Так мы в ту пору и не столковались. Митрий Михайлыч с барином написали было уставную грамоту, а мы согласия не дали — так у нас дело и пошло и пошло... После Митрия Михайлыча в посредниках у нас сидел Верхов, Владимир Александрович. Человек был ничего себе, добрый, все больше на скрипке играл. Выйдет, бывало, к нам, подбородком в скрипочку упрется, голову свернет в сторону, как журавль, и пиликает, пиликает, а сам все кланяется да кланяется... Мы на первым порах тоже, бывало, стоим да кланяемся, а потом как разобрали, что это он не кланяется, а так, значит, просто головой вертит, чтобы ему играть было способнее,— и мы перестали ему кланяться. А обходительный, тихий был господин — нечего пустое болтать. Выйдет, бывало, и спрашивает: "Что, голубчики, скажете?" Так и так, мол, говорим, пришли к вашей милости... "Все небось, говорит, о наделах вопрос".— "Так точно, мол, ваше благородие! О чем же нам больше?" — "Положились бы вы, говорит, лучше миром с помещиком! Василий Иваныч, говорит, человек покладливый. Попросите его хорошенько! Вы, значит, немножко уступите, он немножко прибавит вам полевых угодий. Вот и будет все отлично!" Говорит этак, а сам все на скрипке наяривает — только визготок стоит... А иной раз спохватится: "Опять, говорит, соврал!" Знамо, это он насчет скрипки... А старик наш, Крысан, слышит-то худо, не разобрал да один раз сдуру и ляпни ему: "Так точно, ваше благородие!" Я невольно рассмеялся.

— Нахмурился, братец ты мой, вдруг ровно проснулся, посмотрел на Крысана и говорит: "Совсем я не с вами разговариваю!" Ну, после того мы опять ему говорим: "Рады бы радостью мирно-то порешиться, да барин, говорим, уперся: ходили, просили — ничего не берет. Ослобоните, говорим, ваше благородие, от Пустого Лога! Никак нам невозможно принять его!" — "Вот ужо, говорит, я посмотрю, обойду все наделы... А теперь, говорит, мне некогда! дел много". А сам весь изогнется, смычком-то так и сверкает и ножкой притопывает. И так это, братец, иной раз он своей скрипкой проберет — сказать не могу, целый день после того в ушах звенит... Эх, шут его дери!

Алексей выразительно покачал головой.

— Ну, вот и пошли у нас суд и дело,— продолжал рассказчик.— Барин выставил своих свидетелей, мы своих, и

17

пошли опять наделы осматривать. Пришли на Пустой Лог. Посредник наш ходит да посвистывает, то сорвет травку — понюхает, то сапогом землю пороет. "Что ж, говорит, господа-мужички! Я не вижу ничего худого,— земля, как земля".— "Разве, говорим, земля такая бывает? Это что? Мох да белоус — только и всего... Почто нам такую землю? Ежели бы, говорим, в нашей стороне олени водились, так хошь их кормили бы этим мохом; а то оленей нет, а скот есть не станет".— "Положим, говорит, на земле всякие перемены бывают: может, говорит, и у вас когда ни на есть олени заведутся"... А сам смеется. Известно, ему что! А нам-то не до шуток дело дошло... Так, братец, мы ничего и не выходили. Барин своих свидетелей, обыкновенно, чаем напоил, водкой попотчевал, ну, те и показали, что "земля удобная", а мы опять при своем остались. "Неудобная земля!" — говорим, да и шабаш... Погодя мало, опять мы пошли к Владимиру Александрычу. Вышел он опять к нам со скрипкой и триндикает. "Что, говорит, миленькие, скажете? Все небось о наделах?" — "Так точно, говорим, ваше благородие!" — "Не бойтесь, говорит, ничего! Все, говорит, хорошо обойдется. Вот ужо, говорит, погодите!" А сам на скрипке-то как завизжал да завизжал — просто все нутро выворотил... Лучше бы, кажется, посади он нас в "холодную" — легче было бы! Ей-богу, право! Тут я достал папирос, и мы с Алексеем опять закурили.

— Так прошло много лет... Все мы годили,— повествовал рассказчик.— Посредники у нас сменились; пошли вместо них непременные. А нам легше от того не стало... Барин помер, имение перешло его племяннице. А мы все годили. Три посредника да четыре непременных сменились, а дело наше, прямо сказать, как на мель село... Что совой о пень, что пнем о сову — все один черт... Как новый непременный, так сейчас у нас наделы осматривать... Потом идет наше дело в уездное присутствие, а оттуда — в губернию; в губернии оно уж и застрянет, лежит до нового непременного. Как новый непременный, так опять наделы смотреть... Чисто наказанье божецкое! Всю мы эту пустошь — чтоб ей провалиться! — из конца в конец исходили, все кочки-то, почитай, исковыряли, а толку все нет.

Алексей вздохнул, провел рукой по волосам и задумчиво посмотрел в поле. Солнце уже зашло за дальний перелесок; вершины елей, поднимавшихся над лесом, темными силуэтами отчетливо обрисовывались на ярком фоне заката; последние солнечные лучи красноватым светом догорали на верхах соломенных крыш. Жаворонок где-то высоко над землей допевал свою меланхолическую песенку...

— Был тут у нас один непременный,— продолжал рассказчик,— Петр Петрович, из военных... Он и выехал-то к нам не больно давно. Уж этакой был крикун и ругатель — и-и-и, не приведи бог!.. Ежели скажешь ему что-нибудь супротивное, сейчас вскипятится, весь скраснеет даже из себя, заорет, залопочет таково непопятно, слюнами забрызжет во все стороны... А как наделы осматривали, он всех нас чуть в протокол не вписал. Как пришли на пустошь, мы ему и сказываем: "Земля неудобная, ваше благородие,— сами извольте посмотреть! Потому — белоус..." А он как напустился на нас, зарычит: "Что-о? Что-о-о такое? Белоус?" Ногами затопал и просто весь в исступление пришел. То палкой о землю — трах, то за бороду себя хватит. "Вы, говорит, бунтовщики! Вас, говорит, в Сибирь сослать мало... Сицилийцы вы этакие!" И начал, и начал... Уж такими-то словами он костил нас — страх!.. Ну барин! Ругаться горазд... Волк его нанюхай!..

Алексей даже усмехнулся при воспоминании об этом крикливом барине.

— А последний непременный был у нас душа человек, хороший барин, добрый и совсем еще молодой. Все он ходил в синей рубахе с пестрым пояском и в длинных сапожищах. Этот совсем было нас обнадежил. "Я, говорит, ваше дело живо порешу. Не сумлевайтесь! Сам переговорю с вашей помещицей... Так, говорит, нельзя дело тянуть, потому — не в порядке, не по закону..." Обещал приехать к нам перед Троицей. Тут мы вздохнули. Ну, думаем, слава богу! дождались, напали на доброго человека... А он, голубчик, после пасхи заболел — заболел да и помер (сухотка, сказывают, была у него). Так мы и остались опять ни с чем...

— В каком же положении теперь ваше дело? — спросил я.

— Да все в таком же: теперь в губернии лежит! — со вздохом проговорил Алексей, низко понурив голову.— Разорились мы от этого дела совсем! Пришлось говорка[1] нанять, денег давать ходокам, каждый раз свидетелей поить... Вон луг-то за мельницей, по берегу, заложили на десять лет Губатову Илье — тут у нас нынче купец такой проявился... Вишь, хоромы какие смастерил! (Рассказчик махнул рукой по направлению большого двухэтажного дома.) Корму, братец, стало у нас мало, скота убавили, убавилось навоза, а без

---

[1] "Говорок" по-нашему, по-деревенски, значит "адвокат". (Прим. авт.)

удобрения, сам знаешь, разве что родит наша земля! Хлеб стал родиться плохой, до рождества иной раз не хватает, весной засеяться нечем... У кого что было, все прожили, а те, кто были победнее, уж давно пошли по миру. Вон видишь: избы-то стоят заколоченны: хозяева значит, побираться ушли. Одно слово — разор! И все бы мы ушли и от земли отказались, да уйти-то не с чем... вот — грех!

— Имение-то, говоришь, досталось племяннице Василья Иваныча? А кто ж она такая? — спрашивал я.

— Приезжая... из Рязани, говорят. Девица...— лет ей сорок с хвостиком будет.

— Ну, что ж? Как она с вами?

— Чудная какая-то... ровно бы юродивая либо дурочка. Шут ее знает! — нехотя, с неудовольствием процедил сквозь зубы Алексей.— С виду такая тихая, смиреная — просто, кажется, водой не замутит... Ребятам нашим все какие-то книжки с молитвами раздает; любит о божественном говорить, для церкви радеет. И с нами обходительна, всем "вы" говорит, по имени-отчеству зовет. Покуда о божественном с ней толкуешь, все и идет по-хорошему, а как о деле заговоришь, так и шабаш — ничего и не выходит! "Мне, говорит, чужого не надо, а всяк своим должон пользоваться. Не я, говорит, вам наделы отводила и землю нарезывала — не я, говорит, Пустой Лог сотворила, бог его создал... Земля, говорит, вам дадена по закону... А вы, говорит, возделывайте ее, старайтесь хорошенько... Потому, говорит,— бог труды любит и велел людям в поте лица есть хлеб свой..."

— Не отступает, значит?

— Ни-ни, ни боже мой! Да ведь что говорит-то, ты бы послушал! Ты ужо как-нибудь повидайся с нею! Стоит, брат, посмотреть. Много барынь видали мы на своем веку, всяких перевидали, слава богу, а такой еще не бывало. Бывали и добрые барыни, заступались за нас, бывали и сердитые, сами стегали и таскали за волосья, а этакой диковины еще слыхом не слыхали... Один раз, братец, она нам проповедь сказала. "Вы, говорит, все денег добиваетесь, но не думайте, говорит, что в деньгах счастье. От них-то, от проклятых, вся беда и есть... Надо, говорит, завсегда быть в смирении, терпеть и трудиться. Вы, говорит, не думайте, что богатые люди счастливы! Кусок, говорит, не добром нажитый, впрок не пойдет, а свой кусок слаще сахару..." Ручки сложит и говорит тихо-тихо, ровно батька на исповеди, глаза закатит эвона куда и все вздыхает... А иной раз такое скажет, что и в толк не возьмешь...

— Плохо ваше дело! — заметил я.

— Как уж не плохо...— начал было спокойно Алексей, но вдруг его ровно прорвало: он выпрямился и стукнул палкой о землю; в его старческих глазах блеснул огонек.— Нет! Ты скажи, милый человек, почто нас разорили? Разорили-то нас почто? А?

Я грустно покачал головой.

Мы замолчали... Скот уже давно прогнали; Алексеевы семьяне возвратились домой и собирались ужинать. Красная вечерняя заря догорала на западе. За деревней темнели полосы незасеянной земли, поросшей бурьяном. С голубого вечернего неба мигали бледные звезды. А на земле темные хаты печально глядели на меня своими крохотными подслеповатыми оконцами.

РАЗРЫВ-ТРАВА

За синими морями, за высокими горами, за лесами дремучими, за песками сыпучими, в чужедальной земле, жил-был один почтенный старик. Перед смертью он созвал к себе всех нищих той страны...

— Нищая братия! — шамкал старик своими беззубыми челюстями.— Знаю я, что у вас ничего нет... Но у вас могло бы быть много...

Старик закашлялся и стал задыхаться. А нищие-оборванцы, обступив его кругом и затаив дыхание, жадно прислушивались к каждому его слову.

— Вот вам мое завещание! — слабым голосом продолжал старик.— Выберите вы из своей голи человека самого крепкого, сильного да смелого... Много испытаний будет ему... И пошлите вы этого сильного да смелого на край света белого, в тот лес непроходимый, где за каждым деревом в потемках лешие с ведьмами в прятки играют.

Старик опять закашлялся и бормотал все несвязнее и несвязнее. Нищие ближе к нему понадвинулись.

— Среди леса стоит избушка с красным оконцем,— чуть слышно говорил умирающий,— а на крыше — на коньке — сидит дряхлый, седой ворон и каркает прямо на восток день и ночь. В этой самой избушке живет старушка; ей ровно триста лет и три года. Она-то и знает про ваше богатство. От нее вы узнаете: что у вас могло бы быть, если бы...

Тут старик захрипел и умер.

В раздумье разбрелась голь перекатная по своим трущобам и норам.

"Что бы такое значило "если бы"? — рассуждали нищие.— Ну, задал старик загадку! Ведь угораздило же его умереть на этом самом слове... Может быть, сбрехнул старый? Последнее-то время, говорят, его из ума вышибало... А может быть, в самом деле слыхал что-нибудь? Кто ж его знает!.."

— Ну, так и быть! — решила нищая братия.— Выберем самого сильного, крепкого да смелого и пошлем его в дремучий лес, на край света белого!.. Пускай ту старуху поищет!

Все единогласно выбрали Трусивого.

Храбрости Трусивого никто не пытал, а сила у него была страшная, про то ведали: двадцать человек не подступай — раскатает! И нравом был крепок, жизнь вел самую умеренную. И смирен — даром, что этакая сила сидела в нем: мухи, бывало, не обидит... Трусивый не ослушался мирского приговора, взял в руки по палице — в 50 пудов каждая — и пошел. Идет.

Народ-то смотрит на него да сторонится — диву дается.

А Трусивый только ухмылялся: "вот, дескать, каков я!.."

Шел-шел Трусивый. Сапоги износил он, на дороге бросил; палицы поистерлись — у каждой по 10 пудов весу сбавилось. Наконец, приходит он на край света белого, к лесу дремучему. Лес темный-темный, ни зги в нем не видно, и конца ему, кажется, нет. Вступил Трусивый в лесной сумрак, в тишь лесную, смутился духом и вздрогнул, как осиновый лист. Тут разом припомнились ему все ужасные поверья и бывальщины. Из-за каждого дерева, казалось ему, чей-то хвост торчит, чьи-то уши из-за листьев мелькают. Ему уж послышалось вдали и дикое ржание, и визг, и хохот. Ему уже чудилось, что лесная сила на него наступает, и за пнями, за кустами мерещились ему всякие безобразные чудовища... Храбрым Трусивый никогда отроду не был, а теперь в лесу и подавно напала на него трусость великая.

Немного шагов сделал он и скоро во мраке разглядел в стороне избушку. Подошел он к этой маленькой избушке и тихонько постучал в оконце.

— Эй, отзовись, коли есть живая душа! — взмолился он и задрожал пуще прежнего, заслышав звуки своей речи: ему почудилось, что в лесу как будто кто-то его передразнивает, смеется.

У Трусивого со страху зубы застучали... Трепетно прилип он к маленькому оконцу и отшатнулся. В тот же миг оконце отодвинулось, из него показалась взъерошенная старушечья голова с грязной тряпицей вместо платка на седых всклокоченных волосах.

— Для чего ты, добрый молодец, покой мой смущаешь? — сердито спросила старуха, протирая свои заспанные глаза.

— Скажи мне, родная,— обратился к ней странник: — как мне пройти в самую середину леса к той баушке, что живет на свете ровно триста лет и три года?

Старуха как бы в недоумении широко раскрыла глаза.

— Гм! — промычала она.— Трудное дело ты задумал. Длинна дорожка до той избушки... Придется тебе идти до нее лет тридцать, а может, и побольше... Да смотри, не пугайся!.. (Тут старуха улыбнулась, оскалив остатки своих почерневших зубов.) Станет нападать на тебя наша сила лесная,— крепись! Ежели не испугаешься, то долго ли, коротко ли, добредешь, куда тебе надо. А если побежишь,— пропала твоя головушка! Не найти тебе дороженьки ни вперед, ни назад, так и станешь блуждать по лесу веки вечные. Сгинешь!.. Ну, вот иди по этой тропинке да помни: не сворачивай с нее!..

Старуха, зевая, указала ему костлявой рукой на тропинку, заросшую травою, и захлопнула окно. У Трусивого зуб с зубом не сходится, по телу мурашки побежали, и волосы вставали дыбом. Посмотрел Трусивый за темные, вековые сосны и ели; их толстые, мшистые ветви, как длинные и цепкие руки бесчисленных лесных духов, простирались над ним... Понурив голову, пошел Трусивый вперед маленькими шагами — шагами воробьиными. "Не воротиться ли лучше подобру-поздорову, пока не поздно?" — раздумывал детинушка, не зная, что делать и с палицами и со всей своей силой богатырской. Что поделаешь с палицами противу силы нечистой! Мысль "уйти из лесу подобру-поздорову" шибко пришлась ему по сердцу; она-то и мешала ему подвигаться вперед. Шагнет Трусивый, да и остановится, озирается по сторонам, нюхает: чем пахнет, не смолой ли, не серным ли, едким дымом? И все думает: "не воротиться ли?.." Оглянулся, а избушки уж не видать за деревьями. Холодный пот крупными каплями выступил на лбу у Трусивого, и руки отяжелели, а ноги — словно свинцовые, и язык онемел, как сухая щепка лежит во рту, не шевелится. Страх обуял доброго молодца, но все-таки он еще шагнул раз.

И вдруг поднялся ветер, зашатались деревья, заскрипели, треск и вой пошел по лесу. Помутилось в глазах у Трусивого, покатились палицы на землю, опустились рученьки могучие. "Конец пришел!" — мелькнуло у него в голове.

Вот выскакивают на него из-за деревьев чудища косматые, безобразные, гадкие, машут своими темными крыльями, шипят, свистят, грозно сверкают на него огневыми очами. То весь лес с верхушек до корней ползучих красным полымем осветит, словно заревом, то вдруг тьма кромешная упадет. А по лесу-то из конца в конец хохот, грохот раскатывается, гул гудит, стон стоит... Тут почудилось Трусивому, что кто-то мохнатой лапой хватает его за ноги, за шею, тащит за волосы, за бороду дерет, а отмахнуться — моченьки нет. Набралось много силы бесовской, а Трусивому с перепугу показалось ее вдвое более. Лесная сила все прибывала да прибывала; сползалась, слеталась она со всех сторон... Шатнулся Трусивый с тропинки и побежал от нее без оглядки, как заяц... Разом все смолкло. Оглянулся Трусивый — нечисть исчезла, а все было спокойно и тихо в глубине лесной. Стал он искать тропинки; нет тропинки,— и найти не мог. Так он с той поры и пропал без вести...

* * *

24

Напрасно ждала нищая братия своего могучего богатыря, не дождалась и решила, что, видно, с ним что-нибудь недоброе приключилось. Выбрали опять сильного, крепкого да смелого, разудалого, лихого молодца — Любивого. Даром, что молод был Любивый, но в силе его никто не сомневался — ни стар, ни мал; смелость свою он уже доказал не однажды на деле. Человек был жизни хорошей, примерной...

Взял он с собой одну дудочку и смело вошел в лес. Тотчас же, за первыми деревьями, увидел он избушку и, не долго думая, постучал кулаком в окно.

— Кто тут есть? Отзовись-ка! — крикнул он без всякой опаски.

Отодвинулось оконце, выглянуло в него заспанное старушечье лицо и послышался брюзгливый, недовольный голос:

— Эй тебя развозило! Ополоумел, что ли!..

— Скажи-ка мне лучше,— перебил молодец, подбоченившись: — как тут пройти в середину леса к баушке, что живет на свете ровно триста лет и три года?

— Прыток ты, я вижу! Прыток... Да путь-то долог! Смотри, парень! — брюзжала старуха.— Не умаялись бы твои косточки, не изменила бы тебе твоя молодость. Укатали не одного такого бурку, как ты, крутые горки. Знай же: нападет на тебя наша сила лесная, станет пугать тебя...

— Не боюсь я вашей силы лесной... Выходи! Еще поборемся! — промолвил молодец.

— Эх, ты, шустрый какой! — заметила старуха.— Ну, ладно! Не испугаешься ты наших образин лесных... Положим, так! да человек-то ты молодой; не мечом, а тонким волосом, не с побоями, с лаской снимут с тебя голову. Не от темных страхов, не от зелья или какого-нибудь дурмана закружится твоя победная головушка; закружится она оттого, что жизни в тебе много,— вишь, как она в тебе кипит, по жилочкам ходит, переливается... По глазам твоим вижу, что ты ласков, много мягкости в тебе...

Правда, в Любивом жизни было много,— кипела и била она, что твой горный ключ. Правда и то, что он был человек мягкий...

— Не страхом, так соблазном станет донимать тебя наша сила лесная! — шамкала старуха.— Боек ты, а она посильнее тебя.. Помни же: не сворачивай с тропинки! Свернешь с нее — прощайся с крещеным миром. Пропадешь! Не дойти тебе до баушки да не найти дороги и назад... Будешь ты блуждать веки вечные в нашем лесу неисходном.

25

— Не грози! Не испугался! — сказал Любивый, тряхнул своими русыми кудрями и смело пошел вперед, по указанию старухи.

А старуха ему вслед только молча улыбнулась, оскалив свои отвратительные зубы, потом окошечко захлопнула.

Едва Любивый сделал два-три шага в глубь дремучего бора, как вдруг со всех сторон поднялись на него нечистые силы — завыли, заголосили, завизжали, словно тысячи народа живьем жарились на сковороде. Страшилища машут своими темными крыльями, стонут, ревут,— треск и вой расходятся по заколдованным дебрям. Махнул Любивый своей дудочкой и пошел вперед. Мигом все исчезло и по-прежнему тихо стало в лесу. Вокруг немного посветлело...

И видит Любивый: в стороне хатка стоит, а у той хатки, на крылечке, под навесом сидит молодица, такая нарядная да пригожая, что Любивый загляделся на нее. Шаль на молодице расписная, разноцветная; на ножках — сапожки красные сафьяновые; на руках жемчуг, жемчуг на шее, а в ушах драгоценные камни горят...

— Зайди, добрый молодец, ко мне на перепутье! — зазывает его молодица и ласково машет ему рукой.— Зайди! Отдохни немного...

— Не устал! — говорит Любивый.

Тут молодица выбегает к нему на дорогу, раскраснелась вся, как маков цвет, хватает его белой рученькой за рукав и молит:

— Пожалей меня! Ведь я измучилась по тебе... Ночью не спится мне, днем покоя нет... Уж я давно ждала, насилу дождалась тебя, моя радость!.. Да ты хоть в хатку-то ко мне загляни! Посмотри, как в ней привольно. Не найти тебе уголка уютнее, хоть весь свет пройди... Не ходи! Останься! Я буду лелеять тебя, как дитя малое, буду веселить тебя в скучный час, стану петь тебе такие песни, что ты сам от них никуда не уйдешь. Ты не увидишь, как в довольстве, в радости — с верною, покорною женой — твоя жизнь пройдет и тихо закатится, как вечер красный...

Любивый рассказал, по какому делу он идет.

— Сбрехнул старик, а вы и послушались...— возразила молодица.— Ах! тебе предстоит трудный путь, далекий путь... Много опасностей на нем! Для чего гоняться за несчастьем, когда можно счастье взять? Останься!

— Братья меня послали!—твердил Любивый.

— Братья! — передразнила его молодица.— А братья ничуть не пожалеют тебя... Темны у твоих братьев головы...

26

Измучишься ты понапрасну, пропадешь где-нибудь на дороге, лютые звери тебя растерзают, воронье выклюет очи твои светлые, умрешь ты безо времени — без радости, а братья мигом забудут тебя, как будто ты и не жил на свете... Если же ты и не погибнешь, то все-таки не найти тебе баушки; ничего ты не узнаешь о своем деле. С пустыми руками к своим братьям воротишься!.. Они тебя же и обесславят, над тобою же и надругаются. Не стоит умирать за них! А здесь-то, смотри, какое приволье!..

Любивый вырвал у молодицы свой рукав и пошел вперед. Та повалилась ему в ноги.

— На кого же ты покидаешь меня! — слезно взмолилась она.— Сокол мой ясный! Останься! Постой!..

Но Любивый даже не оглянулся. Не хотел он изменять своей нищей братии.

Идет он и видит: на берегу голубого озера, в мягкой густой траве, посреди цветов, под развесистыми деревьями лежит красавица, вся темными волосами, как шелковой волной, позакрылась. Глаза светят из-под бархатных ресниц, как звездочки ясные из-за черных облаков. Губки алые полураскрылись... Смотрит Любивый, дивуется. И во сне-то не приходилось ему видеть таких чудес...

— Иди ко мне! — зовет его красавица.— День жарок, а здесь — прохлада и тень; трава здесь мягка, цветы душисты... Ты устал, а путь далек, пустынен. Приляг, отдохни! Смотри: острые камни тебе все ноги изрезали, колючий кустарник все руки тебе исколол. Лицо твое в крови... Это ветки в лесу так исхлестали тебя! Ты весь в пыли... Иди же сюда! Вот чистое озеро... Выкупайся! А потом отдохни...

И своим чудесным, чарующим голосом красавица тихо поет:

> Мы живем здесь без печали —
> В тишине лесной...

Красавица, как будто в забытьи, то откидывает свои темные волосы, то снова бросает их на себя. Она манит, зовет Любивого. Она издали обжигает его своими блестящими, огневыми очами и влечет неотступно. Она говорит:

— Отдохнешь, освежишься и с обновленными силами снова пустишься в путь — бодр и весел.

Не помня себя, Любивый уже готов сделать шаг к красавице, но вовремя вспоминает он зловещие слова старухи, отворачивается и, махнув рукой, идет вперед.

Идет он, идет и вдруг видит: сидит под деревом, пригорюнившись, молодая девушка и такая грустная, такая печальная, что, кажется, зверь лютый пожалел бы ее, самая кровожадная тигрица с материнской нежностью поласкала бы своею лапой ее поникшую головку. Сидит девушка, опершись на колени руками, и тихо плачет... На ней черное траурное платье, застегнутое наглухо, и никаких украшений. Только в виде украшения распустились по плечам ее мягкие белокурые волосы... Любивый слышит, как девушка всхлипывает.

— О чем ты, девушка, плачешь? — спрашивает он ее, а у самого сердце надрывается от жалости.

Она вздрагивает при звуке его голоса, как бы не заметив его прихода, и отнимает руки от своего разгоревшегося лица. Доверчиво смотрит она на Любивого своими голубыми глазами, полными слез,— такими глазами, кажется, только ангелы смотрят на небесах.

— Как мне не плакать! — со вздохом говорит она.— Я — сирота. Нет у меня ни отца, ни матери и никого из родных на всем свете. Друга нет... Ох, тяжко-тяжко мне!.. Был у меня жених, вместе мы с ним росли, играли. Я думала: мы вместе и жизнь проживем. Как я его любила! Как любила! А он бросил меня, променял на богатство... Были у меня братья, пятеро таких же молодцов, как ты,— смелы были мои братья: оттого теперь их и нет со мной. Они поплыли в море спасать погибавших. Разразилась страшная буря... Они не спасли погибавших, да и сами теперь лежат на дне морском. Вот я и осталась одна, хожу в лесу, выхода не нахожу... А темная сила со всех сторон наступает на меня...

Слезы застлали глаза девушки; ее милая белокурая головка опять понурилась. Как железными тисками сжалось сердце у Любивого. "Бедная ты, бедная!" — вырвалось у него прямо из души. Невыразимо стало жаль ему одинокую, брошенную девушку... Сошел он с тропинки, сел рядом с девушкой и стал утешать ее. Чем более смотрел он на нее, тем она казалась ему лучше, милее.

— Не плачь! — говорил он ей с участием.— Осуши слезы, посмотри веселее на белый свет, улыбнись приветно! Раны всякие залечиваются, время исцеляет и великое горе... Не плачь! Ну, не плачь же!

Так он говорил нежно, ласково...

— Ты — добрый человек! — промолвила девушка.— Не гони же меня от себя, я всюду пойду с тобою! Станем делить и радость и горе, станем вместе бороться с силой лесной... Согласен?

28

Любивый взял крепко девушку за руку, наклонился и поцеловал ее.

— О да! Согласен! — в восторге шептал он, позабыв слова старухи о том, что не мечом, а тонким голосом снимут с него голову.— Теперь,— говорил он,— мы пойдем с тобой рука об руку через этот темный лес смело, бодро, весело. Теперь мы не будем унывать.

Как в чаду похмелья, закружилась голова у доброго молодца. Прошло ни много ни мало времени, очнулся он. Девушки-друга, верного спутника, как не бывало! А Любивый, вместо нее, обнимал серый, мшистый пень старой березы... Тут он догадался, что сердце ввело его в обман, что его верная спутница была лишь одно лживое видение... Вокруг него, как темные тени, толпились высокие деревья, грозно, зловеще помахивая над ним ветвями, словно желая промолвить: "Теперь ты наш — и навсегда!" Они со всех сторон протягивали над ним, как над своею жертвой, толстые, сучковатые ветви, как длинные, цепкие руки, словно собирались схватить его и удержать. И удержали... Куда он ни шел, от деревьев не мог уйти, не мог убежать от их ветвей, тянувшихся за ним. Они его ловили на каждом шагу, цеплялись за его одежду, хватали за руки, за плечи и страшным явственным шепотом говорили: "Стой! не уйдешь!.." И в то же время густая, ползучая трава ему ноги опутывала, и он напрасно бился в ней, как в зеленых сетях, украшенных цветами. Сгинул Любивый...

* * *

Ждала-пождала нищая братия своего удалого молодца, не дождалась; догадалась, что, видно, напрасно пропадают силы богатырские в том проклятом лесу.

— Кто ни пойдет, никто не возвращается... Что за чудо! — рассуждали люди.— То ли не силен был у нас Трусивый, то ли не смел был Любивый! Какого же еще надо!

— Не на таковских, видно, мы попадаем! — молвил один оборванный мудрец.— Давайте-ка бросим жребий! Это будет вернее.

Сказано — сделано.

Созвали всех людей оборванных, холодных и голодных, бросили жеребий. Упал жеребий на Ваню — мальчугана по десятому году. Все диву дались, но никто не прекословил... Ванина мать слезами обливалась, но не удерживала свое детище, пустила его на все четыре стороны ради мирского дела. Плача, она говорила:

— Ступай, Ваня! Послужи миру верой и правдой! Не для того я тебя на свет родила, чтобы тебе на печке лежать... Иди, потрудись!

Плачет, а сама сына в путь снаряжает. Целует, милует, а сама отталкивает: Иди! Уходи!..

Сколько палок Ване ни давали, все ему оказывались не под силу. Сорвал Ваня голубой цветочек в поле и отправился в путь.

— Прости, дитятко! — стонала мать.— Ты, может быть, проведаешь о нашем кладе, да меня-то в живых не застанешь, ко мне на могилу придешь...

А Ваня идет — ушел. Вошел он в лес и прямо — к избушке: стук-стук!

— Коли есть душа живая, откликнись! — вскричал Ваня.

Выглянуло в оконце сморщенное старушечье лицо.

— Как тут у вас пройти к баушке, что живет на свете триста лет и три года? — храбро спросил ее Ваня-Юныш.

— Где же тебе дойти туда! — прошамкала старуха.— Путь дальний и опасный... Страшилища окружат тебя... А сойдешь с тропинки — и пропал: ни к баушке не дойдешь, ни домой не возвратишься! Пропадешь, как червь...

— Не стращай! Дорогу-то только укажи...— проговорил Ваня.

Старуха молча указала на заросшую тропу. Ваня сказал "спасибо" и пошел.

Напали на него стращилища ужасные, завыли, закружились кругом него, не дают прохода, визжат, скалят зубы, словно съесть хотят. Ваня нахмурил брови, махнул цветочком и смело двинулся вперед. Страшилища мигом исчезли, гробовое безмолвие воцарилось в лесу... Прошел Ваня-Юныш ни много ни мало и видит: в стороне, неподалеку от дороги, стоит избушка, у избушки на завалинке старушка сидит, пряжу прядет и не столько прядет, сколько нитки рвет. Увидала она Ваню и зовет к себе.

— Куда ты один идешь, Ваня? — ласково говорила старушка.— Ступай-ка лучше ко мне, будешь ты у меня за сына любимого... Я тебя накормлю, напою и одену, и обую. Жить тебе будет привольно. И мне-то веселее... Видишь: я — одна-одинехонька в этой лесной глуши. Иди, голубчик!.. Дорогой-то еще, пожалуй, тебя обидят. Мало ли что может случиться! Змея ужалит, волк закусит, разбойники могут напасть... Жаль мне тебя, малого!

Уговаривала, уговаривала старушка — напрасно. Напрасно жалостливо покачивала она головой: не могла она сманить

Ваню... Он все свое твердит: "Нет! мне к баушке нужно"...— и ушел.

Идет Ваня — то песенку запоет, то вспомнит о матери, о своей братии нищей и думает: как ужо он обрадует их, когда из леса возвратится здоров и невредим, принесет ответ от старой бабушки,— и вдруг он, Ваня-Юныш, откроет большим и умным людям заветную тайну... Смотрит Ваня: сидит под деревьями молодица, такая красивая, такая добрая с виду, и на коленях у нее разложены всякие сласти: конфеты, печенья, пряники заморские, орехи и всякая всячина. Молодица подзывает к себе Ваню и ласково-приветливо улыбается.

— Иди сюда! Отдохни! Гостинцев дам! — говорит она, протягивая ему кисть сочного винограда.— Ведь ты устал, бедняга! Пить-есть тебе хочется... Вот булка сдобная, вот пирог! Кушай на здоровье, сколько хочешь, досыта...

Правда, Ваня устал и пить и есть ему хочется до смерти, пристально смотрит он на пирог и на лакомства. Пересохло во рту... Хоть бы одну ягодку в рот положить! Все же полегче бы стало...

— Нельзя мне с тропинки сворачивать! — говорит он, невольно оглядываясь на ласковую молодицу.

А та манит его к себе, показывает ему гостинцы один другого лучше... Ваня ушел.

Порой Ване грустно становилось, брало его раздумье о том, что он, пожалуй, заблудится в этом темном, дремучем лесу, не видать ему своей братии нищей, не застать ему матери в живых. Вдруг Ваня слышит вблизи веселые крики, смех и хохот. Смотрит: на лужайке дети играют — бегают, ловят друг друга, обручи катают, мячи перебрасывают, прячутся за кустами, аукаются. Весело детям, зовут они Ваню играть, показывают ему игрушки. И что же это за игрушки! Таких игрушек Ване и во сне не снилось... Большие нарядные куклы — барышни "на пружинах" сами по лугу ходят, раскланиваются, головками кивают. Ручки у них лайковые, головки фарфоровые, розовые щеки, блестящие, но безжизненные глаза,— словом, как настоящие, живые барышни. И тут же игрушечные лошади, собачки, барашки, колясочки. Целые города выстроены. По луже корабли плавают, а на берегу лужи крепость выстроена, и перед крепостью картонный генерал потешно командует картонными солдатиками... Остановился Ваня, глаза у него разбежались. Очень захотелось ему посмотреть вблизи на эти игрушки, но вспомнил о братьях и, махнув цветочком, пошел далее.

Идет Ваня, но песенок уже не поет, шибко закручинился.

Дремота нападает на него, жажда томит его нестерпимо, голод мучит, усталость одолевает... Вдруг встречается ему старик. Длинная седая борода у старика спускается за пояс; черная змея у него на плечах извивается. Старик опирается на костыль и все смотрит в далекое небо своими тусклыми очами.

— Как мне пройти, старичок, к баушке, что посреди леса живет? — спросил его Ваня.

— Дойдешь ты скоро до такого места, где три тропинки в разные стороны расходятся...— ответил старец, смотря на небо и поглаживая свою серебристую бороду, между тем как змея у него на плече ворочалась и шипела.— Одна тропинка идет прямо, другая — вправо, третья — влево. Ты иди прямо! Выйдешь ты на полянку и увидишь на той полянке избушку с красным оконцем... В ней-то баушка и живет.

Ваня простился со стариком и отправился далее.

Прошло ни много ни мало времени. Выходит Ваня на полянку и видит избушку с красным оконцем; на ее крыше — на самом коньке — сидел черный ворон и каркал прямо на восток. Густые деревья окружали избушку своею зеленою тенью. Войдя в избушку, Ваня увидел на лавке старуху, старую-престарую. Рядом с ней на лавке сидел белый кот и пел свои песни. На жердочке, протянутой над головой старухи, висели какие-то сухие травы и цветы, и тут же сова сидела, вытаращив свои большие круглые глаза,

— Откуда и кто ты такой есть? — спросила Ваню старуха.

— Я — посланец к тебе от нищей братии! — ответил он, спокойно усаживаясь рядом с баушкой и с ее белым котом.

— Что же тебе от меня надо? — продолжала старуха, брюзгливо посматривая на него.

— Сначала, баушка, дай мне помыться, накорми, напои меня, дай выспаться, а потом я и поведу с тобой речь...— сказал Ваня.

Но не вдруг сладил он со старухой. На каждом шагу она ему перечила... Попросил он у баушки помыться, принесла она ему в корыте воды со льдом. Ваня сказал, что в ледяной воде он не моется, тогда старуха притащила ему кипятку. Наконец, когда Ваня сильно нахмурился, она затопила баню. Вымылся Ваня отлично мылами пахучими, цветочным веником попарился... Когда после того Ваня попросил есть, старуха принесла ему черствый, сухой хлеб, совершенно черный, сожженный в уголь, потом принесла щей горьких — горче полыни. Наконец-то уж Ваня добился у нее всяких вкусных кушаний и даже целого блюда сластей... Ваня повеселел, распоясался и попросил пить. Старуха принесла ему в ковшике мутной водицы. Ваня, не говоря ни слова, выплеснул ее за окно. Потом она принесла какого-то кислого квасу — кислее уксуса. Но Ваня добился своего: принесла-таки ему старуха чару меда сладкого.

— Теперь бы еще поспать надо! Постели-ка мне постель, баушка! — сказал Ваня и стал разоболокаться.

Старуха принесла ему осиновую плаху; потом вытащила откуда-то дырявый, грязный и пыльный половик и бросила на пол, у самой двери. Ваня опять нахмурился. Тут уж старуха постлала ему в переднем углу мягкую постель, белой простынкой накрыла, положила пуховую подушечку и шелковое одеяльце. Выспался Ваня на славу и, выспавшись, рассказал старухе свое дело.

— Вот я пришел к тебе, баушка, узнать,— закончил Ваня,— что могло быть у нищей братии и что нужно сделать для того, чтобы несчастные себе счастье завоевали?

— А Разрыв-трава у вас есть? — строго спросила баушка.

— Такой травы, кажется, у нас нет! Не слыхал что-то...— сказал Ваня, подумав и качнув головой.

— Как же вы хотите без Разрыв-травы обойтись? — нахмурив брови, промолвила старуха.— Будете вы без нее пытаться, да все неладно... Ну, слушай же теперь, запомни все толком и передай своим...— сказала старуха и начала свое повествование:

"Давно-давно жили на свете злые разбойники. Перед смертью злые разбойники зарыли в землю свой великий клад. Одна великая волшебница видела, как разбойники зарывали в землю свой клад, и положила на этот клад свое заклятье. "Клад скоплен не добром, скоплен от крох, от слез и крови людской, к обобранным людям он и перейти должен! Пусть он пока остается на земле! Когда люди завладеют Разрыв-травой, тогда клад достанется им!.."

— Вот, мальчуга, так и скажи своим! — закончила баушка свое повествование.— Скажи: клад у них под ногами лежит в земле, они ходят по нем. Видеть его можно, а вытащить трудно. Скажи, если отыщут скоро Разрыв-траву — ладно, не отыщут — пусть пеняют сами на себя, придется подождать! Скажи: когда станут вырывать клад, чтобы каждый из них носил на груди, ближе к сердцу, эту Разрыв-траву. Но скажи им еще: клад с каждым днем уходит в землю все глубже и глубже... Ну, теперь прощай! Спать хочу.

Сказала и полезла на печь. А белый кот по-прежнему сидел на лавке и мурлыкал какую-то загадочную песенку. Сова по-прежнему таращила свои круглые оловянные глаза.

Попрощался Ваня со старухой и отправился в обратный

путь. Но из леса он выходил не так бодро, как входил в него. В ногах его чувствовалась слабость, руки дрожали, спина побаливала, словно была палками отколочена, и его спутник — цветочек, сорванный им в поле перед отходом в лес, завял и облетел,— остался от него один стебелек. Идет Ваня потихоньку — шатается, пойдет поскорее — за кочки, за корни дерев запинается, чуть не падает. Он стал худо видеть: в глазах точно туман стоит. Подошел Ваня к тихому ручью напиться, поосвежить свою голову. Голубая речка в зеленых, цветущих берегах казалась зеркалом в изумрудной оправе. Наклонился Ваня, заглянул в спокойную воду и сам не поверил своим глазам, взглянул еще раз попристальнее, пониже склонился над водой... Вода чиста, невозмутима; полуденное солнце ярко светит с безоблачных небес,— и Ваня сознает, что он не спит, не грезит, а живет наяву. И все-таки ему как-то не верится... В воде, как в ясном зеркале, увидел он свое лицо сухое, желтое, все в глубоких морщинах, увидел тусклые, угасшие глаза, увидел на голове, вместо своих кудрей, седые пряди, увидел седую бороду... Где же его молодые, блестящие глаза, где его румяные щеки, его беззаботная улыбка, где Ваня-Юныш? Ваня успел состариться... Долго же, значит, он пробыл в заповедном лесу.

* * *

Радостно встретила Ваню нищая братия. "Первый-то из трех посланцев выбрался, наконец, из проклятого леса!.." Ванины сверстники за это время также стариками стали, а из тех стариков, что провожали его, остался в живых один, да и тот, кажется, уж не вполне сознавал: живет ли он.

Насилу отыскал Ваня могилу матери, припал к ней головушкой, словно хотел услышать: что происходит в могиле.

— Родина моя! — шептал он с любовью.— Не привелось нам увидеться! Всю жизнь проблуждал я в темном лесу, боролся с лесными страшилищами, всю молодость свою убил в скитаниях тяжких... Твою заповедь сын твой исполнил: он узнал великую тайну о кладе и откроет ее своим бедным братьям.

Так говорил он. А могила молчала, только густая, зеленая трава на ней по ветру наклонялась. Почти рядом с могилой матери нашел Ваня и могилу той, которую прочили ему в невесты. Провожая, она просила Ваню принести ей из леса цветов. Он принес их и бросил на могилу.

— Жених твой сделал свое дело! — молвил он, склонившись над зеленеющим бугром.— Спи, моя прекрасная невеста! Твой жених счастье с тобою променял на тяжелое дело... но он верен остался тебе, не променял он тебя на те блестящие, лживые видения, что мерещились ему в лесу...

Явился Ваня на сходку — отдавать миру отчет. Оказалось, что Разрыв-травы ни у кого не было. Братия приуныла, но все-таки пожелала достойно отпраздновать возвращение Вани и устроила пир... Не на мягких ложах утопали пирующие,— лежали они на голой земле; не ясное небо синело у них над головой,— низко ходили над ними темные, грозовые тучи; не музыка гремела на том пиру,— сердитый, порывистый ветер свистал и шумел кругом, по опустевшим, молчаливым рощам и лугам, утопавшим в тумане; не цветущие и веселые девы забавляли пирующих, а ходили между ними какие-то бледные привидения. Не мед пили на том пиру, но воду ключевую, не белым калачом закусывали, но черствою коркой; не веселые песни пели, сидели и пели песни заунывные. И на председателе пира красовался венок не из пахучих, роскошных цветов, а из колючего терния...

Стали искать Разрыв-траву, искал и старый и малый, насилу нашли несколько пучков. Сто человек добыли эту траву и носили ее на груди, у сердца; остальная же братия осталась без Разрыв-травы. "Ведь баушка сказала: без Разрыв-травы нельзя взять клад, но найти его можно и без нее, ведь он тут же, у всех под ногами, лежит; ведь по нем почти ходят... А разве попытаться? Благо, сто человек заручились Разрыв-травой"... Так рассудила нищая братия.

Принялись рыть. А клад-то оказался уж очень глубоко. Рыли-рыли, не одну сотню лет рыли, наконец, дорылись кое-как. Немного открыли клад,— и видят: злато и серебро, и каменья самоцветные. Все недро земли словно жар горит. Но все эти драгоценности сплавились в одну сплошную громадную массу, и эта масса пластом залегла по всей земле — от края до края. Ясное дело, что нужна была великая сила для того, чтобы поднять этот глубоко зарывшийся громадный и тяжелый клад. Тяжел был клад, трудно было поднять его. Ведь Разрыв-трава оказалась только у сотни человек, а остальной народ пришел с пустыми руками. Как же быть? "Надо попытаться! — сказали люди. Все помнили, что клад, по словам баушки, с каждым днем уходит глубже в землю.— Если не поднимем сегодня, завтра будет еще труднее!.." Решили и взялись за один конец клада, стали поднимать. Тогда вдруг солнце померкло, и от земли до самых далеких звезд встали на небе страшные тени злых разбойников. Едва лишь тронули клад, тени разрослись в черные тучи и омрачили все небо. Разразилась гроза, загрохотал гром. Поднялось страшное землетрясение... Толстые, вековые стены, поросшие мохом, разваливались, старинные здания разрушались; горы дали трещины, море разбушевалось... Так люди и не могли достать клад.

Но голь не унывает. Нужно найти более Разрыв-травы; нужно, чтобы каждому досталось по стеблю этой заповедной травы; нужно, чтобы каждый носил ее на сердце. Идут дни, годы... Осенью лист на деревьях желтеет и опадает, зимой снежною белою пеленой покрывается земля, весной цветы расцветают, облака плывут по небу, тают и исчезают, цветы облетают, люди рождаются и умирают,— и все идет своим чередом. А люди собирают Разрыв-траву все более и более, все ждут, надеются и верят в то, что долго ли, коротко ли они достанут клад.

ЗОЛОТАЯ ЧАШКА

В ясное июльское утро Григорий Гурьянов, липняговский лесник, собрался в объезд по своему участку. Он крепко затянул на себе широкий ремень, перекинул за плечо ружье и надел свою походную сумку таким образом, что ремень от сумки и ружейная перевязь перекрещивались у него на груди. Надвинул на лоб круглую форменную шапку с жестяной бляхой и, закрутив на руку нагайку, вскочил на своего Серого.

— К вечеру возвращусь! — крикнул он своей Харитине, поправляясь в седле и забирая в левую руку поводья.

— А ты, батя, обещал взять меня с собой! — обратился Тимоша, держась за его стремя.

— Ну, ладно, ладно! Ужо, в другой раз... — промолвил лесник, с добродушной улыбкой посмотрев на белокурую головку своего сынишки.

— А синицу привезешь? — приставал мальчуган.

— Где ж я возьму для тебя синицу! Теперь синицы разлетелись! — ответил Григорий, заворачивая лошадь от крыльца.

— Ну, вот ты какой! — надув губы, протянул Тимоша, неохотно оставляя стремя.

Григорий мелкой рысью направился по дороге в лес и скоро скрылся в зеленой тени развесистых деревьев.

Григорий Гурьянов — отставной солдат, гвардеец, высокий, видный, молодец собой и прекрасный наездник — уже пятнадцать лет служил лесником в казенной Карачановской даче. Дело его заключалось в том, чтобы беречь, охранять лес от всяких бед и напастей — от вредных насекомых, от пожара, от порубщиков. Каждое воскресенье он должен был ездить к лесничему верст за двадцать пять, в большое село Карачанов Лог, и доносить о том, все ли благополучно на его участке. Если на деревьях появлялось какое-нибудь зловредное насекомое, Гурьянов немедленно давал знать о нем лесничему; если в лесу случался пожар, он опять извещал о том лесничего и сельские власти соседних деревень, и те отряжали крестьян для тушения пожара.

Главные же хлопоты у лесника были с порубщиками. Зимой безлиственный лес, засыпанный снегом и увешанный серебристым инеем, стоял тихо, неподвижно, как заколдованный, и стук топора издалека был явственно слышен, и порубщика было легко накрыть. В летнюю же пору, когда лес шумел при ветре, до него трудно было добраться. Застав крестьянина за рубкой казенного леса, Гурьянов должен был отнять у него топор как видимую улику преступления, заметить порубленное или уже сваленное дерево и о происшедшем донести леснику. Терпел он, терпел, да однажды тяжела показалась ему такая служба. И в одно из воскресений он заявил лесничему о своем намерении оставить службу. Лесничий очень ценил исполнительного, расторопного лесника, представлял его к наградам и теперь был немало удивлен его неожиданным заявлением.

— Что ж так, Гурьянов? — спросил его лесничий. — Почему тебе вздумалось уходить?

— Тяжело, ваше благородие! — смутившись, ответил лесник.

— Как так — "тяжело"? Отчего же? — переспросил лесничий.

— Вон того мужика из Ахматовки оштрафовали... Мужик-то ведь совсем разорился. Смотреть на них жаль, ваше благородие! — говорил Гурьянов, по старой привычке стоя навытяжку перед начальником.

— Ну, Гурьянов! Не мы с тобой законы пишем, не мы за них и в ответе! — сказал лесничий.

— Точно так, ваше благородие, — почтительно отозвался Гурьянов, — а все-таки...

— Ты уйдешь, на твое место поступит другой, — заметил лесничий. — Может быть, навяжется какой-нибудь недобрый человек, пьяница, взяточник, вор, начнет притеснять. Крестьяне-то взвоют от него! Есть ведь такие лесники. За всеми, брат, каждый час не углядишь.

Стал лесничий уговаривать Гурьянова не бросать службу — и уговорил.

Служба лесника была не только беспокойная, но и опасная. Пойманный и оштрафованный порубщик имел возможность жестоко отомстить, спрятавшись в засаду. Гурьянов мог натолкнуться на целую толпу нарушителей, — его могли избить и даже убить до смерти. Голодные люди отчаянны и злы.

Гурьянов за свою многотрудную службу получал небольшое жалованье и имел даровую квартиру — избу. При избе находился довольно просторный двор, обнесенный сараями и высоким плетнем, с крепкими тесовыми воротами. Высокий плетень и крепкие запоры были нужны для защиты от волков. Вокруг избушки, на все четыре стороны, расходилась глухая, дремучая лесная чаща, — и волки, особенно в зимнюю голодную пору, с ранних сумерек и до солнышка сновали около жилья лесника, жалобно порой завывая. Серые были иногда до того дерзки, что, пробегая по снежным сугробам около хаты, заглядывали в оконца и чуть не тыкались в них мордой. В таких критических случаях Медведко — черная косматая собака лесника — забирался в сенцы и, чувствуя себя в безопасности, грозно рычал и лаял на незнакомых пришельцев.

У Гурьянова, кроме лошади, была еще корова, десяток овец и несколько кур.

Поселки лесников называются "кордонами". Тот поселок, где жил Гурьянов с семьей, назывался Липняговским кордоном.

В течение пятнадцати лет Григорий и его Харитина так сжились с своей избушкой, так привыкли к своему лесному житью-бытью, что им уже казалось, что и на свете нет ничего лучше и краше Карачановского леса и их Липняговского кордона.

Они знали в лесу каждую тропинку, каждую поляну, можно сказать, знали каждое дерево. Знали, где какое растение найти, где какие ягоды растут, где больше водится грибов. В лесу они были как дома: при солнце и без солнца, днем и ночью они всегда могли найти дорогу к своей хате по таким приметам, которые для других ровно ничего не значили. По наклону вершин деревьев, по количеству и по расположению ветвей, по стволам, с одной стороны гладким, а с другой — подернутым мхом, они всегда могли безошибочно угадать, где полуденная сторона, где север, где солнечный восход и где закат.

Харитина редко оставляла кордон: лишь иногда в воскресенье вместе с мужем отправлялась она на базар в Карачанов Лог для продажи кур, яиц, масла, баранов, шерсти и для закупки различной домашней провизии.

Тимоша родился и вырос в лесу, на Липняговском кордоне, и так же хорошо, как отец и мать, знал ближайшие лесные чащи. Он был мальчик очень наблюдательный и с большим вниманием относился к совершавшейся вокруг него лесной жизни.

В летнюю пору с утра до ночи он проживал в лесу, собирал ягоды, грибы, цветы; как настоящий лесной зверек, лазал по деревьям, заглядывал в птичьи гнезда и за некоторыми гнездами изо дня в день следил, как вылуплялись маленькие птенчики, как они понемногу подрастали; иногда издали подсматривал, как мать, прилетая с добычей, совала птенцам корм в желтые, широко раскрытые клювы.

Тимоша очень любил лес, и в лесу ему жилось так

привольно и дышалось так легко, что он не променял бы своей лесной глуши ни на какие сказочные палаты. Жизнь зверей и птиц, жизнь деревьев и цветов, все живое, все близкое и далекое занимало его, будило его воображение и мысль. Тихое и ясное благоухающее летнее утро, с пением и щебетанием птиц, с несмолкаемым жужжанием насекомых, и легкие белые облака, проплывающие по небу, и темная туча, застилающая солнце и в виде черного чудовища поднимающаяся над лесом, яркие молнии и громовые раскаты, стозвучным эхом отзывающиеся по лесу, и буря с вихрем, шумно налетающая на лес, сокрушающая и ломающая деревья и наполняющая гулом и треском лесные чащи, и тихий румяный вечер, золотящий в огне заката зеленые вершины, и синяя звездная ночь, сгущающая тени в лесу, — все говорило мальчику чудным, внятным ему языком. А зимой, когда снег валил густыми хлопьями или поднималась метель, Тимоша, припоминая то страшные, то трогательные мамины сказки, из-за ворот или из окна хаты чутко прислушивался и приглядывался к тому, как Ветер Ветерович разгуливал по лесу и заносил его белыми пушистыми сугробами. И думалось тогда Тимоше: не увидит ли он из-за снега бабу-ягу, едущую в ступе, или мужика, по наущению злой мачехи увозящего в лес на погибель свою милую, любимую дочку. Или: не увидит ли он, как медведь тащит к себе в берлогу девицу-красавицу...

Тимоше уже минуло шесть лет. Он был мальчик небольшого роста, но плотный, здоровый, с румяными щеками, с веселыми, смеющимися ямками на щеках, с большими ласковыми и кроткими голубыми глазами, с густыми белокурыми волосами, светлыми и блестящими, как хороший чесаный лен. Отец редко его подстригал, и поэтому волосы неровными прядями почти закрывали ему уши и падали на лоб.

Зимними вечерами отец уже начинал понемногу учить его грамоте. Жена лесничего, очень добрая, приветливая женщина, подарила однажды Гурьянову для сына книжку с картинками, изображавшими зверей и птиц, корабли, плывущие по бурному морю, горы, дышащие огнем, и какие-то невиданные дворцы и храмы, леса и пустыни далеких стран. Эту книжку, как драгоценность, лесник держал в шкафу под замком, и для Тимоши было истинным праздником, когда отец вынимал книгу из заветного шкафа и давал Тимоше смотреть картинки и объяснял их. Мальчуган полюбил эту книгу и относился к ней так же бережно, с таким же глубоким благоговением, как и отец.

40

Так до сего дня тихо и безмятежно текла жизнь в хате лесника.

В летнюю пору Григорий Гурьянов почти каждый день объезжал свой лесной участок. Так и в то памятное для него утро пустился он в свой обычный путь по знакомой дорожке, вовсе не предчувствуя, что ждет его вечером, по возвращении домой.

Проводив мужа, Харитина взялась за свое шитье и села на крыльце под навесом, защищавшим ее от солнечных лучей.

В тихом утреннем воздухе уже чувствовалось горячее дыхание наступающего знойного летнего дня. Лес, со всех сторон зеленой стеной окружавший Липняговский кордон, стоял, не шелохнувшись, в своем великолепном летнем убранстве, цветущий, благоухающий, и словно замер в дремотном безмолвии под ясными голубыми небесами. Чириканье птиц в соседнем кустарнике порой смолкало, и было явственно слышно, как где-то дятел долбил дерево. Куры с тихим кудахтаньем бродили по двору и рылись в песке. Медведко лежал в тени у ворот.

Тимоша собирался в лес и искал нож: ему нужно было срезать небольшую вербочку. Он вскочил на лавку и, поднявшись на цыпочки, шарил рукой по полке. На полке было темновато. Шаря по ней рукой, Тимоша как-то нечаянно толкнул локтем чайную чашку, стоявшую на краю полки. Чашка полетела на пол и разбилась вдребезги. Харитина услыхала звон и треск разбившейся посуды и с тревожным видом заглянула в хату.

— Тимошка, ты что тут? Чего разбил? — спросила она и вдруг, всплеснув руками, вскрикнула отчаянным голосом. — Чашку отцовскую? "Золотую чашку!" Ах, ты, пострел! Ах, ты, баловник! Что ты наделал? А?

Тимоша обомлел. Ухватившись рукой за полку и растерянно смотря вниз, он стоял на лавке неподвижно, как статуя, ни жив ни мертв. Солнечный луч, яркой полоской падая из окна, играл на осколках разбитой чашки, и Тимоша, как очарованный, не мог глаз отвести от этих осколков, блестевших на темном щелеватом полу.

— Что ужо отец-то скажет? — в волнении говорила Харитина. — Уж он тебе задаст! Какую чашку-то разбил! А! Подумать только...

Та чайная чашка была, действительно, не простая чашка. Кум, богатый торговец из Карачанова Лога, привез ее Гурьянову из Нижнего в подарок, и эта великолепная чашка считалась редкой дорогой вещью в хате лесника. Чашка была большая и очень красиво расписана цветами и золотом. Из этой чашки никто не пил: она обыкновенно стояла в шкафу. Вчера, как на грех, Гурьянов вынул чашку из шкафа, чтобы показать ее товарищу-леснику, заехавшему к нему на перепутье. Вечером, по отъезде гостя, лесник второпях поставил ее на полку, а утром позабыл о ней.

Тимоша наконец соскочил на пол и сел на лавку, печально понурив голову. Харитина, чуть не плача от досады, подобрала осколки и положила их на стол. Мальчуган опять загляделся на них: эти блестящие осколки погружали его в какой-то тяжелый столбняк.

Вот приедет отец, ужо погоди... Что с тобой сделает, постреленок! — сердито проворчала Харитина, уходя на крыльцо.

В грустном раздумье остался Тимоша. До сего времени он не боялся отца: он знал, что отец любит его. Григорий всегда был ровен с сыном, ласков, никогда не бил его, пальцем не тронул. Но ведь зато Тимоша никогда еще и не совершал такого преступления, как сегодня. Шутка ли — расколоть "золотую чашку"! Он знал, как отец берег эту чашку, как он дорожил ею и сколько раз при нем, при Тимоше, любовался на нее. Если бы даже и мать ничего не сказала, он сам бы понял всю громадность своей вины. А теперь причитанья матери, ее сердитые речи и угрозы еще более нагнали страха на нежную детскую душу. Если бы знать, что отец сделает с ним. Если бы отец побил его, оттрепал за волосы, — беды в том большой еще нет. Но ведь мать не говорит, что ожидает его за разбитую чашку. "Вот ужо воротится отец! — ворчит она. — Что он с тобой сделает!.."

"Господи! Да что же он со мной сделает? Что?!" — спрашивал себя Тимоша и не мог ответить на этот вопрос. Он долго просидел в хате, раздумывая о приключившейся с ним беде. Нежданно она налетела на него, как вихрь, — страшная, непоправимая беда! Если бы склеить чашку! Но где ж ее склеить, когда она разлетелась вдребезги! Никто уже не склеит эту несчастную "золотую чашку". Смотря на блестящие осколки, Тимоша, наконец, почувствовал, что какая-то глухая, ноющая тоска защемила ему сердце. Он невольно тяжело вздохнул. Ему стало невмоготу оставаться одному в избе, и он вышел на двор. А мать увидела его и опять угрожающим, сердитым тоном принялась за свое:

— Погоди, баловник! Вот ужо воротится отец! Погоди-и-и!..

Тимоша побродил по двору, подошел к воротам и прилег к Медведке. Тот, вытянувшись, лежал в тени и сладко подремывал. Тимоша обнял его обеими ручонками и прижался к нему, и светлые, льняные Тимошины волосы смешались с черной, лохматой шерстью Медведки. Как хорошо начинался день! Тимоша хотел пойти в лес за вербочкой — и вдруг... Ах, эта "золотая чашка"! И мальчуган, припав лицом к своему косматому другу, горько заплакал. И слезы текли у него по щекам, падали ему на руку и на лохматую голову Медведки. Тот, как бы с недоумением посмотрев на Тимошу, лениво приподнял голову, но через мгновение снова опустил ее на траву и задремал. А мальчуган тихо плакал, склонившись над ним.

Солнце начало сильно припекать. Птички замолкли в лесу, и еще явственнее стало слышно, как дятел прилежно долбил дерево. Харитина ушла в избу и, немного погодя, крикнула из сеней:

— Ступай обедать-то, баловник!

И "баловник", понурив голову, пошел в избу, но обедалось ему в этот раз плохо.

— Для чего на полку-то полез? Чего там понадобилось? — сердито спрашивала его мать.

— Ножа искал, — ответил ей Тимоша, жуя корку хлеба.

И опять страшные слова, опять угрозы:

— Вот ужо, погоди! Будет тебе "нож"...

Харитине, разумеется, было очень жаль разбитой чашки, но гнев ее уже поостыл и вспыхивал лишь тогда, когда она взглядывала на блестящие осколки, лежавшие на столе. Она видела заплаканные глаза и печальное личико Тимоши, и ей уже, пожалуй, стало жаль парня, но по своей привычке она все-таки делала "для острастки" сердитый вид и не могла удержаться от ворчанья.

Весь остаток дня Тимоша провел в унынии и тревоге. На месте ему не сиделось и в лес не хотелось идти. Посидел он на крыльце, строгая свою липовую палку, потолкался по двору, заглянул в избу, но при виде осколков "золотой чашки" опять поскорее убрался на двор: много раз выходил за ворота и прислушивался, — не едет ли батя? Не слыхать ли в лесу лошадиного топота? К вечеру страх стал пуще разбирать Тимошу, чаще прежнего он стал посматривать на лесную дорогу и прислушиваться. Не слыхать лошадиного топота, но, вероятно, отец уже скоро возвратится, — и Тимошино сердце усиленно бьется и замирает от смутного страха при воспоминании о разбитой чашке, при мысли о том, что "ужо сделает с ним отец". Он не раз норовил спросить у матери: что же ему будет? — но не решался заговорить, видя ее сердито нахмуренные брови и крепко сжатые губы.

Вот и солнце уже низко спустилось, зашло за темные леса, — и в то время, как вершины деревьев горели в огне заката, под кустами там и сям ложились синеватые, полупрозрачные вечерние тени.

"Теперь уж скоро!" — думал Тимоша, стоя за воротами и тоскливо посматривая на узкую лесную дорогу. Он так подолгу, так напряженно прислушивался, что ему уже раза два в тишине наступавшего вечера слышался лошадиный топот и голос отцовский; однажды даже послышался в лесу звон колоколов, хотя колокольному звону было неоткуда взяться. Тимоша стоял за воротами без шапки, вертя в руках свою тоненькую липовую палку, и не знал, что же ему делать и как быть... Мать сердится на него, ворчит, отцом грозит. В избе на столе осколки "золотой чашки" лежат.

И вдруг словно вдохновение осенило Тимошу. "Убегу, убегу, пока не поздно! Убегу скорее!" — промелькнуло у него в голове, и он пошел. Но вдруг оглянулся на свою хату. "Куда же бежать? В лес! Куда же больше!" Бежит ли он совсем из родного дома или на время, в том Тимоша не давал себе отчета. Только одно было у него на уме, — укрыться, спрятаться поскорее от угрожавшей ему опасности. И, уже не оглядываясь на родную хату, мальчуган торопливо пошел в лес и побрел по лесу не путем, не дорогой, а прямо в ту сторону, где было еще светло, где закатывалось солнце и откуда из-за листвы, словно брызжа золотом, проникали в зеленую лесную глушь последние солнечные лучи. И шел, шел Тимоша, не оглядываясь назад, не озираясь по сторонам, продираясь через кусты, перелезая через стволы поваленных бурей деревьев, через гнилые, мшистые колоды, через кочки и старые пни. Скорее! Дальше, дальше от родного дома!

Вскоре после того, как Тимоша под влиянием внезапной решимости углубился в лесную чащу, Григорий Гурьянов возвратился домой. Сели ужинать. Летом в хорошую погоду они обыкновенно ужинали на дворе перед крыльцом, и Медведко в это время всегда сидел тут же, перед столом, в выжидательной позе и пристально, упорно смотрел на хозяев. Тимоша давал ему кусочки хлеба, и лесник, глядя на них, иногда весело приговаривал:

— Вот вся семья вместе, — и сердце на месте.

Сегодня лесник не сказал своей прибаутки.

— А Тимоха? — спросил он, берясь за ложку.

— Тимошка твой наварзал (наварзать — значит что-нибудь

испортить; местное выражение) сегодня... Теперь, видно, и прячется! — ответила Харитина. — Чашку разбил.

— Какую чашку? — торопливо переспросил лесник. — "Золотую"? Кумов-то подарок?

— Да! — промолвила жена.

— Вот так так! Вот тебе и чашечка... — недовольным тоном протянул Григорий. — Не успел и попить из нее. Сберегли! Ну и баловник же! А, чтоб его! Да как его угораздило?

— Полез на полку, — да как-то и смахнул, — хмурясь, проговорила Харитина. — Уж я же и припугнула его. Вот уже, говорю, отец-то приедет.

— Тебя припугнуть-то бы надо! — заметил Григорий. — Нет смекалки чашку-то в шкаф убрать.

Поужинали и стали собираться спать.

— Да где ж Тимоха-то? — спрашивал лесник.

— А прах его знает! — с досадой промолвила Харитина, думая про себя: "Вот еще, отвечай за него, за пострела!" — Забился, поди, в сарай, либо в сено зарылся. Ужо придет, не бойсь! — добавила она.

На том и порешили. И успокоились.

Солнце закатилось. Темные тени сгущались в лесу.

А Тимоша все шел да шел. Из страха погони он не решался остановиться и отдохнуть. Медведко не раз очень далеко прибегал за ним в лес. А ну, как батя возьмет теперь Медведку и отправится верхом на поиски! Медведко выследит его непременно.

На небе начали проступать звезды, а в лесу становилось все темнее и темнее. Яркая заря, красным пламенем долго сквозившая из-за деревьев, наконец, погасла. Звезды ярче заблистали в синем небе; ночная мгла окутывала лесные чащи. Тимоше стали мерещиться впотьмах всякие страшилища; он часто вздрагивал. Мальчуган еще никогда не бывал один в лесу так поздно ночью.

Все пугало его и приводило в трепет. И белый ствол березы, смутно, как призрак, выступавший из-за темных лохматых елей, и черный обгорелый пень, и громадные, вывороченные из земли корни пней, таращившиеся в полумраке, как какие-нибудь сказочные чудовища, — все смущало теперь его живое детское воображение. Иногда ему было страшно идти вперед: порой чудилось, что за ним как будто кто-то крадется, и так близко-близко! В эти минуты его всего, с ног до головы, словно варом обдавало и мурашки неприятно, мучительно пробегали по спине. А останавливаться было еще хуже, — деревья стоят тихо, даже на проклятой осине лист не дрожит, узорчатый папоротник и высокий багульник с белыми цветами, такими пахучими ночью, не шевельнутся. А между тем в лесу вокруг Тимоши не было полного безмолвия.

Какие-то неясные, неуловимые шорохи неслись со всех сторон, словно деревья на своем языке, непонятном людям, шептались между собой. Тимошу то вдруг теплом обдавало, словно кто-то невидимый дышал на него, то ему казалось, как будто кто-то проносится над лесными чащами в звездной вышине. Почему же вершины деревьев вдруг начинают вздрагивать и шелестеть листьями, как будто под чью-то легкой стопой? И страшно, жутко становилось мальчику, когда он иной раз невольно начинал прислушиваться к скрадывающемуся шороху, таинственно, неуловимо расходившемуся вокруг него, — то в темной глубине лесной чащи, то где-то рядом. И Тимоша чувствовал, что теперь лес живет своей ночной жизнью, совсем иной, чем днем.

Наконец, он совсем выбился из сил и в изнеможении прислонился к какому-то толстому, развесистому дереву. Было уже поздно. Те звезды, что мерцали из-за вершин деревьев, теперь уже стояли высоко в небе. В воздухе, напоенном ароматом лесных цветов и трав, порой проносилось свежее дыхание ночного ветерка. Тимошу стало клонить ко сну, голубые глазенки его слипались, волосы лезли на лоб, но он уже не отводил их от лица. Спать! Дома он теперь уж давно бы спал. Ноги подкашивались, голова отяжелела. Но, как ни был измучен он страхами и усталостью, все же смог еще сообразить, что на земле спать нельзя: может наскочить голодный волк или какой-нибудь другой лесной зверь, может змея ужалить. Нужно забраться на дерево.

Тимоша стал шарить руками по неровному стволу, ища какого-нибудь сучка, и, собрав последние силы, вскарабкался на дерево, перебираясь с ветви на ветвь, все выше и выше... Довольно! Теперь можно сесть боком вот на эту толстую ветку и прижаться к дереву. Вот так! Теперь ни зверь не съест, ни змея не подкрадется к нему.

Тимоша дремлет, а мысль его летит к родной хате: что-то теперь делают батя с мамкой? Хватились его, ищут или, может быть, уже спят? Спят куры на своем насесте, спит Медведко на крыльце, спит в своем хлеву Буренка, Серый фыркает спросонок... Все на своем месте, только Тимоша, как зверёныш, забился на дерево в глухом лесу. И представляется ему родная хата, та лавка, где он обыкновенно спал. Он чувствует, что голова начинает слегка кружиться, как всегда бывает в те мгновенья, когда засыпает человек. Но вдруг Тимоша вздрагивает, — летучая мышь неслышно, как тень, налетела на него, чуть не коснувшись его лица своими легкими крылами, и в то же мгновенье пропала, потонула во мраке. Тимоше опять стало жутко впотьмах; он беспокойно заворочался на своей ветви и крепче прижался к дереву. Немного погодя дикий жалобный крик, подобный стону, пронесся в ночном безмолвии: то в лесной чаще прокричал филин. Потом, уже впросонках, Тимоша слышал, как неподалеку от него какая-то ночная птица громко защелкала клювом.

Мальчик не мог заснуть как следует, и всю ночь провел в тяжелом полузабытьи. Раз он едва не упал с дерева: ему почудилось, что он — дома, лежит на лавке, — захотелось потянуться, порасправить ноги. Еще ладно, что скоро опомнился и не выпустил ветви из рук... Уже перед утром, когда серые предрассветные сумерки сменяли ночную тьму, Тимоша в полудреме, с усилием полураскрыв глаза, видел, что какой-то зверь, не то лисица, не то волчонок, прошмыгнул под деревом, остановился на минуту, как бы к чему-то прислушиваясь, и скрылся в чаще. Это был тот час, когда дрема с особенной силой овладевает человеком. Тимоше страшно хотелось спать, до того, что даже появление зверя под деревом уже не смутило его.

Когда совсем рассвело, золотисто-розовая полоса засветилась на востоке, зачирикали и перекликались птички, Тимоша решился спуститься с дерева, — и тут же у кочки, поросшей высоким красивым папоротником, мальчуган прилег и моментально заснул как убитый.

Мальчик спал долго и крепко, проснулся поздно, когда солнце стояло уже так высоко, что лучи его сначала совсем было ослепили заспанные Тимошины глаза. Проснувшись, Тимоша увидел, что на рукаве его холщовой рубахи спокойно сидела черная бархатистая бабочка и яркий солнечный луч играл на ней.

Тимоша невольно загляделся на нее, — эта красивая черная бабочка резко выделялась своими темными бархатистыми крылышками на белом рукаве его рубахи.

Не сгоняя бабочку, он осмотрелся кругом. Теперь, при веселом дневном свете, опять хорошо было в лесу, который он так любил в летнюю пору. И позабылись все темные страхи, пережитые им в предшествующую ночь, позабылись на мгновение печальное настоящее и неизвестное будущее.

Зеленая даль, казалось, вся была пронизана золотом солнечных лучей. Птички пели, жужжали насекомые. Тимоша посмотрел вверх. Толстое развесистое дерево, приютившее его на ночь, было старым почтенным вязом. Вон и та ветвь, где он ночью томился в полудреме. А теперь он подкрепился сном, приободрился и с черной бабочкой на рукаве продолжал лежать и нежиться под тенью гостеприимного вяза. Наконец ему захотелось пить, надо было поблизости поискать воды.

Тимоша пошевелился, бабочка неторопливо вспорхнула, трепеща крылышками. Мальчик пошел следом за ней. Черная бабочка летела вперед — в голубую сияющую даль. Он шел за ней, и бабочка скоро привела его к ручью. Тут Тимоша в изумлении остановился. На берегу ручья, в тени плакучих ив, была целая туча таких же черных бабочек, как его знакомая. Иные из них сидели на траве, другие перелетали с места на место, кружась и порхая взад и вперед, — то вверх, то вниз. Ручей был неглубок: песчаное дно виднелось как на ладони; серые камни, подернутые зеленовато-бурым мхом, торчали из воды. Место было глухое, пустынное. Тимоша вволю напился прозрачной студеной воды, выкупался. Бабочки продолжали кружиться в синем воздухе, перелетая с места на место. Две-три бабочки не отставали от мальчика во время купания и каждый раз, как он показывался из воды, садились ему на плечи и на грудь.

Простившись с черными бабочками, Тимоша опять тронулся в путь-дорогу. Куда — он и сам не знал. Идя по лесу, Тимоша думал: "Что-то теперь дома? Что батя делает? Что делает мать? Ищут ли его?" От этих дум и от воспоминаний о родной хате взгрустнулось Тимоше. "А что, если бы я вернулся домой?" — спросил он себя. Но нет! — там на столе лежат эти ужасные осколки... И Тимоша не знает, что сделает с ним отец за разбитую чашку. Он помнит угрожающие взгляды матери, ее многозначительное покачивание головой, в его ушах все еще звучат зловещие слова: "Ужо, погоди! Вот приедет отец!.." Нет, уж лучше идти дальше!

Тимоша, однако, незаметно изменил направление и опять шел в ту сторону, откуда светило солнце. А солнце в то время светило с полудня, и наш странник, значит, с запада повернул на юг. Тимоша сильно проголодался: ведь у него со вчерашнего обеда маковой росинки не было во рту. Он наелся дидля (довольно высокое трубчатое растение, сладковатое на вкус. Деревенские ребятишки едят его, а также делают из него свистульки), а потом нашел большой малинник, весь усыпанный ягодами; знать, деревенские ребятишки еще не забирались сюда. В лесу стало жарко, душно. Несколько раз Тимоша садился отдыхать и ложился наземь в тени деревьев.

Шел-шел Тимоша, да вдруг весь встрепенулся и

остановился как вкопанный. Где-то неподалеку, за деревьями, раздавались человеческие голоса.

— Надо бы, брат, поторапливаться! Гляди-ка, как там затуманивает, — послышался хриплый мужской голос.

— Уж немного осталось. Смечем живо! — отозвался другой.

— Хоть бы до дождика домой-то добраться! — слышался третий голос.

— Поспеем, не бойсь!

Тимоша, затаив дыхание и крадучись, как дикий зверек, подошел поближе к тому месту, откуда доносились голоса, и из-за деревьев увидел поляну, а на поляне — двух крестьян и бабу, убиравших сено. Они уже дометывали стог. Рыжая косматая лошаденка бродила у опушки леса, пощипывая траву. Тимоша, осторожно крадучись, обошел полянку и направился далее. После того в лесу он уже более не встречал людей.

Крестьянин угадал. Когда время было уже за полдень, вдруг солнце спряталось за тучи, и в лесу стало быстро темнеть. Надвигалась гроза. Гром гремел вдали, и вершины деревьев порой шумели и гнулись под напором налетевшего ветра. Собирался дождь, может быть, ливень, даже с градом. Вон в потемневшей вышине проносятся над лесом черные обрывки туч. Под грохот грома зловещим синеватым светом молний вспыхивает лесная чаща.

Надо бы спрятаться, да некуда, а Тимоша уже знает (от отца не раз слыхал), как опасно быть в лесу в непогоду. Под натиском бури ломаются ветви и даже деревья, которые порой с корнем вырываются из земли. Наконец, может зашибить градом, убить молнией. Хорошо тому в непогоду, у кого есть кров над головой.

Неожиданно Тимоша увидел невдалеке старый развесистый дуб. Он сразу же направился к нему. На счастье, в дубе оказалось дупло. Мальчуган, как опытный житель лесов, прежде чем залезать, пошарил в нем своей липовой палкой: нет ли там какого-нибудь зверька, змеи, ящерицы или другой гадины. Дупло оказалось незанятым. Съежившись, Тимоша кое-как протиснулся через узкое отверстие, слегка оцарапав себе плечи и спину. "Помещение" было темновато, но довольно просторно и удобно для неимущего другого крова и защиты от грозы; в дупло нанесло земли и много сухого увядшего листа: лежать было мягко.

Не прошло и пяти минут после того, как Тимоша укрылся в дупло, как гроза со всей яростью, накипевшей за длинный ряд солнечных знойных дней, разразилась над лесом. Молнии горели, не переставая: раскаты грома с треском и гулом наполняли лесную глубину. Лил дождь; ветер ревел как бешеный. Деревья шатались и скрипели: сухие сучья и листья тучей летели с деревьев. Хаос царил в лесу.

Но вот — отгремела гроза, прошумела непогода. Вечер был еще неблизко, однако мальчик решился провести предстоящую ночь в дупле. Полюбилось ему это мягкое уютное гнездышко. И торопиться было некуда. Вчера он еще опасался погони, а сегодня преследования не ждал. Ему казалось, что прошло очень много времени и он одолел очень длинный путь. Сутки ему представлялись несколькими днями, и он думал, что уже зашел невесть куда. Перед наступлением ночи Тимоша вылез из дупла, натаскал сухого листа и валежника и, забравшись опять в дупло, этим листом и валежником завалил отверстие. Сухо, хорошо в дупле; только одно горе: Тимоше есть хочется, а есть негде взять. С каким удовольствием он съел бы теперь один из таких кусочков хлеба, какие бросал, бывало, Медведке! В желудке точно червяк сосет. Но делать нечего! Придется спать без ужина. Свернувшись в комочек и подложив руку под голову вместо подушки, Тимоша, наконец, заснул. Ночью он часто просыпался: слышался какой-то неясный шорох у входа в дупло.

— Кыш, кыш! — говорил он вполголоса, приподнимаясь на своем лиственном ложе и помахивая рукой.

Поутру, когда Тимоша проснулся и было уже совсем светло, из-за сухих листьев, прикрывавших вход в дупло, высунулась темная острая мордочка, и бойкие живые глазки взглянули на Тимошу. То был еж, зверь вовсе неопасный.

— Ежинька, ежинька! — ласково позвал мальчик, протягивая руку к пришельцу.

Но тот быстро вооружился, ощетинив свои иглы и спрятав мордочку и лапки, а затем бочком-бочком проворно выбрался из дупла.

И опять Тимоша побрел по лесу неведомо куда. Но теперь он чувствовал сильную усталость во всем теле, чувствовал себя разбитым, и ноги его шагали через кочки и пни уже не так бойко и прытко, как в первый день странствования по лесу. Часто его томила жажда: ручьи не попадались на каждом шагу. Он был голоден: от такой пищи, как сладкий дидель да разные ягоды, у него только без толку бурчало в желудке. Одиночество угнетало его все тяжелее и тяжелее. Часто он вспоминал отца, мать, милый дом. Ему было жаль батю и маму. Бегство из родной хаты представлялось ему теперь уже вовсе не в том свете, в каком виделось в тот несчастный вечер, когда мать стращала его. Теперь уж он не боялся погони; напротив, был бы

50

очень рад, если бы батя или какой-нибудь лесник теперь нагнал его и вывел из леса к людям. Зачем он не пристал тогда к крестьянам, убиравшим сено на поляне? Они вывели бы его куда-нибудь в деревню, а там уж он нашел бы дорогу к родному дому.

Тимоша уныло брел по лесу и чаще прежнего ложился отдыхать. Ночь он опять провел на дереве в томительном полузабытьи и часто бредил, звал то батю, то мать, то кликал Медведку.

...И опять забрезжило утро, а вскоре наступил очередной день. Тимоша брел по лесу и с горечью думал: "Напрасно я убежал!" Конечно, напрасно! Ведь не убил же бы его отец! Отец его любит. "Воротиться домой?" Уж и прежде ему мелькала эта мысль. "Да, полно, смогу ли я теперь найти дорогу к родной хате? Где она, наша хата? В какой стороне?" Но лишь теперь впервые совершенно отчетливо и ясно представилась ему эта мысль и поразила его ужасом. Нет, не найти у ему дороги к дому! Теперь, если бы он и захотел, ему уже не выбраться из леса на вольный свет, к людям.

"Что я наделал! Что я наделал!" — с отчаянием говорил себе мальчуган, озираясь на лесные чащи, обступавшие его стеной со всех сторон. Он как будто только теперь в первый раз увидел перед собой эти дремучие чащи и понял весь ужас своего положения. Куда он зашел? Он заблудился, он умрет с голода, или зверь набежит на него и загрызет, или змея ночью, во время его сна, подползет и ужалит его насмерть. Куда ни оглянись, везде лес, отовсюду гибель грозит. Лесная сила так и прет, надвигается на него со всех сторон. Лес делался все гуще, дремучее, непролазнее; темнее становились лесные чащи; даже певчих птиц стало не слыхать. Лесная дичь, лесная глушь обступала его, дорогу ему заслоняла.

Страх, голод, усталость, сожаление о покинутой родной хате, об отце, о матери донимали бедного Тимошу. Он плакал, плакал горько и еле брел, продираясь через лесные трущобы и робко озираясь по сторонам. И не раз в чащах слышался его жалобный дрожащий детский голосок: "Ау-ау-у!" Но никто не откликался... Только ветер шумел по лесу.

Тимоша смутно помнит, что он, наконец, выбрался на какую-то полянку, но тут запнулся за что-то, должно быть, за корень дерева, — и упал. Хотел встать и не смог: голова кружилась, в ушах — шум и звон. Земля и небо, и шумевшие от ветра деревья — все вокруг него ходуном заходило. В глазах потемнело, — и Божий мир исчез для него...

Смятение и тревога в хате лесника.

51

На другой день по исчезновении Тимоши лесник с женой обошел и объездил все окрестные лесные чащи, исколесил почти весь свой участок. Брали с собой и Медведку, но тот только вспугивал птиц и бестолку лаял, бегая взад и вперед. Тимоши и след простыл: не помогло и Медведкино чутье.

— Чем ты застращала его этак? — спрашивал Григорий Гурьянов жену.

— Да ничем, — отзывалась Харитина. — Говорила только: "Вот ужо отец приедет. Погоди, — говорю, — что он ужо с тобой сделает!.."

— Э-эх, ты! — хмурясь, говорил Григорий. — Из-за чашки... Экое дело, подумаешь! Запугала парнишку зря. Вот теперь... Э-эх!

И лесник скорбно качал головой, как бы желая сказать: "Вот теперь ищи-ка его!"

— Ведь пальцем не тронула его, сердечного, — причитала Харитина. — И что такое с ним поделалось, не придумаю. И ума не приложу, как такое статься могло. Господи, помилуй! Да если бы я знала, да ведала. Да провались она, эта чашка! Пропади она пропадом, окаянная. Жили и без нее! И ты тоже разахался над ней... Невидаль, подумаешь!

И по словам Харитины выходило так, что во всем будто бы виноват сам Григорий, виноват тем, что очень расхваливал и берег эту чашку, "ахал" над нею. Лесник только хмурился и не возражал жене: что уж тут говорить, языком колотить понапрасну... Думалось ему, что Харитина виновата — оттого, что чашку в шкаф не поставила. И горько было Григорию, что из-за такой дряни, из-за чашки, пропал у него Тимоша, свет и радость его лесной хатки.

Гурьянов очень любил своего сынишку, но, как и многие отцы, не умел выказывать любви нежностью и ласками, так же точно, как теперь, в минуты жгучего горя, он не мог ни стонать, ни хныкать и вообще не мог, по его словам, "выносить своего горя на люди". Он умел горевать только про себя, в душе, но его невидимое людьми горе было тяжко и глубоко.

На следующий день Гурьянов позвал к себе на помощь товарищей-лесников и нескольких крестьян из соседней деревни Онурьина. Много мест они исходили и изъездили по лесу, — Тимошу не нашли... Может быть, Гурьянов проезжал близко — в нескольких саженях от беглеца, но из-за деревьев не видел его, а тот не видел отца. Григорий, усталый, измученный, убитый горем, возвратился домой. Накануне он еще надеялся, а теперь уже последняя надежда исчезала...

Харитина причитала и горько плакала, глаз не осушая.

Лесник не плакал. Мрачный, унылый, сидел он за столом, опустив голову на руки.

"Опустела хата без Тимохи! — с тяжкой душевной болью думал он. — Застращать этак парнишку, и из-за чего? Ах, дуреха! Малого рада была на глиняную чашку променять. А теперь сама ревет!"

Умри Тимоша от какой-нибудь болезни, утони, сгори на пожаре — тяжко, прискорбно было бы для Григория, но все же не было бы так горько, как теперь.

Теперь он как будто сам, своими руками, загубил свое родное, милое детище.

Смятение и тревога в хате лесника стали уже сменяться мрачным, безнадежным отчаянием. Идти было некуда, искать негде... Никаких сомнений: Тимоша убежал в лес и заблудился. Но и на третий день лесник не мог усидеть спокойно дома, — опять с Медведкой пошел бродить по лесу.

В тот же день с кошаевским пастухом приключилась очень странная, загадочная история.

Старик пас свое стадо на лесной поляне в пяти верстах от деревни Кошаева и верстах в шестнадцати от Липняговского кордона, где жил Григорий Гурьянов. Пастух сидел в тени деревьев и плел лапти. Отложив работу в сторону, он достал свою коротенькую трубку-носогрейку, насыпал в нее мелко перекрошенной махорки и только хотел было закурить, как вдруг заметил, что коровы одна за другой потянулись на противоположный конец поляны. Они столпились вокруг чего-то, беспокойно теснились одна к другой, наклоняли головы и фыркали, словно что-то обнюхивая, а иные принялись жалобно, протяжно мычать. "Что за притча!" — подумал пастух, но не хотелось ему оставлять свой тенистый уголок и тащиться по солнцепеку.

— Ну, чего вы там уставились! Эй, вы! Вот я вас! — крикнул старик и, взяв свой длинный веревочный бич, с треском рванул им по воздуху.

Коровы не расходились и замычали еще жалобнее.

— Тьфу ты, пропасть! Да что они всполошились? — проворчал пастух и, отложив в сторону незакуренную трубку, нехотя побрел через поляну. — Знать, какую-нибудь мертвечину огляделн...

— Подхожу я, — рассказывал он вечером своим кошаевцам, — и вижу, братцы вы мои, лежит в траве мальчишечка, лежит этак бочком, одну руку под голову подвернул. Лежит, не шевелится, ровно мертвенький. Лицо белое, — ни кровинки, губы посинели, руки, ноги все исцарапаны, волосенки

53

всклокочены, ровно путаный лен. Рубаха порвана, у штанов по низу клочья висят. И без шапки! А в руке липовую палочку зажал — крепко таково... Смотрю я, братцы, и дивлюсь на него. Откуда парнишка взялся? Вижу, что не наш, не кошаевский. Наших-то лоботрясов ведь всех знаю. Дальний, думаю, забеглый — видно, в лесу заплутался! Наклонился я к нему, потрогал за голову. Голова — теплая. Ну, думаю, ладно! Малец-то, значит, еще жив. Только, знать, попритчилось ему что-нибудь в лесу. Отогнал я коров-то, стал ему голову водой мочить, растирать руки, ноги. И отощал же, миляга! И долго я этак, братцы, провозился с ним. Наконец, очнулся. Увидел он меня и заплакал. "Что это, — говорю, — дитятко, с тобой? Откуда ты взялся? Откуда к нам забрался?" А он мне: "Дай, — говорит, — дедушка, поесть!" А у самого слезы-то так и катятся. Жаль мне его тут стало. Вот как жаль! "Ну, вот, — говорю, — родной, и ладно, в добрый час! Поешь-ка, — говорю, — лучше, — Христос с тобой!" Дал ему хлебушка (корки-то со мной были!). Поел, миляга, — пить запросил. Только вот беда: сам идти не мог, — знать, уж больно притомился. Почитай, всю дорогу волок его на себе. Вон ведь в чем только, братцы, душа держится!

И старик указал на мальчугана, сидевшего на приступочке у Аксиньиной избы.

Кошаевцы — стар и мал — обступили мальчугана и стали спрашивать: кто он, откуда и как забрался к ним в лес. Мальчуган отвечал сбивчиво; он — сын лесника с Липняговского кордона, давно бродит по лесу, заблудился. От слабости он часто впадал в дремоту и тихо бредил. Кошаевцы оставили его в покое.

Через день после того один соседний лесник заехал к Гурьянову и сообщил о том, что кошаевский пастух нашел в лесу какого-то мальчугана.

— Жив?! — вскрикнула Харитина, побледнев и всплеснув руками.

— Сказывали, что был жив, а теперь не знаю, — ответил лесник. — Больного, говорят, нашли в лесу, еле ноги передвигал...

Григорий молча поднялся с лавки и вышел из хаты. Торопливо оседлал своего Серого и вихрем вылетел за ворота. Он, казалось, весь ушел в одну мысль, в одно горячее, страстное желание — найти сына живым. Он понукал Серого. Однако это было излишним — Серому как будто сообщились горячность и нетерпение всадника, и он, против своего обыкновения, несся по узкой лесной дороге во весь дух, разметав по ветру свою густую, темно-серую гриву, только придорожные березы и ели мелькали в глазах лесника...

Встречные, изредка попадавшиеся Гурьянову, при виде его бешеной скачки и сильно возбужденного лица, думали, что "должно быть, лес горит!"

Всю дорогу опасения и страхи томили лесника. Жив ли Тимоха? Застанет ли он его в живых? Ну, Серый! Неси, неси скорей! Выноси, голубчик! Мелькают ели, мчится Серый, топот раздается по лесу.

Через час Серый, тяжело дыша и весь в пене, подскакал к кошаевской околице.

— Где тут, говорят, мальчика нашли? — спросил Гурьянов первого встретившегося ему на улице коптевского крестьянина.

— Нашли, нашли, брат. Точно! — ответил тот. — У тетки Аксиньи он. Вон слева крайняя изба! А ты что?

Но Гурьянов, молча кивнув ему головой в знак благодарности, уже мчался, поднимая пыль, далее по улице. Круто осадив коня перед указанной ему избушкой, лесник соскочил с седла и, заглянув в полутемные сенцы Аксиньиной хаты, остановился на пороге. Там, на земляном полу, на каком-то разостланном тряпье, полулежал, прислонившись к бревенчатой стене, его Тимоша. Исхудалый, бледный, со впалыми глазами. Голубые глаза его от худобы казались теперь еще больше, и еще глубже и серьезнее казался их взгляд.

— Батя! — вздрогнув, прошептал мальчуган, увидев отца.

— Ну, вот, — подходя к нему, промолвил лесник, украдкой проводя рукой по глазам. — Эх, ты, Тимоха... Глупыш ты! Право, глупыш.

Григорий присел на землю к сыну и положил ему руку на плечо.

— Чего удумал! А! — ворчал он, а губы его между тем дрожали, и в глазах светилась радость. — Нешто хорошо по лесам-то этак бегать? Что добрые-то люди скажут? Ровно, скажут, зверюга... Глупыш ты. Вот что!

— Я, батя, чашку... — начал было Тимоша, припадая отцу на грудь.

— Чашку, чашку! — передразнил его отец. — Ну, что ж! Чашку новую можно завести, а то и без чашки, Бог даст, проживем. Э-эх, ты!..

И лесник своей грубой, загорелой рукой погладил сынишку по его мягким льняным волосам. К более нежным ласкам Гурьянов не был привычен.

Тетки Аксиньи в ту пору не было дома, старуха копалась у себя в огороде, но вскоре воротилась в избу. Гурьянов от души сказал старухе "спасибо" за то, что она приютила и приголубила его мальчишку. Он обещал еще побывать у них в Кошаеве и повидаться с пастухом.

Желание Тимоши исполнилось. Он ехал верхом на Сером, сидя впереди отца; он сам держал поводья и правил лошадью. Григорий одной рукой придерживал его за пояс, Тимоша мызгал (подстегивал), дергал поводьями, махал рукой на Серого. Но Серый устал, не обращал на него ни малейшего внимания и, не ускоряя шага, спокойно помахивал хвостом в ответ на все его понуканья.

В ту ночь спокойно спали в хате лесника.

Поутру, как водится, Григорий встал всех раньше и поглядел на сынишку. Тимоша легко и ровно дышал во сне; румянец, как прежде, проступал у него на щеках. Здоровье и силы возвращались в молодое тело.

Тимоша раскидался, и его голая ножонка свесилась с лавки. Отец потихоньку поправил его и заботливо, осторожно прикрыл своим армяком, хотя в избе и без того было тепло. Вот она — "золотая-то чашка"! Вот кого надо беречь!

Прошло лето красное, прошла осень с ее грязью и ненастьем, встала белая зима и пушистым снегом запорошила землю.

"Золотая чашка", натворившая столько бед, мало-помалу забылась — и снова спокойно и мирно пошла жизнь в хате лесника.

По-прежнему зимними вечерами, сидя за пряслицей (приспособление для ручной, веретенной пряжи), Харитина стала сказывать сказки Тимоше. И в каждой сказке, как водится, рано ли, поздно ли речь заходила о дремучем лесе, о мальчике, брошенном братьями в лесу, или о девочке, завезенной на дровнях в лес отцом по наущенью злой мачехи. Тимоша слушал, затая дыхание, вспоминал свои странствования по лесу, свои ночевки на деревьях и в дупле старого дуба — и в те минуты крепче прижимался к матери.

А Харитина, с видом настоящей сказочницы, хладнокровно взирающей на правых и виноватых, тихо, невозмутимо вела свой рассказ.

...За окном ветер шумит. А в хате уютно, тепло. На столе ночник горит красным пламенем. Тихо жужжит веретено, нитка прядется, сказка тянется...

АНТОН ПОПОВ

I

Я живо помню тот вечер, когда познакомился с ним...

Это было на другой день по моем поступлении в гимназию.

Мальчики бегали по рекреационной зале, скакали через скамьи и столы, кричали, шумели, боролись, а я стоял за круглой железной печкой, прижавшись в уголок, и грустно смотрел в окно. Хмурые облака ползли по небу и только в одном месте, невысоко над землей, виден был небольшой клочок темной лазури, откуда ярко светила единственная звездочка. Я представил себе, как тихо и мирно теперь проходит вечер в моем родном деревенском доме; как голые деревья, запушенные снегом, заглядывают из сада в низкие окна столовой; как мама, может быть, теперь вспоминает обо мне, — и горько, горько заплакал...

Вдруг чья-то рука легла мне на плечо. Я оглянулся.

Потом в жизни я видал много красивых мужских лиц — блондинов и брюнетов, мальчиков, юношей и людей взрослых, но не было для меня на свете лучше, краше лица Антона Попова. Я так живо помню его, как будто он и теперь еще стоит передо мной и смотрит на меня своими кроткими голубыми глазами... Когда я впервые познакомился с ним, он был мальчик моих лет (то есть лет 12 или 13), среднего роста, довольно сильный, крепкий, коренастый. Иные говорили, что у него нос — "луковицей" и толстая губы; но я этого не находил... На щеках его часто играл легкий румянец. Его улыбка была очень приятна. Особенно же мне нравились его глаза — такие чистые, такие славные, как будто в них отражалось ясное майское небо.

Никогда ни с кем я не был так дружен, как с Антошей. Мы жили душа в душу и так крепко любили друг друга, как не часто любят друг друга даже родные братья.

Мы обещали всегда говорить друг другу сущую правду и верить друг другу во всем, в каждом слове; секретов и тайн между нами не полагалось; мы делились горем и радостью, думами и мечтами — так же точно, как делились книгами, тетрадями и классными заметками; в классе, в критические минуты, мы осторожно подсказывали друг другу; если один за что-нибудь оставался без обеда, другой старался, каким бы то ни было образом, накормить его остатками своей порции; между нами был заключен оборонительный союз... Все эти условия нашей дружбы, конечно, не были записаны на бумаге и никогда не высказывались в таком строгом порядке, в каком я перечислил их теперь; но они уже сами собой вытекали из наших понятий о дружбе. У друзей все должно быть общее: "что мое — твое, что твое — мое!" Изменить другу считалось позором; лишиться друга было великим горем...

В классе и в рекреационной зале мы сидели рядом; рядом же стояли в спальне и наши койки. Мы были в полном смысле — неразлучники. На правой руке, немного ниже локтя, мы выжгли у себя на коже ляписом по одному продолговатому кресту, наподобие могильного креста, — и этот рисунок должен был означать, что дружба наша "до гроба".

У многих из моих товарищей были друзья, но, кажется, никто из них не был так счастлив, как я, в своем выборе...

Мы крепко стояли друг за друга.

Я не отличался большой силой, и Антоша не раз, защищая меня от нападений, платился своими боками.

И доставалось ему за меня порядком: однажды ему больно ушибли голову, а в другой раз так сильно расшибли руку, что он с месяц носил ее на перевязи. И я тоже, помню, в свою очередь пострадал за него... Однажды, во время урока латинского языка, я стал ему подсказывать, а учитель не мог терпеть подсказыванья: он изловил меня на месте преступления и предал в руки инспектора. Инспектор посадил меня на сутки в карцер, на хлеб — на воду. Иному читателю, может быть, покажется шуточным делом просидеть несколько часов в карцере, но, в действительности, это было не так...

Карцером у нас служила небольшая комната в конце нижнего коридора. Я не знаю, что прежде было в этой комнате и для чего она предназначалась, только хорошо помню, что комната была очень мрачная, с закоптелой русской печью и с окном, выходившим в директорский сад; окно было защищено заржавевшей железной решеткой. В той части коридора, где находилась эта комната, сторожа редко проходили, особенно вечером; никакие живые звуки не доносились сюда; лишь изредка слышался где-то вдали стук захлопываемой двери. В те часы, когда вечерние сумерки спускались на землю и городской шум мало-помалу затихал, карцер казался совершенно удаленным от всякого общения с миром живых. Еще более мрачный, унылый характер придавало этому месту то обстоятельство, что сюда, до отпеванья, ставились покойники...

Кроме кровати с голыми досками, небольшого стола и табурета здесь не было никакой мебели.

Мне пришлось сидеть в карцере в начале декабря месяца. Из окна видны были только сугробы снега да деревья с голыми ветвями, увешанными инеем... Была темная зимняя пора. Дни стояли короткие: в 3 часа уже смеркалось, а мне дали на весь вечер одну сальную свечу. Я, разумеется, берег свечу и хотел зажечь ее, когда совсем стемнеет.

И вот уже смерклось, отзвонили к вечерне, и, по моим предположениям, был уже час пятый. Я взял спичку и собирался осветить свой каземат, как вдруг какая-то темная фигура, по колени увязая в снегу, подошла к моему окошку. Я в ту же минуту вскочил на подоконник и растворил форточку.

— Это я! — послышался знакомый мне голос. — Я принес тебе кусочек пирога, говядины и булку... Получай!

И Антоша через форточку передал мне всю эту провизию.

— Скучно тебе? — спросил он, заглядывая в карцер.

— Скучно! — отвечал я. — А что у нас там делают?

— Теперь сели заниматься, а я улизнул к тебе...

— Спасибо! — сказал я, пожав ему руку, через решетку. — А ты в одной куртке... — Смотри, не простудись!

— Нет! Сегодня тепло... успокоил меня приятель.

— Беги же скорее! Завтра увидимся... Прощай!

— Прощай! — промолвил Антоша и отошел от окна, бредя по сугробам.

II

Я в шутку назвал Антошу Попова своею "совестью", потому что его советы и внушения почти всегда совпадали с указаниями того внутреннего голоса, который зовут совестью.

Года через два по моем поступлении в гимназию, как мне помнится, вышла, например, такая история.

Я был в хороших отношениях с одним товарищем, Васей Березкиным. Он был славный, простой парень, но несколько обидчивый; особенно он недолюбливал в товарищах барских замашек... Однажды я весь вечер пробился над какой-то запутанной математической задачей и никак не мог решить ее. Антоша, конечно, помог бы мне развязаться с задачей, но я из упрямства и самолюбия не обращался к нему. "Сам добьюсь!" —

говорил я себе; но задача не давалась. Наконец, голова моя разболелась, я страшно устал и был раздражен.

После чая, надувшись, ходил я по зале, недовольный и злой, ворча на бегавших и шумевших вокруг меня мальчуганов: они мешали мне сосредоточиться на моей задаче. Впрочем, в те минуты мне все мешало: мешали даже скамейки, стоявшие вдоль обеденного стола, и я пинал их... Вдруг сзади кто-то наступил мне на пятку. Я вздрогнул, как ужаленный, и обернулся. За мною шел Вася Березкин, глазея по сторонам и что-то весело насвистывая себе под нос. Под влиянием своего раздражения я, не говоря ни слова, грубо оттолкнул его.

— Ты что... с ума сошел? — сердито проговорил он, с удивлением, как мне показалось, посмотрев на меня.

— А ты на ноги не наступай! — крикнул я, взбешенный.

— Скажите, пожалуйста... какая фря! — насмешливо отозвался Березкин, разозлившись в свою очередь. — На ногу ему не наступи!.. Ах, ты дрянь!

— Сам ты — дрянь!

Слово за слово, и разбранились самым основательным образом.

— Ты теперь не подходи ко мне! Слышишь? — крикнул Березкин.

— Я-то не подойду... сделай милость! Ты-то ко мне не прилезь! — огрызнулся я, с холодным презрением посмотрев на своего врага.

Обмен последними приветствиями означал, что между мною и Васей Березкиным уже "все кончено"... С этой минуты мы были "в ссоре", то есть не должны были обращаться друг к другу с просьбами, не должны были говорить друг с другом, и если бы когда-нибудь пришлось, волей-неволей, упоминать фамилию неприятеля, то следовало упоминать ее не иначе, как с самым невозмутимым равнодушием; с другой стороны, мы могли подстраивать один другому всякие мелочные каверзы, ставить друг друга в неловкое положение и, при случае, имели полное право подраться вволю.

Когда после девяти часов мы, по обыкновению, сошли в спальню и улеглись на свои койки, я чувствовал себя очень скверно. Мне хотелось поскорее рассказать Антоше о моей ссоре с Березкиным, и, в тоже время, я медлил со своим признанием: я уже предчувствовал, что Антон Попов на этот раз окажется не на моей стороне.

— Антоша! Я хочу рассказать тебе что-то... — заговорил я, приподнимаясь и облокачиваясь на подушку.

— Что такое? — пробормотал Антоша, уже начинавший подремывать.

Тут я наклонился к нему и начал исповедываться в своих вечерних похождениях. Антоша протер глаза и старался внимательно выслушать меня до конца.

— Ты не прав! — позевывая, проговорил он, когда я закончил свое повествование. — Что ты, в самом деле, как собака, бросился на него... Ведь, он же, вероятно, не нарочно наступил тебе на ногу?

— Вероятно... Но он тоже ругал меня! — заметил я.

— И ты бранился? — переспросил Антоша.

— Да!..

Антоша закрыл глаза и лежал молча. Я пытливо, вопросительно смотрел на его спокойное лицо, тускло освещенное мерцаньем сальной свечи, далеко висевшей на стене в железном подсвечнике.

— Как же теперь быть? — проговорил я шепотом. — Так в ссоре и оставаться?

Антоша поднял голову; его голубые глаза блеснули мне в полусумраке.

— Оставаться в ссоре? Что за вздор! — вымолвил он. — Завтра утром иди к нему и попроси прощенья. Я знаю: он и сам будет рад... ведь вы с ним были приятели!..

Антоша натянул на плечи свое красное байковое одеяло и скоро заснул спокойным, крепким сном. А я в тот вечер еще долго проворочался на своей койке и, полузакрыв глаза, машинально следил за сторожем, неслышно, как призрак, ходившим в валеных туфлях взад и вперед по спальне и снимавшим нагар со свечей... "Как, в самом деле, легко разрешалось мое недоумение! — думал я. — Попросить прощенья — и баста! И будем мы опять жить в мире... Отлично!" Но вдруг словно темное облако набегало на эти светлые думы. "Легко сказать: попросить прощенья! А с чего я первый стану протягивать ему руку? Ведь и он обидел меня"...

Поутру, когда мы пришли наверх, Антон Попов сказал мне:

— Березкин теперь сидит один... Ступай к нему!

Я послушался своей совести, пошел; три раза прошел я мимо Березкина и каждый раз ложный стыд не давал мне подойти к нему. Наконец, доброе чувство победило, и я решительно направился к тому месту, где сидел Березкин. Тот вскочил и принял оборонительную позу: очевидно, он ожидал нападения. Я протянул ему руку...

— Вася! Прости меня... я виноват! Помиримся! — с трудом выговорил я, как будто каждое слово колом вставало в горле.

Ссора была кончена, мир заключен, и я с облегченным сердцем возвратился к Антоше.

И много было таких случаев. Теперь уж я всего не упомню!

Когда я был в четвертом классе, против учителя словесности, Алексея Гавриловича Туманского, товарищи мои составили заговор: согласились не отвечать ему урок. Туманский, человек не злой, но горячий и вспыльчивый, чем-то, не помню, обидел нескольких учеников, и товарищи вступились за них.

Я считался любимцем Алексея Гавриловича. И он, действительно, любил меня, был всегда добр ко мне и, кроме того, я чувствовал себя очень обязанным ему: за год перед тем, за одну дерзкую шутку гимназический совет хотел меня исключить; директор колебался и из всех учителей только один Туманский горячо заступился за меня, стоял горой, и кончилось тем, что меня оставили в гимназии... Накануне того дня, когда заговор следовало привести в исполнение, я сказал Антону Попову:

— Как же мне теперь быть? Мне совестно отстать от вас, да не хочется идти и против Алексея Гавриловича... Ведь он мне ничего худого не сделал, а добра от него, сам знаешь, я видел не мало.

Антоша призадумался.

Уже несколько лет мы с Антошей были так дружны, так хорошо знали друг друга, что иногда с двух-трех слов понимали один другого. Теперь же я смотрел с недоумением на его поникшую голову, и никак не мог догадаться: к чему придет моя совесть. Вдруг он поднял голову.

— А по твоему мнению, в этом деле кто прав: Алексей Гаврилович или мы? — спросил он, посмотрев на меня в упор своими светлыми, открытыми глазами.

При его вопросе мигом для меня все стало ясно, точно солнечный луч озарил меня. Теперь я уже заранее знал: что скажет мне Антон Попов.

— Конечно, мы правы! — ответил я.

— А если мы правы в этом случае, то ты должен идти с нами заодно, хотя Алексей Гаврилович и не сделал тебе ничего дурного!

— Антоша, голубчик! Какое же скверное будет мое положение... ведь это ужас! — продолжал я. — Подумай! Человек спас меня, а я стану делать ему неприятности...

— Да! Я знаю: он выручил тебя из большой беды, — согласился Антоша. — Но теперь он поступил с нашими товарищами несправедливо...

— Эх, Антоша!.. Как ты рассуждаешь... — начал было я.

Он крепко сжал губы, и легкий румянец проступил на его щеках.

— Ну, что заохал! — горячо заговорил он, блеснув на меня глазами. — Ведь не всегда, брат, легко поступать по справедливости. Ведь и все зажили бы по правде, если бы это ничего не стоило. Не велика важность сделать то, что можно сделать без труда... Нет! Ты всегда будь справедлив, хотя бы это и было тяжело! Ты себя не жалей, помучься, потерпи... Вот это дело!..

На следующий день, Алексей Гаврилович, придя в класс, стал тотчас же спрашивать урок, но ему никто не отвечал. Он только повторял: "следующий! следующий"... но "следующие" упорно молчали, точно воды в рот набрали. Мне стало неловко, стало жаль Алексея Гавриловича, и сердце мое сильно забилось, когда очередь дошла до меня. Он, бедняга, казалось, был совершенно уверен, что уж я-то, по крайней мере, не изменю ему и стану отвечать урок.

Повторив: "следующий" и указав на меня, он вздохнул с облегчением и, раскрыв классный журнал, очевидно, приготовился слушать меня. Но не тут-то было... Я встал, низко понурив голову, и также, как все остальные, стоял молча, как истукан.

— И ты, Дементьев?! — проговорил Алексей Гаврилович и, как мне казалось, с упреком посмотрел на меня.

Я вспыхнул. Мне сделалось как-то больно при мысли, что этот учитель — всегда такой добрый и ласковый ко мне — теперь дурно обо мне подумает, станет считать меня "неблагодарной свиньей"... "И поделом, поделом!" — говорил я самому себе, с досады закусывая губы.

Когда все отказались отвечать урок, Алексей Гаврилович, не желая затевать "истории", спокойно вытащил из своего портфеля какую-то историческую книгу и стал читать вслух, а по окончании урочного часа, также спокойно взял подмышку свой портфель и удалился...

Это происходило в четверг. Слова учителя: "И ты, Дементьев?" не шли у меня из головы и сильно мучили меня. "Что-то он подумал обо мне!.." В субботу, наконец, я решился пойти к нему и открыть ему свою душу.

За обедом Антон Попов сказал мне:

— Знаешь, что я сделал бы на твоем месте?.. Я пошел бы к Туманскому и объяснил бы ему: почему я пристал к товарищам...

— Я и то уж сегодня собирался идти к нему! — отозвался я и сам обрадовался, что я думал согласно с Антошей.

— И отлично! Сходи! Это будет хорошо... — одобрительно заметил тот.

Алексей Гаврилович встретил меня как-то особенно серьезно, холодно, даже сурово, но все-таки провел в свой кабинета.

— Что скажешь, Дементьев? — сухо обратился он ко мне.

Тут, задыхаясь от волнения, путаясь и сбиваясь, стал я объяснять ему: почему я не мог отстать от товарищей, как мне все это было неприятно и тяжело, и что я вынес за последние два дня, и закончил свой рассказ заявлением, что "я поступил по совести"...

— Так ты находишь, что я был несправедлив? — строго спросил меня Алексей Гаврилович, сердито нахмурив брови.

— Да, я нахожу... — тихо, но решительно промолвил я.

— А если бы твои товарищи были неправы?.. Ты и в таком случае, может быть, "по товариществу", пошел бы с ними заодно? — спросил он.

— Нет! никогда! — твердо отвечал я, подняв голову. Мне подумалось, что Антоша на моем месте ответил бы тоже.

Глубокие морщины на лбу Алексея Гавриловича разгладились. Этот добряк не мог долго казаться сердитым. Он улыбнулся.

— Ну, это еще ладно, если так... — снисходительно усмехнувшись, проговорил он. — А правда ли, я слышал, что будто у тебя с Антоном Поповым великая дружба? Говорят, что вы у себя на руке даже выжгли какие-то знаки?.. Покажи-ка!

Я несколько смутился, но все-таки засучил рукав по локоть и показал нарисованный ляписом на руке крест.

На белой коже этот крест был отчетливо виден. Туманский посмотрел и как-то загадочно улыбнулся.

— Ты очень любишь его? — спросил Алексей Гаврилович.

— Люблю так же, как и он меня! — отвечал я с гордостью и самодовольством.

— Вот счастливый народ! право... — задумчиво сказал Туманский как бы про себя, взглянув еще раз на мою обнаженную руку.

— Так вы, Алексей Гаврилович, не сердитесь на меня?.. не считаете меня... — заговорил я, вставая и вертя в руках свою гимназическую фуражку с красным околышем.

— Все это, голубчик, вздор, чепуха... Иди с Богом! — успокаивающим тоном говорил он, положив руку мне на плечо и провожая меня до передней.

В его прощальном взгляде и в тоне голоса, как мне казалось, сказывалась тихая грусть. И мне невольно тогда подумалось: "Неужели он позавидовал, что у меня есть такой друг, как Антоша, который готов броситься за меня в огонь и в воду? Неужели же Алексей Гаврилович не мог между учителями найти себе друга? Должно быть, что так..."

Не всегда Антон Попов был заодно с товарищами. Иной раз он один шел против всех. Помню такой случай...

Был у нас один воспитанник, Шушнырев, украдкой пописывавший стихи. У него, как сказывали, была уже исписана целая тетрадь, но Шушнырев так старательно берег ее, что товарищи никак не могли подобраться к ней. Наконец, шалуны как-то случайно подсмотрели, куда Шушнырев прятал свое сокровище, и решились проникнуть в тайну его тетради. Я услыхал о готовившемся нападении и сообщил Антоше.

— Вот уж это — скверно! — вскричал он. — Воровским манером завладеть чужою вещью, читать чужую тетрадь и потом насмехаться... Это гадко. Нужно предупредить Шушнырева, чтобы он остерегался...

— А что скажут товарищи? — возразил я.

— А что бы ни сказали — мне все равно... — решительно проговорил Антоша, сурово сжав губы. — Если ты боишься, я сам скажу ему...

Он тотчас же пошел и предупредил "поэта".

Товарищи, разумеется, страшно рассердились на Антона Попова, когда узнали, что он расстроил их злой умысел, и разбранили его жесточайшим образом.

— И с чего ты сунулся? Кто тебя спрашивал? — кричали они.

— Всякий порядочный человек заступился бы за Шушнырева, — спокойно отвечал Антоша.

— Болван!.. Товарищей выдает, да еще хвастается!..

— Мало ли какую гадость вздумают подстроить товарищи... Что ж, по-вашему, смотреть и молчать?

— А по твоему: надо сейчас бежать и передать?..

— Непременно! — твердо возразил им Антоша. — Не ждать же того, пока вы целой гурьбой напали бы на одного беззащитного? Вот, подумаешь, герои!..

Как бы то ни было, благодаря вмешательству Антона Попова, наш "поэт" запрятал свою таинственную тетрадь в такой укромный уголок, что самые отчаянные, самые любопытные, назойливые ищейки окончательно потеряли ее след...

III

Когда мы были в пятом классе, с Антоном Поповым вышла очень странная история. Я помню ее так ясно, как будто она произошла только вчера, хотя после того прошло уже 25 лет, волосы мои успели поседеть и все лицо в морщинах...

Был великий пост. У нас в гимназии ели постное только на первой, на четвертой и на последней неделе. Антоша с третьей недели вздумал с чего-то есть постное. Готовить отдельное кушанье для него одного, конечно, не стали, но никто не мешал ему брать у сторожей постной похлебки и питаться ею; кроме того, он пил чай с булкой; вообще же он ел очень мало. Антоша сделался молчалив, серьёзен и стал сторониться от наших обычных игр и забав.

По целым часам он прилежно, со вниманием читал Евангелие, облокотившись на стол и прикрыв голову руками, чтобы шум и гуденье, раздававшиеся вокруг, не мешали ему сосредоточиться: он, казалось, в те минуты совсем отрешался от окружающего и совершенно углублялся в чтение священной книги.

Нередко, задумавшись, сидел он у своего стола, прислонившись спиной к стене и безучастно смотря на шмыгавших перед ним товарищей. Нахмурив брови, как бы под влиянием какой-то тягостной, непосильной думы, он, казалось, вовсе не замечал нас... Иногда подолгу стоял он у печки, заложив руки за спину, крепко сжав губы и с самым сосредоточенным видом всматриваясь в даль. То он принимался рассеянно бродить по зале, как бы не находя покоя от мучительно преследовавшей его мысли. Часто он отвечал на вопросы невпопад...

Товарищи замечали все эти странности и подтрунивали над ним.

— Не собираешься ли, Антоша, в монастырь идти? — с усмешкой спрашивали его. — Или не хочешь ли идти в пустыню спасаться?

— Нет! Я не хочу уходить ни в монастырь, ни в пустыню! — совершенно серьёзно и как-то многозначительно отвечал Антон Попов. — Я хочу жить в грешном мире и оставаться с людьми...

По ночам Антоша иногда не спал.

Однажды, пробудившись среди ночи, я увидал, что он лежит на спине, заложив руки под голову, и широко раскрытыми глазами пристально, неподвижно смотрит вдаль — на колеблющееся пламя ночника, как будто вместо этого жалкого, мерцающего огонька перед ним развертывалась там какая-нибудь великолепная, чудесная картина.

— Ты не спишь? — спросил я, поворачиваясь к Антоше.

— Не сплю! — коротко, почти машинально, как мне показалось, ответил он.

— Ты что же?.. Ведь, теперь уж поздно... — пробормотал я.

Он ничего не ответил мне на это, и я через минуту опять заснул.

Антоше в это время стали даже грезиться какие-то странные сны...

Однажды утром, помню, он рассказывал мне:

— Снилось мне, что я будто стою на какой-то высокой-высокой горе, и с нее было видно мне чуть не полмира... Воздух, знаешь, такой чистый, прозрачный, и я все видел далеко-далеко... видел высокие горы, темные, дремучие леса и дикие каменистые пустыни, видел поля, луга, великолепные города и тихие селения, видел реки, моря, а на морях — корабли... Я так загляделся, был в таком восторге, что просто сказать не могу! Я ведь чувствовал, что это не нарисовано, а все настоящее, живое... Картина передо мной была так велика, что у меня дух захватывало... Вдруг рядом со мной очутилась какая-то высокая, темная тень; фигура ее была совершенно человеческая, только за плечами ее как будто приподнимались два черные крыла. Я не мог рассмотреть ее обличья: оно было темное и поминутно менялось... Я заметил только, что глаза были большие и горели, как красные, раскаленные уголья... Тень наклонилась ко мне и на меня повеяло холодом. Мне стало страшно. Я хотел отшатнуться — и не мог: ноги мои точно одеревенели.

"Поклонись мне, отдай мне свою душу — и я тебе дам все, что теперь ты видишь перед собой! — неприятным шепотом заговорила тень. — Полмира твои... Слышишь? Или тебе еще мало?.. Так я тебе дам больше... гораздо больше!"

"Кто же ты? — выговорил я с трудом. — Уж ты не тот ли, что искушал Христа?"

"Да! Ты узнал меня... Я — тот... — шептала тень. — Но смотри, смотри туда... Все это будет твое!"

Тень протянула вперед свою темную, дрожащую руку, и от руки ее на земле вдруг стало черно и мрачно, знаешь, как бывает от набегающей тучи.

"Нет! — крикнул я. — Я не поклонюсь и не отдам тебе душу!"

Тут вдруг грянул гром и с страшным треском прокатился далеко-далеко. Отвратительная тень исчезла, как будто растаяла в воздухе. Над землей все опять стало тихо, и яркое солнце так кротко и ласково светило с небес... В это время я проснулся...

— Странный сон! — заметил я.

Антоша задумчиво посмотрел на меня и ничего не сказал.

IV

К концу великого поста Антоша заметно похудел, щеки его осунулись и побледнели, глаза от худобы казались еще больше, и в этих глазах — до тех пор таких спокойных и кротких — теперь горел какой-то лихорадочный, тревожный огонек. В его лице, в минуты нападавшей на него глубокой задумчивости, я подмечал порою мучительное, почти болезненное выражение. Вообще, Антон Попов в один месяц, от своего постничанья, от дум и бессонных ночей сильно изменился. Мне даже казалось, что он как будто вырос и физиономия его сделалась серьезнее, осмысленнее... Было очевидно, что он ломал голову над каким-то неразрешимым, мудреным вопросом.

Наконец, я не выдержал и однажды вечером решился переговорить с Антошей. Улучив минуту, когда он один стоял у окна, я подошел к нему и тихо положил руку ему на плечо. Он не пошевелился и продолжал задумчиво смотреть в окно...

Голубые весенние сумерки ложились над землей; в ясном небе проступали первые звездочки; вечерняя заря яркой полосой догорала на западе.

— Что с тобой, Антоша? Здоров ли ты? — спросил я, тряхнув его за плечо.

— Здоров... А что? — отозвался он, как бы насильно отрываясь от своих мыслей и мельком взглянув на меня.

— Да ты стал какой-то странный... — начал я.

— Я все думаю... вот видишь... но ужо, погоди, я скажу... — отрывисто заговорил Антоша. — Знаешь... в мире много греха и все мы очень злые люди... Всем нам нужно покаяться и начать новую жизнь... понимаешь? совсем новую...

— Что ты такое, Антоша, говоришь, — Бог знает! — перебил я, с недоумением взглянув на него. — Ты говоришь: надо покаяться... Вот скоро пойдем на исповедь и покаемся...

68

— Я не о том... — прошептал он, как бы про себя. — Мы должны жить по Евангелию, по-христиански... Вот что!.. А разве теперь мы христиане?

— Да какую же еще нам новую жизнь нужно?.. Я, право, не понимаю... — заметил я.

— Я и сам еще не знаю хорошо... вот об этом-то я и думаю... — печально промолвил он, смотря на тихий вечерний свет, разливавшийся по небу.

Антоша своими странными речами совершенно сбил меня с толку. Я, конечно, уже давно знал Евангелие: я слыхал, как читали его в церкви; дома моя мама часто читала его вслух, сам я, наконец, не раз читал его... По моему мнению, для того, чтобы быть добрым христианином, вполне достаточно исповедовать символ веры, знать Евангелие, верить ему, почитать его, как священную книгу, и носить на шее крест. До сего времени мне и в голову не приходило, чтобы от христианина требовалась жизнь по Евангелию...

Я не знал, что и подумать об Антоше. Мне, по легкомыслию, иногда казалось, что друг мой просто не в своем уме...

Впрочем, он довел себя до такого истощения, что ничего не было бы удивительного, если бы ему стали наяву являться видения. Лицо его сделалось какое-то прозрачное, и вообще он походил на человека, умерщвляющего свою плоть. Это не я один замечал; в то время об этом говорили многие...

В четверг на страстной неделе, после вечернего чая, когда лампы в большой зале были уже зажжены, Антон Попов заявил гувернеру, что он хочет сказать проповедь, и просил у него ненадолго колокольчика. Гувернер-старичок благосклонно отнесся к его "выдумке" и дал ему свой колокольчик: старик держался того мнения, что чем бы дети ни тешились, только бы не плакали, чем бы мы ни забавлялись, лишь бы не дрались и не буянили...

Антоша растворил дверь настежь в первый класс — в комнату, соседнюю с залой — взошел на кафедру, поставил на нее два зажженные сальные огарка и неистово зазвонил в колокольчик. Все мы бросились в первый класс. Нас, воспитанников, было тогда в гимназическом пансионе человек около ста. Скоро вся большая комната набилась битком: стояли на скамьях, на столах, взбирались на подоконники.

— Господа! господа!.. послушайте!.. — взывал Антоша, мечась по кафедре и продолжая звонить в колокольчик.

Невнятный гул носился над толпой. Все сошлись, как на какое-нибудь представление, и никто ничего не знал; "С ума он

69

сошел!" — "Что такое он хочет делать?" — "Фокусы будет показывать, что ли?" — слышалось в толпе. Наконец, колокольчик сделал свое дело — угомонил толпу. Антоша обеими руками уперся о края кафедры и, слегка раскачиваясь, обратился к нам с речью.

Я стоял на нижней ступени кафедры... Весь тот день Антоша был в сильно возбужденном состоянии, и теперь, я заметил, он весь вздрагивал, как в лихорадке. Он казался бледнее обыкновенная; пряди коротких волос сбились ему на лоб... Сначала, в волнении, Антоша говорил тихо, запинался, дважды повторял иное слово, но робость и смущенье его скоро пропали; он с одушевлением смотрел на слушателей и голос его звучал твердо и уверенно.

— Я хочу сказать вам, — говорил он: — мы поминутно делаем друг другу зло, мы завидуем, ненавидим друг друга, насмехаемся, бранимся и ссоримся из-за пустяков и радуемся чужому горю... Старшие без жалости бьют и притесняют младших. Почему? Только потому, что они сильнее... Вы все очень хорошо знаете, что я говорю правду. А жить так нехорошо!.. Будем любить ближних, как самих себя! Вот что я хотел сказать... Не станем злиться, не станем обманывать, лгать, вредить друг другу... Да... не станем вредить... будем помогать слабым, будем защищать их, станем делиться с бедными всем, что у нас есть... Обнимемся по-братски!.. Да! Возлюбим друг друга!.. Послушайте! Ведь это не я выдумал... Вы знаете: это сказано в Евангелии. Вправду станем любить друг друга, — не на словах, а на деле... Чистосердечно покаемся во всех грехах и начнем новую жизнь — по правде! И начнем мы такую жизнь теперь же, с сегодняшняя дня, вот — сейчас!.. сию минуту!.. Сделаемся другими людьми! Неужели же этого никогда не будет?.. Вы слушаете и — как будто не понимаете меня... Вы смеетесь... Господи! Неужели же Христос напрасно умер за нас на кресте?!.

Речь была отрывиста и коротка.

Когда Антоша кончил, кто-то заметил вслух: "Он и в самом деле собрался проповедь говорить!" — "А ведь недурно!" — отозвался один из семиклассников. Некоторые смеялись, говорили: "Вот еще проповедник выискался! Этакую новость сказал... как будто и без него мы не знали". Иные, впрочем, по-видимому, были растроганы. Младшие воспитанники, кажется, не поняли всей речи... На меня — так же, как на некоторых из моих товарищей, — речь Антоши произвела сильное, неотразимое впечатление: оттого ли, что я сам был в каком-то

70

возбужденном настроении в тот вечер, оттого ли, что личность проповедника была очень любезна моему сердцу.

После того я слыхал немало красноречивых проповедей и очень хороших, очень умных и блестящих речей... Но почему ни одна из них не подействовала на меня так сильно, как безыскусственная и местами даже сбивчивая Антошина речь? Почему?.. А потому, что ни в одной из них не чувствовал я той силы искренности, той страстности, какою дышали Антошины слова. Это была даже не речь, а скорее, просто, крик, вопль, невольно вырвавшийся из наболевшей души...

Антоша погасил свечи и ушел из класса.

Остаток вечера мы провели тише обыкновенная; мы разбились на кружки и толковали — обсуждали Антошину речь (старичок-гувернер, вероятно, в душе был очень благодарен Антону Попову за "тихий час").

Человек десять откликнулись на призыв Антоши и решились начать новую жизнь — "жизнь по правде". Я был в числе этих десяти... но, ах! как тяжело, как трудно было нам приступить к новой жизни. Только Антоша особенно строго следил за собой, за каждым своим поступком, за каждым словом, и нередко обрывал себя на полуслове, почувствовав, что дело доходит до "греха"...

На первой странице его записной книжки крупным, отчетливым почерком — красными чернилами — был занесен следующий стихотворный отрывок:

> "...Зачем борьбой суровой
> Друг другу жизнь вам отравлять?
> Зачем вражды венок терновый
> Вам друг на друга надевать?
> Ужели мир земной вам тесен?
> Ужель нельзя вам в мире жить
> И, старой жизни сбросив плесень,
> Как брата, — ближнего любить?"

V

Мы с Антошей, как я уже говорил, были неразлучные друзья. В классе и в рекреационной зале столы наши стояли рядом; мы читали одни и те же книги, мечтали об одном и том же.

В свободное время, обнявшись, мы ходили по зале и рисовали себе картины будущего.

Мы уже решили, что никогда не женимся, не станем обзаводиться семьей, а будем жить вдвоем, у нас в деревне: Антоша станет проповедовать Евангелие, так чтобы истины его входили людям в плоть и в кровь; я устрою школу для бедных — для детей и для взрослых; кроме того, мы станем много читать, будем сами писать и печатать свои книги, станем переводить полезные сочинения с иностранных языков... Так мы думали отлично прожить всю жизнь.

На каникулы, летом, Антоша уезжал к матери, в один дальний и глухой уездный городок, и мы все лето переписывались. На святки и на пасху я увозил Антошу с собой в деревню, и время у нас проходило очень весело. Родные мои полюбили Антошу: да и нельзя было не полюбить этого милого, доброго юношу. Мать моя ухаживала за ним, как за родным.

Когда мы были в шестом классе, Антон Попов, по обыкновению, проводил святки у нас в деревне.

Помню, в один тихий зимний день мы отправились на лыжах в лес и долго бродили по лесу взад и вперед, любуясь на зимние картины. Зимою лес тоже красив, хотя, конечно, не так, как летом, когда он, пропитанный запахом цветов, весь утопает в зелени. Теперь он был усыпан снегом, занесен высокими сугробами и стоял тихо, неподвижно, словно застыл под холодным зимним небом. Только ветер порой, проносясь по лесу, глухо шумел в темных ветвях елей. Солнце яркое, но не греющее, сияло над лесом, серебрило пушистый иней, клочьями висевший на сучьях дерев, — и весь лес в те минуты, казалось, сверкал и горел алмазами и жемчугом...

Антоша был неискусный ходок на лыжах: то одна, то другая лыжа выскальзывала у него из-под ног, и он вязнул в снегу. При спуске в овраг у меня тоже одна лыжа вырвалась из-под ноги, и я едва не клюнул носом в сугроб... Тогда мы мало думали о здоровье, полагая, что здоровья у нас — край непочатый, что нам и ввек его не истратить... Мы возвратились домой с мокрыми ногами и не подумали переменить обувь. Мне легко сошла с рук эта прогулка по лесу: я отделался насморком. А Антоша, кажется, поплатился за нее...

Правда, он уже давненько прихварывал: хватался иногда за бок, жаловался на боль в груди, был как-то невесел, сумрачен, но все-таки я боюсь, что Антоша простудился и "подбавил" себе болезни во время этого несчастная странствования по лесу с мокрыми ногами. Наверное я, конечно, не могу сказать, не знаю: так ли это было в действительности... но мне казалось, что с той поры Антоша стал сильнее кашлять и кашлял всю зиму... С ним часто бывали лихорадки, он зябнул и любил стоять у натопленной печки.

— Антоша! Ты озяб? — спрашивал я его иногда.

— Да! Что-то холодно... — говорил он, ёжась и пожимая плечами. — Вот уже доживем до лета, уеду домой на каникулы... тогда целые дни буду лежать на солнышке и греться.

Но он, бедняга, не дожил до теплого летнего солнышка и не погрелся в его лучах. Он все зябнул, а между тем на щеках его пятнами выступал горячий румянец и его большие впалые глаза блестели и смотрели, казалось, откуда-то издалека, как будто из другого мира. Он страшно похудел, грудь впала, руки сделались как плети; он слегка горбился и весь как-то опустился, словно ему было тяжело носить свое исхудалое тело. Особенно мучил его кашель. Он кашлял не так, как все; мы иногда кашляли, простудившись... Антоша кашлял не громко, но сухо, отрывисто и кашлял поминутно. Неприятный кашель! Я как будто и теперь еще слышу его...

В конце зимы Антон Попов ушел в больницу. Я, разумеется, каждый день навещал его, носил ему книги и подолгу просиживал у него, рассказывая наши классные и пансионские новости. Мне иной раз казалось, что он слушал меня без особенного интереса. В последний раз, помнится, я принес ему "Записки Пиквикского клуба", думая, что эта книга развлечет, рассеет его; но Антоша читал ее как-то вяло и лениво. Все то, что прежде занимало его, теперь как будто отошло на задний план. Сам он говорил очень мало, начинал и не договаривал, ссылаясь на то, что ему тяжело говорить, и все больше слушал меня с закрытыми глазами... Впрочем, слушал ли? — Бог весть...

Может быть, в то время мысленно он уносился далеко от меня, в какой-нибудь загадочный, фантастический край, созданный его расстроенным воображением, или в свой родной, глухой и тихий городок...

В первых числах апреля, перед пасхой, как теперь помню, в самую распутицу, приехала к нему мать-старушка.

Время было послеобеденное. Я сидел у Антоши, когда она, прямо с дороги, пришла в больницу в своем поношенном дорожном платье, с приставшими к нему пушинками и клочочками сена. На ней был какой-то странный старомодный капор и салоп с потертым беличьим воротником. Лицо ее покраснело от холода и от ветра; ведь она, по крайней мере, с неделю тащилась до губернского города по испортившимся дорогам, с опасностью для жизни перебираясь через реки и увязая в снегу. Только второй раз в жизни выехала она из своего родного городка: в первый раз она отвозила в гимназию своего маленького Антошу, а теперь она уж очень беспокоилась о нем и захотела повидать его... Полно любви и самоотвержения материнское сердце; оно-то и заставило эту бедную женщину тащиться в такую даль к больному сыну...

Антоша, конечно, чрезвычайно обрадовался ей и оживился. Вообще в тот день еще с утра, как я заметил, ему было лучше: кашель меньше мучил его, и он говорил более обыкновенного. Я хотел уйти и оставить его с матерью наедине, но они попросили меня остаться: секретов от меня не было.

Антоша расспрашивал мать о родных, в особенности о сестренке, своей любимице. Потом он с жаром заговорил о том, что только бы ему немного поправиться, и он тотчас же поедет с матерью домой и все лето проживет у нее. Экзамены, конечно, ему отложат до осени...

— Я, мамаша, по целым дням буду сидеть в садике и греться на солнце! Только дожить бы поскорее до лета... — говорил Антоша.

— Сиди, сиди, голубчик, где хочешь... грейся! — поддакивала старушка.

По щекам Антоши тихо катились слезы. Хотелось ли ему поскорее дожить до лета, или же он сам не верил тому, что говорил?

— Ну, о чем же это, родной? О чем же плакать-то? — встревожившись, говорила мать, наклоняясь к нему и нежно, ласково гладя его по голове.

— Нет! это — ничего... так... Я что-то устал... — тихо промолвил Антоша. — Я отдохну немного, может быть, вздремну... А ты, мама, посиди у меня, не уходи никуда... Мама, слышишь?.. Поцелуй меня!

— Никуда я не уйду... Куда мне идти!.. Спи, родной! Господь с тобой... — сказала мать, крепко поцеловала его в губы и в лоб, поправила ему сбившиеся волосы и стала бережно укрывать его одеялом.

— Прощай, мама! — засыпая, шептал Антоша.

— Спи, спи! Усни, голубчик!

Антоша отвернулся от нас и скоро заснул. Мы со старушкой сидели на соседней койке, то молча, то разговаривая вполголоса.

Она, конечно, уже давно знала, что я дружен с Антошей, и

благодарила меня за то, что я на праздники брал его из гимназии к себе домой.

Она несколько раз поднималась с койки и, наклонившись, подолгу смотрела сквозь слезы на исхудалое, страдальческое лицо сына... Еще бы ей было не плакать и не тосковать, когда она видела перед собой тень своего прежнего Антоши! Ведь он был у нее единственный сын, ее последняя надежда, ее опора в старости, свет и радость ее несчастной вдовьей жизни. Через год он должен был кончить в гимназии курс.

Мне жаль было смотреть на нее.

— Родной ты мой!.. И что это с ним сделалось!.. С чего эта болезнь приключилась?.. — шептала она, скорбно качая своею седой головой.

Я молчал... А в воображении моем мелькнул светлый зимний день, блеснуло голубое, безоблачное небо, мелькнул лес в его сверкающем уборе, весь запушенный инеем и, словно, заснувший под холодными, сияющими небесами... И в том лесу два мальчугана, в гимназических фуражках с красным околышем и в расстегнутых шинельках из синевато-серого сукна, с звонким, беззаботным смехом скользили на лыжах по снежным сугробам, разгоревшиеся, разрумянившиеся на морозе...

Был час девятый вечера.

А Антоша все еще спал.

Несчастная мать — уж не помню, в который раз — поднялась с койки и наклонилась над Антошей. Вдруг старушка тяжко, безутешно зарыдала и припала к сыну. "Зачем же она беспокоит Антошу!" — подумалось мне.

Я тоже встал с койки и взглянул на нее... В лице ее не было ни кровинки.

— Умер... — чуть слышным шепотом слетело с ее побледневших губ. — Умер... голубчик мой... Антошинька... радость ты моя!

Мне стало так горько, так горько, что я передать этого не могу... Помню: я присел к Антоше на койку и, плача, крепко прижался головой к его худенькому, уже похолодевшему плечу... Антоши не стало!

На следующий год, перед отъездом в университета, в жаркий июльский день, зашел я на могилу моего бедного друга. На могиле росла густая зеленая трава; из травы выглядывали голубые незабудки и своим нежным цветом живо напоминали мне кроткие голубые глаза того, кто почивал мирно, без всяких снов, под этим зеленеющим бугром...

БЕДНЫЙ ХРИСТОС

Село наше Дедюхино стоит далеко от больших городов, среди необъятных зеленых степей. Оно совсем затерялось в этом привольном зеленом просторе. Вот, хоть вы, например, читатели, сидите в своих городах и ведать не ведаете про наше село; вы даже не знаете, есть ли на белом свете такое село Дедюхино. Да как же ему не быть! Я в нем родился, рос и вырос и прожил, почитай, всю свою жизнь.

И люблю же я, крепко люблю наше родное село. Мне кажется, что краше его нет ничего на свете...

Одно надо вам сказать — село довольно большое и тянется по обоим берегам речки Пинежки версты на две в длину, а насколько в ширину — право, сказать никак невозможно. Избы у нас не стоят по-людски, в ряд, а разметались, как шалые, без всякого порядка туда и сюда. То хата от хаты рукой подать, то хата от хаты чуть не на полверсты отскочила, а почему — Бог весть. Одни мазанки лепятся по самому берегу, другие взобрались на косогор и торчат там себе на юру, а иные в лощинку сползли и притаились за густым вишеньем, словно в прятки играючи, как будто кто-нибудь, шутки ради или второпях, рассовал их куда ни попало. Но все это выходит как-то хорошо, красиво; всякая хатка словно на своем законном месте стоит. Если бы вдруг переставили их, выстроили бы, как солдат на смотру, в одну прямую линию, поделили бы между ними правильные промежутки, тогда прости-прощай наше Дедюхино. Не стало бы села... И почему ж бы ему не разметаться по своей доброй волюшке? Ведь ничьей земли оно не заедает: степи кругом неоглядные, словно им и конца нет...

Речка Пинежка — маленькая, не широконькая; только весной, в половодье, шумит она, бурлит и плещет свои мутные воды на берег так, что подумаешь, и в самом деле река. А летом не только люди — и вороны ее вброд переходят. Летом наша Пинежка совсем мелеет и — как поется в одной старой песне, "покрывается вся тиной, скверной зеленью, со плесенью". Тогда воду мы пьем из колодцев. Колодцев у нас много, и вода в них чудесная — холодная, родниковая.

Дедюхино частенько погорает, особливо в летнюю пору, — погорает то от Божьей милости, то от людской, но больше от последней. Оттого-то оно чуть не каждый год отстраивается, оттого-то в нем испокон века стоят сгорбившись старые, кривобокие, жердями подпертые избушки, как старушки подслеповатые, опирающиеся на свои костыли, а неподалеку от них стоят прямехонько, гоголем, новые мазанки, блестя на солнце своими белыми стенами и желтыми соломенными крышами. Берег Пинежки местами густо порос ветлами, сочной рослой кугой [куга — трава осока] и тростником. По селу вдоль плетней там и сям также зеленеют ветлы и на славу разрастается вишенье. Много у нас яблонь, пахучих акаций и лип душистых. В мае, когда все это благоухает и цветет белым и розовым цветом, — о! Да что же это за рай! Пчелкам раздолье у нас, и жужжат же они с утра до ночи. Но всего больше у нас растет подсолнухов. Величаво и высоко поднимают они кверху свои тяжелые желтые головки.

Только в одной стороне, на полночь, вдали на горизонте синеет лес. А там, как уже сказано, куда ни глянь, все степь и степь — зимой вся белая и блестящая, словно алмазной пылью усыпана, а летом — вся в цветах, вся пестрая, как лучший персидский ковер.

Так, повторяю: я люблю нашу тихую, маленькую речку, люблю наше Дедюхино, люблю и нашу старую-престарую церковь. Ей будет уже лет триста, если не больше. Церковь темная, низенькая, с виду невзрачная, с высокой колокольней; кругом нее — погост с безвестными могилами, а вокруг погоста — деревянная ограда. На погосте купами там и сям и вдоль ограды, местами растут плакучие березы и ветлы... Теперь должно сказать, что в нашей церкви в стародавнее время было много разных статуй. Обычай ставить статуи в храмах перешел к нам, кажется, от наших прежних близких соседей поляков-католиков. Лет семьдесят тому назад вышел указ: убрать из церквей все статуи. Из нашей дедюхинской церкви также вынесли все статуи на чердак, и там, в разном хламе, среди старых паникадил, икон и разломанных сундуков, они так-таки затерялись и пропали. Только одна статуя — статуя Христа — сохранилась. Ее не унесли на чердак вместе с прочими, но поставили в каменной нише, нарочно для того сделанной в ограде. Кто это вздумал и для чего, теперь уже никому неизвестно. Эту статую Христа надо описать подробнее, потому что она станет играть важную роль в моей повести, что видно уже и по самому заглавию.

Это священное изображение, строго говоря, ничем особенно не замечательно и на первый раз в глаза не бьет. Фигура Христа (в аршин [аршин — 0,71 метра] вышины) сделана из дерева грубо, топорно и по дереву обмазана гипсовой мастикой. Христос стоит, опустив левую руку вниз, а правую прижав к груди. Голова Его с темными распущенными волосами, выдвинутая вперед, слегка понурена. Лицо совершенно бледное, без всякой краски; глаза большие, темные, и темные же брови; нос, как и всегда, прямой и тонкий, губы сжаты. В боку, между ребер, видна рана, и вытекшие из нее капли крови как будто застыли, запеклись на этом бледном теле. На первый взгляд всякому покажется, что фигура сделана аляповато, да оно, в сущности, так и есть. Но если всмотреться попристальнее в эту фигуру, отступя шаг назад, то она является в другом свете и заставит простоять перед собой лишнюю минуту. Доморощенный художник — бесхитростный и немудрый — сумел как-то придать бледному лику Христа такое страдающее, скорбное выражение, какое, право, редко можно встретить и на самых хороших картинах. Налево от Христа стоит фигура воина (вышиной в 3/4 аршина), сделанная так же грубо и из того же простого материала, как и статуя Христа. На воине намалеваны желтые латы, а ниже их какое-то зеленое одеяние вроде короткой юбки; на ногах высокие сандалии. Голова у этого воина большая, угловатая, с черными курчавыми волосами; лицо красное и свирепое. В руке у воина копье.

Я знаю, есть изображения Христа очень блестящие и дорогие, стоящие сотни и тысячи рублей. Эти изображения стоят в великолепных храмах, сияющих серебром, золотом и драгоценными каменьями. Наш Христос — бедный, убогий Христос, как бедна и убога наша сторона... Подножие у статуи алебастровое. Ниша, где стоит она, складена из кирпича и плохо выбелена. Но дедюхинцы любят свою статую. Исстари ведется обычай класть в нишу, в виде приношения, то ломтик хлебца, то грошик, то яйцо. На фигуру Христа повязан кусок дешевенького ситца — самое незатейливое одеяние. Христос был изображен почти вовсе без одежды и долго стоял Он так. А кто первым прикрыл Его и по какому случаю, о том я и расскажу теперь одно старинное предание.

* * *

Давно, очень давно, лет шестьдесят тому назад, а может быть и более, жил у нас в селе добрый, смиренный и работящий мужик по имени Михайло Колобяк. Складно и ладно жилось ему с молодой женой, красавицей Настасьюшкой. Михайло, как человек не великого ума, с неба звезд не хватавший, без совета жены шагу не ступал. И это не к худу, потому что Настасья была баба неглупая, ловкая, на все руки, и всякую сметку отлично знала. Она никогда не злоупотребляла своим старшинством, превосходством над мужем.

Михайло делал все не торопясь, мешкотно [неповоротливо], но зато прочно и крепко: под его работу и комар носа не подточил бы. У Насти же все так и кипело в руках, всякий труд у нее спорился, и в конце концов оказывалось, что ее дело выгорало не хуже мужнина. Вовремя у них поле вспахано, вовремя посеяно, выполото, вовремя все скошено, в скирды сложено и смолочено. На огород посмотришь — глаза разбегаются: всякий-то в нем овощ растет. Грядки вскопаны как следует, а между грядками мак пестреет, желтеют подсолнухи. Весь плетень густо оброс белой акацией. Пахнет сиренью, дикой мятой, всякими цветочками — славно, чудесно пахнет.

На хатку поглядеть — сердце радуется. Оконца чистенькие, стены выбелены, желтая солома на крыше золотом отливает на солнце, и подстрижена она так чистенько и гладко, как волосы у иного мальчугана накануне большого праздника! И старые-престарые ветлы, скрипя и шушукая, зеленой тенью красиво склоняются над этой стрехой [стреха — соломенная крыша]. Зимой или летом, в солнечный ли день, в сизые ли сумерки, или в ясную месячную ночь, — всегда, во всякую пору любо поглядеть на Михайлову избу.

У Колобяка была только одна дочка, и эта дочка вся уродилась в мать: такая же здоровая, крепкая, смуглолицая, с большими темными глазками. Ее тонкие брови словно тушью нарисованы; волосы черные и мягкие, как шелк.

Михайло с Настей крепко любили свое единственное милое детище, берегли его пуще глаза и холили всячески. За обедом мать норовит дать Гальке кусок получше, послаще. В праздник выряжает она свою дочку в красный кумачный сарафан и роговым гребнем старательно, легонько расчесывает ее шелковистые волосоньки, и гладит она эту маленькую, миленькую головку, и ласкает, и целует ее. Михайло в досужие минуты садит Гальку себе на колени, играет с ней и качает ее на ноге. А Настя той порой сидит за прялкой или бойко управляется с иглой. Михайло, мужик степенный, серьезный, даже почасту хмурый, в эти минуты начинает смотреть весело, и под его густыми, нависшими усами играет блаженная улыбка. Своею грубой, мозолистой рукой он обнимает Галю, слегка щекочет ее; темной, загорелой щекой он прижимается к нежной пухлой щечке ее и вдруг начинает запевать какую-

79

нибудь песенку вроде того, что "вырастешь большая — будешь в золоте ходить, чисто серебро носить..." Михайло желает для своей дочки такой участи, хотя и не надеется на нее. Где же у них, в мужицкой хате, злата-серебра достанешь? Благо, хоть бы в рогоже [ткань, плетенная из мочал] не ходила... То примется он сказки рассказывать про скрипучую "липовую ногу" да про Ивана-царевича. Галька, широко раскрыв свои темные глазки и припав к отцу на грудь, внимательно слушает, не шелохнется. Так, бывало, и заснет на руках у отца. Но редко выпадали такие минуты.

Колобяк не сидел без дела дома: летом он — в поле, в степи; зимой — в лесу, а иногда перед Рождеством уходил в Москву с обозом, отвозя туда на продажу купеческую, то есть свиную щетину и сало. Из Москвы он всегда привозил жене в подарок или ситца французского на сарафан, или бусы, или ленту алую: Гальке дарил сладких пряников, а однажды привез белую куколку, такую крепкую, что ее нельзя было и раздавить... Привольно, хорошо жилось Гальке под крылышком матери, на отцовских ласках, да вдруг беда большая стряслась над Михайловой семьей.

Настя с чего-то захворала, заболела и скорехонько померла. Михайло очнуться не успел, как вдруг очутился вдовцом.

Галине тогда уже минуло восемь лет. Горько плакала она, смотря на мать, когда та в своем венчальном сарафане лежала в простом деревянном гробу, сложив на груди свои работящие руки. Эти бледные руки уже не поглядят ее по голове, эти холодные губы не поцелуют ее, эти большие добрые глаза, теперь закрытые, уже не подарят ее взглядом ласковым.

Долго Галина не брала игрушек в руки — все тосковала по своей родной. Но понемногу горе стало забываться, и Галя стала привыкать к своему сиротству-одиночеству. Начала она приглядывать за хаткой; бывало, пол выметет и печь кое-как затопит, с грехом пополам. А в досужее время, без отца, присядет к окошечку и, вооружившись мотком ниток и большой иглой, примется чинить свою или отцовскую одежду. Нельзя, конечно, сказать, чтобы маленькие стежки клала она на заплаты, чтобы аккуратно и прочно было ее шитье. Но что ж делать! Чем богаты, тем и рады.

Мирно и тихо, с маленькими радостями и без большого горя, пошла жизнь в Михайловой хате. По вечерам, при лучине, Галька сидела с отцом вдвоем и слушала иногда его сказочки и бывальщины.

И вдруг опять на них напасть обрушилась. Уж подлинно —

одна беда не ходит, за собой другую водит. Так, по крайней мере, вышло на этот раз.

Неподалеку от Михайловой избы — через огород — стояла одна понурая избушка. И зачем только она стояла тут? Много горя натерпелась, много слез пролила Галька оттого, что эта кривая избушка стояла так близко от их хаты. В той избушке жила Авдотья, вдова, по прозвищу Сорочиха, баба упрямая, хитрая и порой даже злая. Задумала эта Сорочиха недоброе дело.

— Дай, соседушка, починю я сарафан-то твоей доченьке, да и тебе кстати, заодно, рубахи вымою! — сказала однажды Сорочиха, будто жалеючи Михайла. — Ведь ваше дело одинокое, сиротское. Никто, вишь, за вами не присмотрит...

И пошла, и пошла тянуть песенку на один и тот же лад. Лукавая баба... В другой раз увела она к себе Гальку, накормила ее пышками и целый передник насыпала ей подсолнечных семечек. Галька, как девочка добрая, ласковая, Сорочихе за все, конечно, говорила "спасибо"; но не нравились ей Сорочихины серые глазки, маленькие, вострые, поминутно бегающие из стороны в сторону, словно запуганные мыши... Раз даже Сорочиха, когда Михаилы не случилось дома, забралась к нему в хатку и, подтыкав себе подол, принялась преусердно скрести лавки и мыть стены и пол.

— Дай ей Бог здоровья! Добрая душа, право! — сказал по возвращении Михайло, узнав о подвиге Сорочихи.

Таким манером Сорочиха поминутно, при каждом удобном случае, лезла Михайле в глаза, как осенняя муха. И Михайле стало казаться, что хорошо было бы, если бы он женился на своей соседке. "И для меня-то сподручно, и для Гальки ладно! Худо девке расти без матери..." — так уже много раз мыслил про себя Михайло. Не то чтобы он не любил свою красавицу-Настю или забыл бы ее — нет! Он не полюбит так Сорочиху и никогда не забыть ему первой жены. Ему просто нужна была в доме работница, помощница, которая за всем присмотрела бы, накормила бы и обшила их с Галькой. Нанимать казачиху, значит — кормить-поить ее надо, надо жалованье платить, а у Михайлы Колобяка лишних денег еще отроду не водилось. (Да я и не знаю, у кого из дедюхинцев, кроме старшины, водились они.) В крестьянской жизни часто случается, что жену берут в дом только как работницу. Призадумался Колобяк не на шутку...

Однажды вечерком сидел он на завалинке у Сорочихиной хаты и покуривал трубку. За последнее время он частенько сиживал тут. Галина той порой с ребятишками бегала по улице, не чуя, что решалась ее участь. Осенний вечерок выпал ведряный, красный. Задумчиво смотрел Колобяк на заходившее солнце...

— Знаешь что? — вдруг заговорил он, обращаясь к Сорочихе. — Ты — без мужа, я — без жены. Отдавай свою хатку в наем, а сама перебирайся ко мне в хозяйки! Будем вместе век вековать.

Сорочиха будто бы растерялась от неожиданности и рот разинула, а на самом-то деле просто обрадовалась.

— А соседи-то, Михайло, что скажут? Вот скажут... — затянула Сорочиха.

— Что такое скажут? А ну их! — успокаивал ее Колобяк.

— Сам, поди, знаешь: как дети-то с мачехой обращаются... — с горьким вздохом промолвила Сорочиха. — Про мачеху и в старых песнях-то все неладно поется.

А Михайло стал пуще уговаривать ее.

Наконец Сорочиха расплакалась и ушла к себе в хату. На другой день они ударили по рукам, а через месяц и свадебку сыграли.

— Галя! Вот тебе мамка! — весело сказал дочери Михайло, возвратившись от венчанья.

— Нет, тятя! — тихим, грустным, нерешительным тоном промолвила девочка. — Нет у меня мамы! Маму землей засыпали и красный крест ей на могилке поставили... А это не мамка, это — Сорочиха.

— Глупа еще! — как бы извиняясь за дочь, пробормотал с недовольством Михайло и нахмурился.

Не вспомнилась ли ему его первая свадьба, его покойная жена? Он еще пуще нахмурился бы, если б кто-нибудь шепнул ему, что худо быть Гальке сиротой, но жить с недоброй мачехой — того хуже...

Впрочем, первые три-четыре месяца дело еще шло ни шатко ни валко. А затем Сорочиха понемногу стала показывать себя и отцу и дочери в настоящем свете. У добрых людей, глядишь, уже и печь истоплена, бабы делом занимаются, а наша Сорочиха еще спит, а если не спит, то лежит да потягивается. Встанет, наконец, поднимется, с охами да вздохами затопит кое-как печку, а сама уйдет на улицу и по целым часам с кумушками стрекочет — "тары-бары да красные товары..." Оттого-то щи у нее вечно уплывают, хлеб сгорает в уголь, все-то у нее недосол или пересол. А ей и горюшка мало. Ей только бы из избы увернуться, — гуляет себе да песенки распевает. В избе до самого вечера ничего не прибрано, а вечером уже не для чего убирать. Заворчит, бывало, Колобяк на жену, а та ему сто слов в ответ.

— Не разорваться мне на вас — на двоих! Сидите и так! — крикнет, бывало, Сорочиха, так, что оконница задребезжит.

Так и пошло Михайлово хозяйство через пень, через колоду, ни складу ни ладу. Тут оказалось, что Колобяк жестоко ошибся, понадеявшись на свою тороватую [тороватая — бойкая, ловкая] соседку. Он хотел ее сделать работницей, помощницей своей, а она в то же время рассчитывала закабалить его себе в батраки; вдовья жизнь ей пришлась не по сердцу. Михайло, как человек уступчивый, с характером слабым и мягким, что твой воск, — лепи из него что хочешь, — с Сорочихой сладить не мог. То была женщина упрямая, с железным характером и поставила на своем. Свое дело она справляла кое-как, спустя рукава, а его заставляла работать на себя чуть не через силу. Муж, бывало, скажет: "Стрижено", жена ему в ответ: "Нет, брито!" Муж скажет: "Не трясись", жена же кричит: "А вот потрясусь!" Такова была Сорочиха...

Хорошо жилось Михайле при доброй, работящей Насте: та не злоупотребляла его смиренством. А теперь ему солоно пришлось. Чуть ли еще не солонее доставалось Гальке от мачехи. Галя уже не однажды плакала украдкой. За обедом кусок послаще Сорочиха себе берет, а Гальке объедки оставляет. Она поминутно шпыняет девочку — то Галя нехорошо сделала, то неладно сказала. Дошло, наконец, дело до того, что Сорочиха уже не раз своими костлявыми руками драла Гальку за ее прекрасные, шелковистые волосы, не раз била ее чем попало и как попало. Прежде, бывало, Галя выйдет гулять на улицу, так просто загляденье: головка причесана, сарафан чистенький, на ногах чоботки новенькие. А теперь сарафан на ней — старенький, оборванный; сама Галя ушить его толком не может, а мачеха не притронется. Галя частенько ходит босая, нечесаная. Сама она еще не в силах хорошо причесаться, а идти к мачехе боится: та половину волос гребнем выдерет, а ежели Галя заплачет, то ей же еще подзатыльник попадет, и крикнет по-своему, грубо: "Пошла, откуда пришла! Дрянь!.." У мачехи все платки цветные, новые кумачные сарафаны, щегольские сапожки с красно-желтыми отворотами — у Гальки же последняя рубашонка с плеч валится. А Колобяк или не замечал этого, или делал вид, что не замечает, — уж право, не знаю...

Вот таким-то образом, худо, невесело, шли дела до того самого вечера, историю которого я хочу теперь рассказать.

* * *

83

На дворе стояла глухая, хмурая осень. Последние листья с деревьев слетели. Желтая, блеклая трава стлалась по степи, и обнаженный кустарник печально пригибался к земле под напором холодного ветра. То моросил дождь, то снег принимался идти...

Вышло как-то так, что Михайло на два дня уехал в лес рубить дрова и хотел заночевать там же, в шалаше у Фомки-лесника. (В ту далекую пору в нашей стороне залегали дремучие леса, не так, как теперь.) Гальке без отца всегда бывало хуже, на этот раз пришлось и совсем плохо — хоть плачь! Мачеха с утра же закатилась в гости. Печь оставалась нетоплена: хата нахолодилась. Галька вся иззябла и пошла погреться к одной соседке-старухе. Та сжалилась над девочкой, глядя на ее унылое, осунувшееся личико.

— Не хочешь ли есть? — спросила ее старушка.

— Хочу, бабуся! — промолвила Галя и смутилась: ей, точно нищенке, подают Христа ради.

Старушка отрезала ей ломоть хлеба и подала чашку кислого молока. Галька с жадностью поела все.

— Вот то-то, дитятко, без матери-то! Худое это дело... — сказала старушка, вздохнув.

"Что бы сказала мама, если бы увидала меня теперь, увидала бы житье наше?" — подумалось Гальке, и таково-то ей вдруг горько стало — чуть она не расплакалась. Губы у нее задрожали, и слезы подступили к горлу. Она сказала старухе: "Спасибо" и поскорее ушла домой... Вечером Сорочиха навела к себе гостей, и поднялся дым коромыслом. Пошла игра на гармонике, на балалайке, песни, пляски, гам, — хоть уши затыкай! Сама Сорочиха визжала пуще всех и отплясывала так, что половицы потрескивали. Галька, лежа на печке, невесело поглядывала на эту пляску.

На другой день мачеха опять скрылась с утра. Гальке показалось совестно опять идти к старухе — как будто попрошайничать. Она весь день просидела дома голодом. Угораздило ее найти в столе завалившийся за солонку кусок черствого хлеба. Она съела его с жадностью, но голод тем не утолила, только еще пуще разожгла. Выпила два ковша воды; ей стало тошно, тяжело. Легла Галька спать, но и уснуть не могла. Как только закроет глаза, так ей и начинает мерещиться, что мимо рта ее все кто-то проносит кусок вкусного, теплого пирога с изюмом...

Сорочиха возвратилась домой уже поздно ночью. Она была навеселе, и сильно припахивало от нее спиртным. Лицо ее раскраснелось, волосы порастрепались, шлык сбился на сторону.

— А-ха-ха! Ха-ха-ха! — расхохоталась она, стоя посреди избы и бессвязно рассуждая о чем-то сама с собой.

Наконец повалилась на лавку и стала укладываться спать, а сама все что-то ворчала себе под нос. В таком диком виде Галька еще ни разу не видала ее. Она боялась приступить к мачехе, но не выдержала: ведь голод-то не тетка.

— Есть мне охота! — вполголоса промолвила она.

— Только бы тебе жрать! Лежи, добро... Ночью что тут за разносолы! — шипела Сорочиха.

— Мне бы хоть хлебца! Мне тошно... — робко продолжала девочка.

— Сказано — спи! До утра-то не околеешь, небось! — пробурчала мачеха.

Тут уж Галька не выдержала и заплакала.

— Мама, милая!.. Тятя, голубчик... — как в бреду бормотала она, уткнувшись лицом в подушку и тяжко всхлипывая.

Она, конечно, мамой звала не эту злую пьяную бабу, а свою настоящую, родную маму, которую уже давно унесли на погост. Сорочиха это поняла и обозлилась.

— Что-о-о? Отцу на меня жаловаться! А-а-а! Так я ж тебе покажу... — зарычала мачеха, поднимаясь с лавки.

Пошатываясь, подошла она к Гальке, ухватила ее изо всей мочи своими жилистыми руками за плечо и потащила вон из избы.

— Убирайся! Пошла! У-у! Проклятое отродье... Змееныш! — крикнула она с яростью, когда Галя застонала от боли.

Сорочиха протащила ее через сенцы и, вытолкнув на крыльцо, захлопнула за ней дверь и заперла на защелку. И Галька, в одном драном, легоньком сарафанишке, с головой, покрытой лишь распущенными волосами, и совсем босая, очутилась на улице одна-одинехонька... Темная осенняя ночь стояла над деревней. Холодный, порывистый ветер дул ей в лицо.

Галька робко оглянулась по сторонам, посмотрела вверх, посмотрела вниз. Над головой у нее, как страшные сказочные призраки, неслись по небу черные облака, то сбиваясь в одну кучу, то разрываясь лохмотьями. Бледный месяц светил порой из-за облаков. Мрачно было над головой Гальки. На земле тоже — не веселее... Грязь на улице слегка подстыла. Кое-где вдоль плетней и заборов белел снег. Ветлы своими голыми ветвями шумели глухо, жалобно. В избах огни были погашены... Галька спустилась с крылечка и еще раз оглянулась на свою хату. Авось, мачеха смилуется, придет в себя, воротит ее. Не тут-то было! Как собачонку, вышвырнули ее из родного, отцовского дома!

Вздрагивая и ежась от холода в своем жалком сарафанишке, Галька пошла по улице. Стучаться под окнами она боялась. Ее станут окликать, станут расспрашивать, за что ее мачеха прогнала. Ей было послышалось, что во дворе одной хатки как будто стукнули ворота. "Значит, еще не спят. Попытаюсь!" — подумала она и, подойдя к хатке, заглянула в оконце. Темно в хате — ни звука. Легонько постучала Галька в стекло. Ни ответа, ни привета... Постучать громче она не решалась и пошла далее. Под окном приветливой старухи она постучалась довольно сильно, но бабуся, видно, крепко спала — не откликнулась... А ветер той порой с неистовым воем проносился над деревней, над соломенными стрехами, над деревьями, над головой бедной Гальки. Она решительно не знала, что ей делать, куда идти. Холод знобил ее, но еще пуще мучил голод.

В стороне, через лужайку, в ночном сумраке белела церковь смутно, неясно, как привидение. К ней пошла Галька и скоро очутилась у церковной ограды, перед той нишей, откуда жалостливо смотрел бледный лик Христа. Ниша теперь оставалась погруженной в тень. Но девочка скоро рассмотрела, что у подножия статуи лежали три яйца, два медных грошика и ломоть хлеба. Уж не ради ли этого хлеба и направила она сюда свои шаги? Очень может быть, что, не отдавая себе ясного отчета, шла она сюда, помня, что у Христа иногда лежат куски хлеба и другие приношения. Ведь не раз у этой самой ниши прежде она игрывала со своими подругами.

Эта статуя, это бледное лицо, этот свирепый большеголовый воин с копьем — ей уже давно знакомы. Галька прислонилась к нише и прижалась головой к холодной кирпичной стене. Глаза ее не могли оторваться от хлеба. Брать или не брать? Может ли она взять этот кусок, принесенный Христу? Будет ли грех, если она съест этот хлеб? Гальке сделалось страшно... Она уже наслушалась по деревне от взрослых, что Бог грозен и грешников убивает камнями.

Но в ту же самую минуту припомнились ей рассказы про Христа. Одна девочка, немного постарше Гальки годами, учившаяся в школе, не однажды передавала эти рассказы своим маленьким подружкам и очень, конечно, гордилась при этом своим знанием таких прекрасных, неслыханных историй. Учитель в школе им сказывал, что Христос очень милостив, что, будучи на земле, Он кормил голодных, лечил больных, утешал несчастных, что Он знался с такими людьми, которых никто не любил, прощал самых великих грешников, а в особенности любил детей и всегда говорил, чтобы не мешали детям приходить к Нему... Это воспоминание ободрило Гальку и сделало ее смелее.

"Я теперь голодна, я другой день не ела... Он накормил бы меня, если бы был теперь жив... — невольно подумала Галька, пристально смотря в лицо Христу. — Значит, если я возьму у Него хлебушка, Он не поставит это во грех, не убьет меня камешком?!"

— Дай, Господи! — жалобным шепотом промолвила Галька, робко протягивая ручонку к куску хлеба и в оба смотря на статую.

Темные тучи, быстро несшиеся по небу, на ту пору вдруг разорвались и полный месяц бледным светом своим обдал всю статую с ног до головы. "Бедный Христос! Как жалко Он смотрит!.." — мелькнуло у Гальки в голове. Девочка, наконец, взяла кусок и потянула его к себе. Потом тут же, у ниши, опустившись наземь, она принялась есть. Крупные слезы катились у нее по щекам и капали на кусок черного черствого хлеба, который держала она в своих дрожащих руках.

Наевшись, она с великой, немой благодарностью посмотрела на Христа, на лицо Его с живым выражением муки, на Его окровавленную, израненную грудь. Ей стало очень жаль Его. И долго так смотрела она на Христа... А холод той порой знобил ее, и ночной ветер пронизывал ее насквозь. К утру воздух пуще посвежел.

Не боясь ни могил, ни мертвецов, Галя пошла на погост. Здесь она нередко игрывала с ребятами. Отыскала она знакомую могилу, присела около нее наземь и крепко припала головой к сырой, холодной земле.

— Мама! Милая мама! Никто без тебя не покормит меня, никто не заступится... — прошептала Галька и вдруг остановилась.

Ей вспомнилось бледное лицо, смотревшее на нее из ниши. Она понемногу успокоилась и по-детски крепко заснула, словно не на могиле, под холодным ночным ветром, а в теплой постели, под теплым родным кровом...

Ветер к утру разогнал облака, небо прояснилось. Заря ярко загорелась на востоке. А Галька спала. Снилось ей, что отец по-прежнему, по-старому держит ее на коленях, сказывает ей сказки и песенки поет; мать за прялкой сидит и весело смотрит на них. И однообразно жужжит ее веретено...

Вдруг Галина проснулась. Красноватые лучи восходящего

солнца уже играли на зеленой церковной крыше и на ее блестящем кресте. Яркий луч ударил в глаза Гальке. С удивлением осмотрелась она по сторонам и не сразу смогла опомниться, где она и как сюда попала. Перед ней стоял церковный сторож Михеич, седой старик в высокой меховой шапке. Он побрякивал своими заржавленными ключами и внимательно смотрел на нее.

— Ты что тут, Галя, делаешь, а? — спросил он ее.

— Да я так... спала... — бессвязно пробормотала девочка и принялась тереть себе кулаком глаза.

— Нашла место спать! Нечего сказать... Ступай скорей домой! Чего тут... Охо-хо! — прошамкал старик. — Вишь, зазябла вся, посинела даже... Беги, добро... А то простудишься, умрешь, в могилу зароют. Беги!

Старик еще раз поглядел на нее жалостливо и побрел на колокольню.

Как бы в благодарность за съеденный кусок хлеба Галька твердо решилась — во что бы то ни стало — одеть статую Христа (Христос, как уже сказано, по воле художника был изображен почти без одежды, быть может, с целью сильнее разжалобить простой люд). Девочка все живо, все близко принимала к сердцу. Ей казалось, что и деревья и кустарники зимой дрожат от холода так же, как и она сама дрожит; так же — выходило по ее догадкам — должно быть холодно и бедному Христу.

На другой же день она отрыла где-то в чулане кусок простого, грубого холста и отрезала от него порядочный лоскут. На одном краю этого лоскута она прикрепила веревочку, и с таким скудным, грубым одеянием под вечер Галя явилась к нише и на этот раз уже безбоязненно облекла статую Христа в серую толстую холстину. "Вот так и ладно! Все же Ему будет лучше..." — подумала она, с довольным видом любуясь на дело рук своих.

Все на Дедюхине диву дались, когда пронесся слух, что кто-то неизвестный одел Христа. Все — стар и мал — приходили к нише, трогали холстину, разглядывали веревочку и все-таки ничего не узнали. Много из-за этого было толков, судов и пересудов у нас на селе.

* * *

Лет через пять после того вечера, который я только что описал, Сорочиха умерла — от вина "сгорела", как говорили на деревне. Михайло Колобяк в покое и мире прожил последние дни, добром вспоминая свое житье с первой женой и стараясь реже вспоминать Сорочиху. Галька в свое время вышла замуж, жила неподалеку от отца и почти каждый день наведывалась к нему. Старику даже привелось понянчиться с внучатами.

Галька же не могла всю жизнь забыть той непогожей осенней ночи, которую провела она на могиле матери; не могла позабыть того куска хлеба, что нашла она в ту ночь у подножия статуи Христа. И от поры до времени носила в нишу то яйцо, то ломоть хлеба, то грошик...

Умер Михайло, умерла и Галька, умер и муж ее.

А Христос по-прежнему неизменно стоит в нише, и бледный лик Его жалостливо глядит оттуда на мир. Ниша пообваливалась. Зимние снега и осенние дожди смыли с нее белую краску. Красные кирпичи все вышли наружу. У воина одна рука отвалилась и лежала на дне ниши. Христос по-прежнему одет то в красный кумач, то в простой серый холст. И ныне у подножия статуи можно часто видеть хлеб, яйца и медные гроши. Все это время от времени является и пропадает.

Куда пропадает? — Про то в нашей стороне знают только одни голодные нищие да убогие странники...

МИЛОЧКА

I

Важное известие застает Милочку врасплох

Небольшой поросенок — белый, с темными пятнами — лежал в тени под березой, у крыльца, а Милочка, опустившись на колени, сидела с ним рядом и дружески обнимала его за шею. Милочка гладила его, ласково приговаривала: "Вася мой! Васенька!" и иногда дергала его за уши.

Когда золотистый солнечный луч, пробившись из-за листвы, падал на "Ваську", его нежные розовые уши так заманчиво просвечивали, что девочке как-то невольно хотелось потеребить их. Поросенок, по-видимому, уже привык к таким ласкам и покорно принимал их, как должное и неминуемое. Он лежал, растянувшись, уткнув в траву свою продолговатую мордочку, и полузакрытыми глазами лениво посматривал на Милочку.

— Ваське хорошо! Васька развалился... нежится! — говорила девочка, почесывая поросенку за ухом, как обыкновенно чешут кошек.

Ваське, конечно, было хорошо, да и Милочке — недурно... Майское солнце сильно припекало с голубого, безоблачного неба, а здесь, под березой, — тень и прохлада, и лишь небесная лазурь сквозит из-за ветвей там и сям...

На вопрос: кто в ту минуту был чище — поросенок ли, слывущий обыкновенно за самое грязное животное, или барышня? — отвечать можно было легко и совершенно безошибочно... Поросенок был совсем чистенький и с таким же правом, как теперь под березой, мог лежать и в гостиной на ковре. Ну, а барышня, по сравнению с поросенком, — надо уж правду сказать, — была настоящей замарашкой.

Ее ботинки, чулки, передник, руки были замазаны землей; в темных волосах ее набились какие-то зеленые листочки, желтые сухие стебельки, какой-то сор... И, — что всего замечательнее, — даже кончик ее маленького носа был замаран в черноземе, так что иной недогадливый человек, пожалуй, мог бы подумать, что эта девица носом землю рыла, — предположение, разумеется, маловероятное...

Но если бы меня спросили: кто из них был красивее — барышня ли замарашка, или этот чистенький поросенок? — то я должен был бы сознаться, что барышня, на мой взгляд, была красивее своего четвероногого приятеля, хотя и тот со своей милой мордочкой и с розовыми, просвечивающими ушками, может быть, со свинячьей точки зрения должен был казаться замечательно красивым созданием.

У Милочки были большие и блестящие, темно-карие глаза; были мягкие, шелковистые, темные волосы, на щеках — горячий, густой румянец; Милочка, для десяти лет, была довольно высокого роста, стройна и грациозна. У поросенка глаза были хотя также темные, но маленькие, узенькие; шерсть — грубая, жесткая; румянец его, разумеется, не походил на Милочкин, и с нашей — с людской — точки зрения он был, если хотите, мил, смешон, но неуклюж и уж вовсе не грациозен...

В ту минуту, как Милочка занималась с поросенком и вообще так приятно, хотя и без особенной пользы, проводила время, послышался стук колес, и вскоре в воротах показалась пара старых, поджарых, серых лошадей, по-видимому, едва переставлявших ноги, за ними — небольшая, старомодная коляска, и на козлах ее — высокий, широкоплечий старик с большой седой бородой и в заправской, хотя довольно потертой, кучерской шляпе. Распрягши лошадей и поставив их под навес сарая, кучер медленно направился к крыльцу барского дома. Милочка с большим интересом следила за этим явлением, а поросенок своими полузакрытыми глазками, казалось, на весь Божий мир смотрел совершенно равнодушно.

— Здравствуйте, барышня! — заговорил кучер, снимая шляпу и кланяясь Милочке.

— Здравствуйте! — отозвалась та, приподнимаясь и опираясь рукой на поросенка.

— Видно, не узнали меня, сударыня? — переступая с ноги на ногу, продолжал кучер. — Помните, как я вас по саду в тележке-то катал?

— Не помню... Разве это было когда-нибудь давно, когда я была еще маленькой... — промолвила барышня, обдергивая свое короткое платье. — А вас как зовут?

— Фомой! — ответил старик, с добродушной улыбкой посматривая на девочку.

— Фома!.. Не помню... — прошептала Милочка, качая головой и всматриваясь в старика.

— Я кучер вашей бабушки, Евдокии Александровны...

Бабушка приказала вам кланяться, к себе вас в гости зовет, лошадей за вами прислала... — докладывал Фома.

— Ах! А у меня еще в огороде работа не кончена!.. — вскричала Милочка. — Нужно садить горох, салат... цветы еще не все пересажены! Работы еще много, много... А вы зачем, Фома, без шапки стоите?

— Нельзя нам, барышня, перед вами в шапке стоять... никак это невозможно! — поучительным тоном отвечал кучер. — Неучтиво-с... ведь мы то же кое-чему учены...

— Ведь вам солнышком голову напечет... Нет, Фома, вы уж лучше наденьте шляпу... Пожалуйста, Фома! — дергая поросенка за ухо, промолвила Милочка так настойчиво, что старик, наконец, должен был накрыть шляпой свою лысую голову.

— вот и письмецо от бабушки — мамаше... Извольте получить! — сказал Фома, передавая барышне письмо.

— Бабушка здорова? — спросила та, вертя письмо в руках.

— Ничего, слава Богу!.. Вас в гости дожидаются...

— Уж, право, не знаю... Я вот сейчас! — сказала Милочка и, быстро вскочив с колен, побежала в дом.

Поросенок хрюкнул и лениво перевалился на другой бок.

А по дому уже раздавался звонкий, серебристый голосок: "Мама! Мама!"...

II

Краткая история Милочки и ее родных

При крещении ей дали имя Людмилы. Все ее родные и знакомые, няня Протасьевна и прислуга звали ее Милочкой, и это имя как нельзя более шло к ней. Она была не особенно красива, не настолько умна, чтобы звезды с неба хватать; вообще она не поражала никакими талантами и особенными способностями: ни громадной памятью при заучивании басен и стихов, — а этим, как известно, иногда очень гордятся дети, а еще более их родители, — ни остроумием, ни находчивостью; но она была очень мила, бесконечно мила, добра, искренна и откровенна. Мне кажется, слова лжи и обмана еще ни разу не сходили с ее языка.

Я с удовольствием приложил бы здесь ее портрет, но, к

сожалению, не успел вовремя запастись ее фотографической карточкой. Впрочем, могу уверить, что на карточке Милочка снята без поросенка, и для такого экстренного случая она была одета как следует, как настоящая маленькая барышня: в коричневом коротком платье с короткими рукавами и с белым воротничком. На темные волосы ее мамаша даже повязала пунцовую ленточку, но на карточке, впрочем, ленточка не вышла у Милочки на голове, но очутилась в руках.

Дело в том, что в последнее мгновение, когда фотограф уже собрался снимать, Милочка сдернула с головы ленту и, оставаясь неподвижною, как статуя, и еле шевеля губами, прошептала:

— Мама! Зачем эта лента?.. ее не нужно...

Вследствие такого-то неожиданного оборота дел ленточка очутилась у Милочки на коленях, а несколько шелковистых прядей ее темных волос, сбитых ее торопливым движением, рассыпались и свесились ей на лоб.

Фотограф положительно залюбовался на нее. Но Милочка осталась им недовольна за то, что он, указывая на нее, сказал ее матери:

— Я бы готов был каждый день снимать карточки с таких прелестных детишек!..

— Мама, разве я дитя? Зачем же он так говорит?.. — заметила Милочка матери, уходя с нею из фотографии.

Отец Милочки, Николай Михайлович Тевяшев, умер уже шесть лет тому назад, когда Милочке минуло лишь четыре года. Милочка смутно помнит его, — очень смутно, но любит его память, потому что он был всегда очень добр и ласков к своей маленькой девочке. Она как будто видела во сне, что сиживала у отца на коленях, хватала его за бороду, а он гладил ее по голове, нежно целовал ее и, целуя, щекотал ей усами шею и щеки.

После смерти отца Милочка осталась с матерью в той же ее милой Березовке, небольшой усадьбе, где жила и при отце. Мать ее, Катерина Васильевна, была женщина очень деятельная, работящая, и никакое дело не вываливалось у нее из рук. Она сама заведывала домашним и полевым хозяйством: вставала рано — зимой в семь, а летом в пять часов, ложилась позже всех в доме. Особенно летом у нее было много работы; весь длинный летний день она была в ходьбе; — присядет, бывало, только за чаем, да за обедом. За то соседи и говорили, что у Катерины Васильевны хозяйство шло лучше, чем у любого мужчины. За то Катерине Васильевне и некогда было обращать особенного внимания на Милочку, и она очень жалела, что не успевала заняться с девочкой так, как бы ей хотелось.

Милочка умела хорошо читать и писать на родном языке, знала первые четыре правила арифметики, немного дроби, — и на том пока образование ее остановилось. Мать хотела подготовить ее и через год или через два отдать ее в гимназию — во второй или третий класс. А пока Милочка пользовалась полною свободой.

И замечательно, — Милочка умела так распорядиться, что время для нее шло незаметно, потому что всегда было чем-нибудь занято...

Иные девочки, как известно, решительно не знают, что делать с собой, когда с ними не занимаются, и они ужасно ноют и надоедают взрослым своими приставаниями: "Мама, мне скучно!.. Мама, что бы мне делать?.. Мама!.." и так далее, Милочка не умела сидеть без дела и не знала, что значит — скучать.

Летом работы у нее был полон рот. Она любила возиться в огороде, — садила разные овощи, полола, поливала их; в саду устраивала себе беседки, занималась посадкой молоденьких деревьев, со старых деревьев обрезывала сушняк; чистила дорожки, возила с реки желтый песок в маленькой тачке и посыпала им дорожки; кормила дворовых собак, кошек, поросят, кур, уток, гусей, — кормила и диких птиц — воробьев, голубей.

С особенной же любовью Милочка работала в цветнике, — исправляла рабатки под наблюдением матери, прибавляла чернозему, пересаживала цветы в грунт, осторожно подвязывала их мочалками к колышкам, — сама и колышки строгала — и вообще ухаживала за цветами с такою любовью, так нежно дотрагивалась до них, как будто все эти розы, жасмины, анютины глазки, душистый горошек, венерина колесница, мальвы, бархатцы, уголек в огне, жонкили, нарциссы — были для нее живыми, дышащими и всечувствующими существами.

Когда ж тут скучать?.. Надо заглянуть и на птичий двор, и в огород, и в сад, сбегать к маме в поле, на луг, сходить в лес за ягодами или же за грибами, затем — на реку... так приятно выкупаться после работы!.. Вот и день весь. Красное солнце закатилось за зеленые леса, заря бледнеет и гаснет; голова Милочки отяжелела, глаза сами смыкаются, — Милочку клонит ко сну...

Летом Милочка редко бралась за книгу, разве только когда-нибудь в ненастье... И зимой, положим, днем ей тоже надо было пошить, повязать, сходить на птичий двор — посмотреть на своих рябушек, сбегать на лыжах в деревню к знакомым, в сумерки покататься с ребятишками с горы, которую зима-волшебница сама для них устраивала, занося снегом высокий крутой берег реки и покрывая реку блестящим, крепким льдом...

Но в длинные зимние вечера Милочка охотно бралась за книгу, подолгу просиживала над нею и даже иногда, ложась спать, засовывала книгу под подушку за тем, чтобы, вставши пораньше утром, еще при огне, дочитать интересный рассказ. Так она уже прочитала сказки Пушкина и некоторые из его поэм, много различных путешествий, детских повестей и рассказов. В эту темную зимнюю пору Милочка столько перечитала книг, сколько перечитала не каждая девочка в ее годы.

В 50 верстах от Березовки жила в своем имении Ивановском Милочкина бабушка, мать ее покойного отца, Авдотья Александровна Тевяшева, — впрочем, по ее желанию, все звали ее "Евдокией Александровной". Года четыре тому назад между бабушкой и Катериной Васильевной произошли какие-то неприятности, и сношения между Березовкой и Ивановским прекратились. В последнюю зиму Катерина Васильевна вступила с бабушкой в переписку, и мирные отношения между ними снова восстановились. Но бабушка еще не приезжала в Березовку. Катерина Васильевна с Милочкой также не успела собраться к ней зимой, а тут подошла весенняя распутица, наступило бездорожье, разлились реки и ручьи, и в оврагах зашумела вода. А теперь, летом, Катерине Васильевне уже совсем некогда ехать в Ивановское. Пришлось отложить поездку до осени, как до более свободного времени... Но тут приехал Фома, и все дело разом изменилось...

"Если тебе, Катенька, самой некогда приехать, то хоть отпусти ко мне Милочку с нянькой погостить ненадолго — на неделю, на две", — писала бабушка Катерине Васильевне.

Отказать старушке было неудобно...

III

Милочка делает визит бабушке

В столовой барского Ивановского дома на больших стенных часах стрелка показывала час пополудни. Кукушка только что прокуковала и спряталась; дверца сверху часов только что успела захлопнуться за нею... Бабушка Евдокия Александровна только что позавтракала и сидела у стола на своем обычном месте — в покойном, мягком кресле с высокою спинкой, занимаясь своим любимым рукодельем — вязаньем чулка.

Бабушке уже стукнуло семьдесят пять лет, но она все еще была женщина видная, довольно высокого роста, полная, с важной осанкой и, — по институтской привычке, — держалась совершенно прямо. С самого утра она выходила в столовую уже тщательно одетою, как для приема гостей. Свои седые, серебристые волосы она подстригала и накрывала их черною кружевною косыночкой. Крепко сжатые губы и густые, нависшие брови, сохранившие свой прежний темный цвет, придавали ее лицу суровое, строгое, а подчас даже сердитое выражение. Она носила большие, круглые очки, но очки, обыкновенно, спускались у нее на самый кончик носа, так что в них она видела лишь свое вязанье, — вообще же смотрела поверх очков...

Окно, выходившее в сад, было отворено. Там были видны сияющие голубые небеса, зелень, ярко озаренная солнечным светом, и фруктовые деревья все в цвету, стоявшие, "как молоком облитые". Какая-то птичка прилетала на подоконник, прыгала по нем и, заглянув в комнату, с веселым чириканьем улетала на соседние кусты сирени.

Бабушка тихо подремывала, полузакрыв глаза; ей обыкновенно очень нравилось в такой полудремоте вязать чулок...

— Сударыня! Фома возвратился из Березовки, — объявила горничная Дуняша, входя в столовую.

— Ну, что ж! Никто не приехал? — не совсем-то связно пробормотала бабушка, выходя из своей задумчивости.

— Катерине Васильевне, говорит, теперь никак некогда, — потому работы...

— Знаю, знаю! Она все со своим хозяйством, — нетерпеливо перебила старуха.

— Нянька приехала... Протасьевна! — продолжала докладывать Дуняша. — Письмо к вам есть... только оно у барышни...

— Как у барышни? Да барышня-то где же? — уже с недоумением спросила старушка.

— Няня говорит, что барышня вышла из коляски, приказала им ехать, а сама пошла на речку купаться...

— Господи, Боже мой! — воскликнула бабушка, опуская вязанье к себе на колени. — Теперь-то купаться? Еще нет половины мая... одна... в незнакомой речке... Да что они, — с ума сошли? Пошли ты ее ко мне, — старую дуру!

Дуняша моментально скрылась и через минуту в столовую вошла Протасьевна в своем праздничном сером платье и в черном шерстяном платочке на голове и, — по старинному, — с низкими поклонами подошла к бабушке.

— Все ли вы здоровеньки, сударыня моя, матушка, Евдокия Александровна? — мягким, сладеньким тоном заговорила няня.

— Я-то ничего... здорова... А у тебя-то все ли здорово тут? — напустилась на нее бабушка, тыча себя пальцем в лоб.

— Да ничего, матушка... слава Богу! — слегка опешив, промолвила няня, поправляя на голове платок.

— То-то... Видно, "слава Богу" — да не совсем, — грозно заговорила бабушка. — Удивляюсь я тебе, Протасьевна... Женщина ты — не глупая, и на свете пожила-таки, слава Богу, — с малых лет в барском доме, а за девочкой ходить не умеешь... отпускаешь одну купаться! Что это у вас за порядки? Я, право, не понимаю. Мало ли с девочкой что может случиться!..

— Ой, матушка, барыня! Она ведь у нас плавает, как рыбка! — заметила няня.

— Могут, наконец, напугать!.. Всякий народ по дорогам шатается... — не слушая Протасьевны, продолжала бабушка, волнуясь все более и более.

— Она у нас не пугливая...

— Я знаю: Катерине Васильевне некогда... Она из-за своего хозяйства ничего не видит... воспитанием Милочки нисколько не занимается... готова девочку на весь век сделать несчастной!.. — сердито говорила бабушка. — Ну, а ты-то, ты-то, старая, чего смотришь? И такие глупости говоришь: "она у нас не пугливая", да "плавает, как рыбка"... Слушать тошно!.. Ну, вот, где она теперь? Ну?.. Нужно сейчас послать за ней... искать!..

— Не извольте, матушка Евдокия Александровна, беспокоиться! Сию минуту она придет... — говорила няня.

— Ведь я уж давно предлагала Катерине Васильевне... отдала бы мне девочку! — ворчала старуха. — Я бы живо приучила ее к порядку... забыла бы она вольничать, стала бы шелковая... О-о! Она бы у меня...

Протасьевна, слушая такие речи, только молча, недоверчиво покачивала головой: она лучше бабушки знала характер, нравы и обычаи своей питомицы и сильно сомневалась, чтоб "матушке-барыне Евдокии Александровне", при всем ее добром желании, удалось сделать их Милочку "шелковой", то есть похожей на всех других маленьких барышень.

В ту минуту за окном послышался шорох, ветви сиреней, росших под окном, заколебались, хотя ветра вовсе не было и в воздухе стояла тишь. Затем послышалось, что по стене как будто кто-то карабкался, — и в то же мгновенье в окне показалось веселое, смеющееся личико Милочки с мокрыми волосами — и растрепанными достаточно для того, чтобы окончательно привести в ужас бабушку.

— Бабуся! А-у-у!.. Здравствуйте, бабуся! — крикнула Милочка и, моментально взобравшись на подоконник, прыгнула в комнату.

Бабушка величественно выпрямилась в своем кресле, но еще не успела от изумления и рта раскрыть, как девочка уже обхватила ее ручонками за шею и принялась крепко целовать ее... Только одно удивительно: каким чудом при этом неожиданном натиске очки у бабушки удержались на кончике носа и не слетели на пол? Вязанье же попало под стол и, только благодаря проворству Протасьевны, вскоре очутилось на своем месте.

— Ах, бабуся! Какая же вы — старенькая!.. Да какая же вы хорошая... милая бабуся! — своим серебристым голоском щебетала Милочка, обнимая бабушку и ласкаясь к ней. — Каким лесом мы проезжали, бабуся!.. Сколько в нем цветов, — и как пахнут!.. Лес густой, темный!.. Фома говорит, что в нем медведи живут... Вы, бабуся, медведя не видали?

И странное дело! Вместо того, чтобы своевольной внучке прочитать хотя бы легонькую нотацию, бабушка сама же одной рукой крепко обняла ее, и ее бледные, тонкие губы отчего-то слегка задрожали, когда Милочка целовала ее, а в старческих глазах ее как будто блеснули слезы. Бабушке, по-видимому, доставляло величайшее удовольствие смотреть на эту растрепанную девочку и чувствовать, как эта растрепка тискала ее за шею и мяла ее кружевную косыночку.

— Бабуся! не это ли ваша комната? Я могу там

причесаться? Найду я там гребенку? Да? — спросила Милочка, хватаясь за свои мокрые волосы.

— Да, да! Иди! Там все есть... — промолвила бабушка, найдя, наконец, возможность сказать хоть слово.

— Ах, да... я позабыла... вот вам, бабуся, письмо от мамаши! — сказала Милочка, вытаскивая письмо из кармана и подавая его бабушке.

Милочка исчезла, а бабушка, прочитав письмо, сунула его в свою рабочую корзинку.

Тут между Евдокией Александровной и ее выучкой произошел небезынтересный и довольно оживленный разговор, хотя им и пришлось при этом перекликаться из разных комнат.

— Зачем же ты, Милочка, в окно лезла? Ведь у меня в доме двери есть! — полушутливым тоном крикнула бабушка, оборачиваясь к двери той комнаты, где Милочка справляла свой туалет.

Слышно было, как Милочка расхохоталась и сквозь смех проговорила:

— Да я знаю, бабуся, что у вас в доме есть двери... разумеется, есть! Как же можно без дверей...

Бабушка и Протасьевна переглянулись: у той и у другой на губах мелькнула улыбка. Веселый детский смех был так заразителен, что старушки не могли оставаться к нему равнодушными и сохранить свою серьезность.

— Так зачем же в окно-то прыгать? — спросила бабушка, посматривая на няню.

— Я встретила в саду какую-то женщину, она мне, бабуся, и сказала, что вы теперь в столовой, и указала мне на окно столовой... Ну, чтобы не обходить вокруг, я и влезла в окно... — объясняла Милочка. — Я дома часто в окно лазаю...

Бабушка молча посмотрела на Протасьевну и с укором покачала головой.

— Для меня ничего не значит влезть в окно... Я, бабуся, гимнастикой занимаюсь, — продолжала Милочка знакомить милую бабушку со всеми своими достоинствами и талантами. — Я в лодке плаваю со своею Лукрецией...

— Это что еще за Лукреция? — с недоумением прошептала бабушка, взглядывая на няню.

— А это, матушка-барыня, одна наша горничная девушка, Лукешка... Лукерья! — пояснила няня.

— Сама гребу... это ведь тоже — гимнастика! — продолжала Милочка. — Я по веревке лазаю, бабуся! Есть у меня гири, и я ими вот так размахиваю... так и так!..

В эту минуту в бабушкиной комнате что-то загремело и повалилось на пол.

— Это ничего, бабуся! Щеточка упала... — успокаивала Милочка.

— Господи помилуй! — вполголоса промолвила бабушка с сокрушенным видом и строго посмотрела на Протасьевну поверх очков. — Да что ж это такое? В цирк, в наездницы ее готовят, что ли? По веревкам лазает, гирями машет... Вот так барышня!

Бабушка начинала окончательно приходить в ужас за будущее своей внучки.

— А вы, бабуся, гимнастикой не занимаетесь? — вскрикнула Милочка из соседней комнаты.

— Нет, душечка! Мне гимнастика уж не по силам! — ответила ей Евдокия Александровна.

— Отчего "не по силам"? — возразила Милочка. — Ведь гимнастика бывает разная: для мальчиков и для девочек... Я думаю, есть гимнастика для молодых и для старых... Гимнастика ведь очень полезна для здоровья. Она, бабуся, знаете, укрепляет тело... Вот пощупайте-ка у меня руки! Я бы, бабуся право, советовала вам заняться гимнастикой...

— Благодарю за совет, дружочек! — с усмешкой сказала бабушка.

Слышно было, как Милочка расхохоталась — и в ту же минуту она появилась в столовой гладко причесанною, хотя и не совсем артистически.

— Бабуся! Мне ужасно есть хочется... — заявила она.

— Дуняша! Марфа! Эй! Кто тут? Давайте скорее барышне завтракать! — крикнула бабушка, стуча костылем, всегда находившимся у ее кресла.

И, надо признаться, такого роскошного завтрака, как в этот раз, давно уже не бывало в барском Ивановском доме.

Няня той порой была отпущена и пошла отдохнуть с дороги.

— Ах, бабуся! Какая у вас тут славная речка! Просто прелесть! — говорила Милочка, доедая сладкий пирожок и посматривая на сад, видневшийся в открытое окно. — Вода светлая, чистая... дно видно... все песочек, камешки блестят... маленькие рыбки так и мелькают... Это — пескари... У нас их тоже много... Я видела большого черного рака... пошла к нему, а он пятится... я только что хотела взять его, а он меня клешней за палец хвать!.. У-у, какой противный! Так он мне больно сделал... Я опять ужотко пойду на реку...

— Ах, Боже мой! Милочка... что за выражение — "ужотко"! — воскликнула бабушка.

— А это значит "ужо", "после", у нас так говорят! — пояснила Милочка.

— Мало ли что у вас говорят... Да! Вот еще хотела сказать тебе, душечка... — начала бабушка, собираясь толком поговорить с Милочкой. — Нельзя бегать одной купаться...

— Отчего "нельзя"? Можно! — спокойно возразила ей девочка.

— Нехорошо, милая... — продолжала бабушка. — А где ты купалась? В каком месте?

— А тамотко, — под ветлами...

Бабушка даже руками всплеснула.

— Ах, Боже мой! Милочка... Да разве можно так говорить... "Тамотко"! Что это за "тамотко"? — говорила старушка. — Нужно говорить "там"...

— Ну, хорошо, бабуся!.. "Там-там, там-там!" — запела Милочка и, поцеловав бабушку, побежала знакомиться с цветником и со всеми уголками обширного Ивановского сада.

По своей привычке рассуждать с самой собой, бабушка, оставшись одна, с чулком в руках, принялась шептать про себя:

"Вот так воспитание!.. Одна бегает купаться, в окна лазает... а говорит-то как! "Ужотко"... "тамотко"... Отличное воспитание, — нечего сказать!.. О, Боже, Боже мой! И что хотят сделать из этой несчастной девочки! Я уж, право, не понимаю... Нужно бы прибрать ее к рукам... Вот, если бы она пожила у меня с полгода или год, я бы забрала ее в ежовые рукавицы... Да!"

И бабушка внушительно покачала головой, смотря поверх очков в пустой угол и мысленно представляя себе, как она "прибирает" к рукам своевольную, необузданную девицу, пожаловавшую к ней в гости...

IV

Ужасное происшествие, окончившееся, впрочем, очень приятно

На другой же день в барском Ивановском доме, по словам прислуги, "вышла большая неприятность".

Дело началось с самого, по-видимому, незначительного и невинного разговора.

— У вас в комнате, бабуся, ужасно спертый, тяжелый воздух... — говорила Милочка за утренним чаем. — Отчего у вас окна не выставлены?

— Давно уж, душечка, не выставляю... так уж привыкла... спокойнее! — ответила ей бабушка.

— Но ведь спать в таком воздухе очень нездорово! — рассуждала внучка. — Я слышала, как доктор говорил мамаше, что для здоровья главное — чистый воздух, что от испорченного воздуха люди могут даже умереть... Вон вы, милая бабуся, какая бледная... Вы, может быть, оттого и бледная, что спите в душном воздухе!

— Нет, Милочка, — ничего! Я уж привыкла, — нахмурив брови, отозвалась старуха.

Она, обыкновенно, сердилась, когда с нею заговаривали о том, почему она не выставляет у себя в комнате зимних рам.

— И без того иногда плохо спится... а тут с одними-то рамами еще хуже будет!

— Напротив, бабуся, — лучше станет... Вы будете крепче спать, — настаивала Милочка.

— Ну, уж нет, — благодарю покорно! — твердила бабушка.

На том разговор и кончился.

Милочка на минуту задумалась, как бы что-то соображая, и затем ушла в сад.

Она в то утро опять одна сбегала на речку купаться, и бабушка опять стала ворчать на нее.

— А вы, бабуся, не купаетесь? — спросила ее девочка.

— Нет, Милочка! Я уж давно не купалась... — ответила ей Евдокия Александровна.

— Так вот ужо после обеда, — перед чаем, — и пойдем вместе!

— Мегси, моя милая! Я уж лет пятнадцать как в воде не была...

— Так давно? — удивилась внучка. — Так вот, бабуся, оттого-то вам и надо сходить покупаться...

— Стара я, матушка, стала...

— Так вы бы далеко не плавали, а у берега бы побулькались немножко... все-таки бы освежились! — уговаривала внучка Евдокию Александровну.

— Чего ж мне освежаться? Мне и без того не жарко... — говорила бабушка. — Старая-то кровь плохо греет.

— А мамаша, вон, купается почти каждый день... —

102

продолжала Милочка. — Она говорит, что "как выкупаешься, так точно десять лет с плеч долой!"...

— Твоя мамаша еще женщина молодая... Сравнила со мной! — возражала бабушка.

— Вот и вы, бабуся, если бы покупались, десять лет с плеч сбросили бы, — настаивала Милочка.

— Нет, душечка! Я уж откупалась...

— Ну, бабуська, какая вы упрямая! Вы совсем меня не слушаетесь! — сказала в заключение Милочка.

Бабушка усмехнулась, а барышня, вскочив на подоконник, проворно спустилась в сад, карабкаясь по стене. Бабушка не успела и рта раскрыть, чтобы остановить Милочку от такого неприличного поступка и сделать ей надлежащее внушение, как Милочки уже и след простыл.

— Вот оно — воспитание!.. Ужас! Ужас! — брюзжала старушка, смотря поверх очков на то место окна, где за минуту перед тем ей в последний раз мелькнуло Милочкино личико, веселое, смеющееся, залитое румянцем и солнечным светом.

— Нет! Надо будет заняться ею хорошенько... быть с нею построже! — продолжала бабушка.

Но после того она уж не заговаривала с Милочкой о купанье — для того, чтобы та опять не пристала к ней с просьбой идти с ней купаться.

За обедом Евдокия Александровна опять имела случай убедиться, как плохо воспитана эта "несчастная" девочка.

— Я, бабуся, была в деревне Терентьевке... знаете тамотко, за мельницей, под горой... — рассказывала Милочка, кушая суп и с аппетитом набивая себе за обе щеки вкусные клёцки. — Я там познакомилась с Анюткой, с Фроськой, с Митькой, с Филькой...

— Господи помилуй! — вскричала бабушка, в отчаянии опуская ложку на стол. — Ты одна ходила в Терентьевку?

— Да с кем же? Разумеется, одна, — просто и совершенно спокойно ответила Милочка, ловя у себя на тарелке клёцку за клёцкой. — Ведь я же — не слепая. Водят ведь только слепых, да маленьких ребят... Какая вы, бабуся, смешная!

— Отлично! Прекрасно! Вот так барышня!.. Одна по деревням бегает, — насмешливо заметила бабушка.

— Фроська — такая славная, и Филька тоже. Я звала их к себе в гости! — болтала Милочка, не слушая свою "бабусю". — Они как-нибудь ужотко все придут ко мне... Вот-то будет весело!

— Этого еще не доставало! — с ужасом восклицала бабушка. — Ты целую ораву, пожалуй, наведешь.

103

— Да, да, бабуся! Я их всех звала сюда... — успокаивала ее внучка. — И Гришку, и Липку звала, и маленького Ванюшку... Он, бабуся, такой смешной... Ему три года, но они его зовут Иваном Иванычем оттого, что он такой серьезный... Но, знаете, бабуся, — какая жалость! — у него ножки кривые... Вот вы увидите, — он придет!

— Да вы тут такой шум, гвалт поднимете, что мне придется из дому бежать! — ворчала бабушка.

— Зачем же, бабуся, вам убегать от нас? Вам же будет веселее, — уговаривала ее Милочка. — Мы будем бегать, играть...

— Это с Анюткой-то, да с Филькой? — перебила ее бабушка.

— Нет, и с Митькой, и с Гришкой, и с Фроськой! — возражала внучка.

— Вот так воспитание! Признаюсь... Я просто не понимаю, — как можно так вести девочку! — шептала бабушка, с сокрушением поглядывая на свою гостью.

— Милочка! Зачем ты под столом ногами болтаешь? — немного погодя, спросила бабушка.

— А у меня уж такая привычка, — ответила ей внучка. — Когда на меня ворчат, я всегда ногами болтаю...

— Дурная привычка! — рассудительно заметила бабушка. — От дурных привычек надо отвыкать. Ты теперь, душечка, в таком возрасте, что...

В то мгновение в комнате послышался какой-то дикий, протяжный рев. Бабушка даже вздрогнула от неожиданности и совсем позабыла, что она еще хотела сказать? Это Милочка изволила так громко, отчаянно зевнуть.

— Что ты, Господь с тобой! Разве же можно так зевать? Разве же это прилично? — напустилась на нее бабушка.

— Я слыхала, бабуся, что громко зевать очень полезно, а удерживаться вредно, — возразила Милочка.

— Как уж не "полезно", — передразнила ее бабушка и не выдержала, — расхохоталась.

После обеда, когда солнце сходило с балкона, бабушка обыкновенно появлялась на балконе, усаживалась в низкое, мягкое кресло и с час, а иногда и долее, "сидела в задумчивости", как она говорила, а в действительности тихо, сладко дремала под пенье и щебетанье птичек, обвеваемая теплым, легким ветерком. Так, как по писанному, все произошло и в тот день, о котором идет теперь речь. Только что солнышко ушло с балкона, бабушка вышла на балкон, уселась в свое кресло и стала все более и более "задумываться", а голова ее все ниже и ниже склонялась на грудь. Птички пели свои вечерние песенки, и ветерок нежно обдавал бабушку ароматом цветов.

В то время, когда бабушка так глубоко "задумалась", что уже не чувствовала, как у нее по щекам и по носу бродили мухи, в спальне ее шла кипучая работа.

Работу справляли торопливо и без шуму, чтобы не обеспокоить старушку. Дуняша, впрочем, долго отказывалась, долго не соглашалась на просьбы Милочки: ей казалось положительно страшным делом то, что предложила ей сделать барышня.

— Уж я говорю: можно! Ничего не будет! — уговаривала ее Милочка.

— Ой, барышня, право... Как же это — без спросу? — шепотом твердила ей Дуняша.

Но Милочка сумела-таки настоять на своем. Дуняша покорилась, но все-таки продолжала шептать:

— Ой, барышня, достанется нам с вами... помяните мое слово!

— Ничего, ничего, Дуняша! Не бойся! — ободряла ее барышня.

И так, пока бабушка сидела, "задумавшись", на балконе, в спальне ее торопливо и в тишине совершалось страшное дело и приходило уже к концу.

Когда Евдокия Александровна пробудилась из своей "задумчивости", Милочка с веселым и любезным видом, но как бы несколько смущаясь, подошла к ней: такой вид бывает у человека, сделавшего, по его мнению, хорошее дело, но не вполне уверенного в том, найдут ли другие это дело хорошим, как за это дело люди отнесутся к нему, к человеку, потрудившемуся над этим делом, — погладят ли его по голове, или "дадут подзатыльника".

— Пойдемте, бабуся! Что я вам покажу!.. Что-то хорошее, хорошее! — сказала Милочка, беря бабушку за руку и пытаясь поднять ее с кресла.

— Что у тебя там такое? — отозвалась та и, зевая и кряхтя, встала с кресла.

— Вот сейчас увидите! — говорила Милочка, таща бабушку за руку в ее спальню.

Вошла бабушка в спальню, да так и ахнула.

Евдокия Александровна больше всего на свете боялась сквозного ветра, и для того, чтобы было спокойнее, она решила раз и навсегда не выставлять в своей спальне зимних рам, и уже лет десять зимние рамы не выставлялись. Только в жару она выходила на балкон и отворяла окно в столовой или в зале, но никогда в одно и то же время два окна разом в двух комнатах не отворялись. Избави Боже!

А тут вдруг бабушка увидала, что в одном из двух окон ее спальни зимняя рама выставлена, окно открыто, и свежий воздух из сада волной вливается в комнату.

Мгновенье казалось, что бабушка как будто окаменела и, как статуя, неподвижно стояла середи комнаты, грозно нахмурив брови и смотря на раскрытое окно.

— Это что такое? Кто это? — только и смогла она выговорить, с ужасом и негодованием смотря на открытое окно.

— Это я вам, бабуся, сюрприз хотела сделать... Ведь теперь лучше? Не правда ли? — любезным, кротким тоном сказала ей Милочка, держа ее за руку.

— Это — ты? Ты? — собравшись, наконец, с духом, выпалила бабушка. — Как это так? Не сказавши мне, без спросу?.. Да как же это можно? Как ты смеешь распоряжаться?.. Нет! Это уж чересчур... Что это за самовольство! И какой дурак тебя послушался? Вероятно, Дуняшка!.. Завтра же ее прогоню! Ноги ее не будет здесь!.. И окно завтра же... сегодня же... сейчас вот прикажу вставить...

Тут еще, как на грех, Красотка, любимая бабушкина кошка, вздумала некстати тереться около ее ног. Бабушка ее не заметила и как-то наступила ей на хвост. Кошка, конечно, не могла знать, что бабушка и без того находится в сильном расстройстве; кошке стало больно, — она испустила отчаянный, душу раздирающий вопль и страшно зафыркала. Тут уж бабушка окончательно вышла из себя: ей было и жаль свою любимицу, и досадно на нее.

— У-у, мерзкая! Вечно под ноги лезет... Вот я тебя! — кричала бабушка, замахиваясь костылем, между тем как кошка благополучно удирала из комнаты.

Бабушка сердито выдернула руку из руки Милочки и пошла в столовую, жестоко стуча костылем по полу.

— Я хотела лучше сделать... о вашем здоровье забочусь, а вы на меня же сердитесь! — говорила Милочка, идя за ней следом. — Ну, бабуся, вот что мы сделаем: если будет холодно, если вы озябнете сегодня ночью, мы завтра же вставим раму... Хорошо, бабуся? Вы согласны?

Но бабушка ни с чем не соглашалась, ничего слушать не хотела, бранилась ужасно и стучала костылем.

— Если бы я знала, что у меня внучка такая вольница, я бы и в гости к себе ее не пригласила! — с досадой проговорила она, хмуря брови.

— Я бы и сама ни за что не поехала сюда, если бы знала, что у меня бабушка — такая ворчунья, такая злая, сердитая, — сказала Милочка в свою очередь.

Бабушка уселась в свое кресло и долго еще ворчала. Милочка сидела на стуле у окна. Она грустно смотрела в сад и сидела тихохонько-смирнехонько, как шаловливый котенок, только что получивший по "некоторому случаю" здоровую головомойку. Обе они, — бабушка и внучка — надули губы и сидели молча, не смотря друг на друга.

Потом как-то вскоре, — как это случилось, я уж, право, не знаю, — Милочка очутилась у бабушки, на коленях и прижималась своей разгоревшейся щечкой к ее бледной, старческой щеке, а бабушка обнимала ее и, лаская и целуя, приговаривала: "Ох, уж ты, моя вольница!"

Окно в бабушкиной спальне ни сейчас, ни завтра, ни на следующий день не было вставлено, а Дуняша спокойно оставалась на своем месте.

V

Собираются взять Милочку в ежовые рукавицы

Наконец Евдокия Александровна решилась повнимательнее заняться "несчастною девочкой", приучить ее к порядку, к хорошим "манерам" и вообще прибрать к рукам. Очевидно, на эту "бедную девочку" дома внимания не обращают; надо же хоть бабушке подумать о ней...

Началось с того, что однажды утром бабушка серьезно сказала Милочке:

— Если ты, душечка, вздумаешь куда-нибудь идти, то нужно спрашиваться... По крайней мере, ты должна сказываться каждый раз...

— А если я пойду в сад или в огород?.. Тоже сказываться? — спросила Милочка.

— Ну, тут, конечно, не надо... А вот если далеко куда-нибудь... — пояснила ей бабушка.

И после того, бывая в саду, Милочка, вскарабкавшись по стене до подоконника, заглядывала в столовую где бабушка, обыкновенно, сидела в своем кресле, и крикнув: "Бабуся, прощайте! Я ухожу далеко!" моментально спрыгивала со стены и скрывалась за кустами.

Затем бабушка сделала еще другое строгое распоряжение.

— Без спросу, Милочка, гостей к себе не принимай! — весьма решительным тоном проговорила она.

— Хорошо, бабуся! — согласилась Милочка. Вскоре как-то после того бабушка услыхала в передней топот нескольких пар босых ног, шушуканье и шепот, и немного погодя Милочка с сияющим видом появилась в столовой.

— Бабуся! Ко мне из деревни пришли мальчики и девочки... Ведь я могу с ними в залу пойти? Зала так же стоит пустая... — сказала она.

На тот раз день выдался ненастный; шел мелкий дождь, и серые облака задергивали все небо от края до края мглистой дымкой.

— Ах, Милочка! Что тебе за охота возиться с деревенскими ребятишками? — возразила бабушка. — Что тебе за интерес в этих грязных оборванцах?

— Ведь они, бабуся, оттого оборванцы, что бедны... — с жаром говорила Милочка, держа бабушку за руку и заглядывая ей в глаза. — А разве они виноваты, что их отец и мать бедные? Ведь не виноваты, бабуся? Да?

— Да... но все-таки они тебе — не компания! — твердила бабушка.

— Почему же? Они такие славные... они умные, бабуся, — право, умные! — настаивала Милочка. — А уж если им нельзя в залу, так я пойду к ним на деревню...

— Ну, нет, нет! уж лучше здесь... ступайте в залу! — сказала бабушка.

А в другой раз, когда к Милочке собрались в гости ее деревенские знакомые, бабушка даже приказала Марфуше подать им в залу чаю, молока, хлеба, масла и сладкого пирога. Милочка за такое угощение расцеловала бабушку, а старушка, поправляя смятую Милочкой свою кружевную косынку, ворчала, — но уже без всякого неудовольствия:

— Ох, уж ты, вольница! Приберу я тебя к рукам, ты у меня будешь шелковая... да?

— Как же, бабусенька, непременно! — соглашалась внучка.

— Что это еще за "бабусенька"? — заметила ей Евдокия Александровна. — Зови меня "grande maman", как вообще зовут своих бабушек все приличные девочки...

Милочка, конечно, сказала: "хорошо бабуся!" Но бабушке редко приходилось слышать, чтобы внучка назвала ее, как должно, "grande maman"; у Милочки все больше выходило "grande бабуся" или "grande бабусенька"... Бабушка несколько раз останавливала ее и, наконец, махнула рукой, после чего французский язык был оставлен, а "бабуся" и "бабусенька" опять пошли в ход.

Впрочем, бабушке так нравились розовые губки, произносившие эти слова, что она в этих словах уже не находила ничего "неприличного"...

Однажды вышел такой случай: какой-то крестьянин просил у бабушки ржи, и бабушка отказала ему... Крестьянин ушел и, спустившись с крыльца, остановился, в раздумье почесывая затылок.

Милочка вышла следом за ним на крыльцо. Этот крестьянин так упрашивал бабушку, так божился, что осенью отдаст ей долг, что Милочке стало очень жаль его, когда бабушка сердито сказала ему: "Нет, нет! И не проси... Не дам тебе ржи!"

— А вам зачем нужна рожь? — спросила она крестьянина.

Тот не весело, хмуро оглянулся на нее и промолвил:

— Зачем! Есть-то ведь надо что-нибудь... рожь-то вон еще зеленая стоит в поле... Хлеба из нее не испечешь!

— Так у вас совсем хлеба нет? — спросила Милочка, все более и более заинтересовываясь этим высоким и бородатым крестьянином.

— Последние корки догрызли! — ответил он.

— А у вас большая семья? — продолжала Милочка.

— Жена, мать-старуха и пятеро ребят... старшему — девять лет... Семья у нас не маленькая. Восемь ртов! Надо накормить такую араву...

— А отчего же у вас хлеба нет?

— Плохо уродился в прошлом году, да градом посшибло... — как бы нехотя ответил крестьянин, а затем в раздумье добавил про себя: — А теперь хоть помирай!

— Постойте здесь! Я сейчас... — дрогнувшим голосом крикнула Милочка и бросилась в комнаты.

Крестьянин с удивлением посмотрел ей вслед. А Милочка, взволнованная, раскрасневшаяся, прибежала к бабушке и скороговоркой защебетала:

— Отчего, бабусенька, вы не даете хлеба этому крестьянину? Ведь он — бедный... У него пятеро детей, мать-старуха, жена, — и у них нет хлеба... Он говорит: "Хоть помирай!"...

— Знаю я его, негодяя! Все он врет, притворяется... — сердито крикнула бабушка, стукнув костылем.

— Нет, нет, бабуся! Он не врет... — горячо возразила

Милочка. — Он так не весело посмотрел на меня... Хлеб у них градом побило... Он уж не виноват!

— А ты не суйся, куда тебя не спрашивают! — перебила ее бабушка, гневно хмуря брови. — Прошу здесь не распоряжаться! Не тебе меня учить! Знаю, что делаю... Вот этому самому мужичонке я в прошлую весну три пуда овса дала в долг, а он и не подумал принести мне его, а теперь опять лезет... Подавай ему пять пудов ржи, или даже шесть! Очень нужно!.. Не дам! Пускай убирается...

— Бабуся! Ведь у вас есть хлеб в амбаре... да вон сколько на поле зреет ржи, и овса, и пшеницы... У вас всего будет много, — не унималась Милочка. — Отчего же, бабуся, вы не поможете ему? Он вам осенью отдаст... ведь он божится, что отдаст... Да если и не отдаст, так что ж! Ведь вы не обеднеете от того, что подадите ему Христа ради... Бабуська! Ведь вы — добрая? Да? Неужели же вам не жаль его ребятишек? Ведь ребятишки не виноваты, что он вам долг не заплатил!.. Бабусенька, миленькая... дайте! Дайте ему хлебца!

Милочка встала на скамейку на колени пред бабушкой, протянула к ней ручонки и так жалобно смотрела на нее. Бабушка взглянула на внучку из-под нахмуренных бровей и заметила, что у той губы слегка вздрагивали и глаза затуманивались слезами. Казалось, Милочка была готова расплакаться... Бабушка сурово отвернулась от нее, поправила очки и кашлянула. Наконец, Милочкины ручонки добрались до рук бабушки, и бабушка почувствовала, что своевольная девчонка уже добралась до ее сердца... Она еще раз, — еще сердитее — кашлянула, еще пуще нахмурила свои густые, косматые брови и сурово сказала Милочке:

— Пошли Марфу!

Милочка бросилась за Марфой, и, когда та пришла в столовую, Милочка весело сказала бабушке:

— Ему теперь же нужно дать каравай печеного хлеба... У него совсем ничего нет... Последние корки доглодали!

Марфе было приказано дать Ивану дербенковскому каравай хлеба и сказать старосте, чтобы тот отсыпал Ивану из амбара шесть пудов ржи.

— Везде суешься со своим носом, где тебя не спрашивают... Не хорошо! Вольница девчонка... Вольница? Да! — говорила бабушка, когда Милочка после того ласкалась к старушке, забравшись к ней на колени.

— Да, бабуся! — смиренно соглашалась и Милочка.

— Вот ужо погоди... приберу я тебя к рукам, — утешала себя бабушка.

— Да, да, бабусенька! Приберите, да хорошенько крепче... Вот так, вот так!

И шалунья все крепче и крепче обнимала бабушку за шею, решительно не обращая ни малейшего внимания на то, что очки у бабушки почти уже совсем сползли с носу.

Бабушка взяла Милочку за ухо, как бы собираясь надрать это маленькое, нежное ушко, но, по-видимому, раздумала и вместо того, как оказалось, она приклонила к себе Милочкино личико и целовала его...

Вскоре вышел еще более странный случай.

— Бабуся! Знаете, что я вам скажу... — говорила однажды Милочка, возвратившись домой из своих дальних странствований. — Тетка-то Аксинья ведь очень больна!

— Это что еще за тетка Аксинья? — с удивлением спросила бабушка, строго посмотрев на Милочку.

— Вы ее не знаете?.. Ее зовут Аксиньей Михайловной... зовут также Аксиньей кривой... Она, знаете, на один глаз не видит... — пояснила Милочка. — Она уж старушка, такая старенькая-старенькая, — живет на Перепелкиных Выселках... Она — бедная; живет одна... И представьте, бабуся, около нее никого нету... И вот теперь лежит больная, некому напиться подать, только соседки заходят к ней изредка... Я вот посидела у нее сегодня утром...

— Ну, что ж такое! Ведь мало ли больных по деревням... — возразила бабушка. — У них, милая, свое сельское начальство есть...

— Начальство! Начальство!.. А мы-то что же! — перебила Милочка. — А мы, бабуся, вот что сделаем: сходимте к ней... ведь вы можете полечить ее!

— Пускай к доктору везут... а я что ж за лекарь! — проговорила бабушка, углубляясь в свое вязанье.

— Да теперь, говорят, пора рабочая, некогда возиться с ней, никто в город не поедет! — объяснила Милочка. — А у нас, бабуся, ведь особенной работы нет... Сходите, бабусенька! Ведь это недалеко... Перейти реку можно по брёвнушку, я проведу вас отлично... потом прямо через овраг...

— Благодарю! — с усмешкой промолвила бабушка.

Она уж несколько лет и за рекой-то не бывала; а тут пойдет через реку "по брёвнушку" и станет ползать по оврагам.

— Пойдемте, пойдемте же скорее, бабуся! — не слушая ее, говорила Милочка.

— Да отвяжись ты! Вот еще выдумала! Стану я по деревням шататься! — ворчала бабушка, продолжая вязать чулок. — Все глупости выдумываешь... Уж который год я из дому не выхожу... а она тут пристала.

— Как это — "из дому не выходите"? Ведь в церковь же ездите? — возразила Милочка.

— Вот тоже сравнила!.. В церковь, конечно, езжу.

— А знаете, бабусенька, навестить больного — все равно, что навестить Христа... заключенного в тюрьме тоже... Я уж это наверное знаю! — с жаром говорила Милочка. — Мне мамаша читала Евангелие, там это сказано... да и сама мамаша мне говорила не раз... Сходимте, милая, полечите Аксинью, право! И потом наймите какую-нибудь женщину походить за ней, пока она больна... Ну, пожалуйста, голубушка, пойдемте! Нехорошо же, бабуська, не слушаться Евангелия.

Бабушка украдкой посмотрела на Милочку, на ее блестящие глазки, на разгоревшиеся ее щеки, сердито покачала головой, поворчала о том, что "яйца курицу не учат", что она получше ее знает Евангелие, но тем не менее случилось, что через час времени Фома запряг в коляску серых одров, и "матушка-барыня Евдокия Александровна изволила поехать со двора". Она отправилась с Милочкой в Перепелкины Выселки и навестила тетку Аксинью. Бабушка расспрашивала Аксинью об ее болезни, о том, как и чем она живет; подговорила тут же какую-то старушку поухаживать за больной, обещала прислать лекарств, всякой провизии и обещала помогать ей.

Когда серые благополучно доставили в Ивановское бабушку со внучкой, Евдокия Александровна, оставшись одна, долго рассуждала сама с собой.

"Девочка добрая, конечно... Сердце у нее золотое! — шептала она про себя, взявшись за чулок: — но воспитание — ужасное... Ну, да я скоро управлюсь с ней... Скоро! Перестанет она этак вольничать!"

VI

Кого-то в самом деле прибирают к рукам

Время шло, а Милочка все еще пользовалась полною свободой: ходила навещать своих деревенских знакомых, одна бегала купаться, лазила в окна, Евдокию Александровну по-прежнему звала "бабусей" или "бабусенькой", по-прежнему вмешивалась "не в свое дело" и "совала нос, куда ее не спрашивали", — ну, одним словом, оставалась по-прежнему "вольницей".

За то сама бабушка, Евдокия Александровна, заметно изменила свой образ жизни.

Она уже давно свое домашнее хозяйство поручила Марфе и Дуняше, а полевыми работами и вообще всеми делами в Ивановском заведывал староста, каждый день приходивший к ней с отчетом и каждый раз, говоря о положении дел, начинавший свой рапорт словами: "В усадьбе, матушка Евдокия Александровна, все обстоит благополучно", хоть затем иногда ему и приходилось докладывать о том, что подохла телушка или волк корову "задрал", или заболел рабочий, или что-нибудь подобное в том же роде.

Бабушка уже давно вела сидячую жизнь: из спальни она переходила в столовую — в свое кресло, из столовой, летом, в хорошую погоду, иногда ходила посидеть на балкон, оттуда опять возвращалась в столовую, а из столовой после ужина шла спать. Вот и все ее переходы в течение дня. Только еще изредка она спускалась в цветник и заглядывала в ближайшую к дому аллею.

Теперь же, когда она решилась повнимательнее заняться Милочкой, ей пришлось часто оставлять свое мягкое, покойное кресло.

Началось с того, что Милочка уговорила ее пойти с ней в сад и пройтись по двум или по трем аллеям.

— Ах, душечка! Я уж так давно не ходила туда! — отнекивалась бабушка. — Там, я думаю, сыро...

— Что вы, бабуся, где же теперь "сыро"? — возражала ей внучка. — Теперь и болота-то высохли. Почти две недели не было дождя...

— Ноги, милая, стары... силы у меня не прежние! — говорила бабушка: ей даже было страшно подумать о том, чтобы оставить свое покойное кресло и идти "шататься" по саду.

— Ничего, бабуся! Как-нибудь, потихоньку-помаленьку... Вам нужно ходить, моцион полезен, — а вы все сидите! Как же это можно! — убеждала ее Милочка. — Так ведь и без болезни больны будете... Непременно вам нужно гулять!

— Ну, уж немного пройдусь с тобой. Нечего делать! Уж очень хорошо ты уговариваешь! — сдалась, наконец, бабушка и, с улыбкой взяв Милочку за руку, пошла в сад.

На другой и на третий день повторилась та же история, и

подобные прогулки стали совершаться каждый день. А Дуняша, указывая в окно на бабушку, с удивлением говорила Протасьевне:

— Смотрите, смотрите! Барыня-то в саду гуляет.

Когда Милочка являлась за бабушкой, чтоб идти гулять, та уже не сопротивлялась, не отнекивалась, — покорно оставляла свой чулок и, взяв костыль, брела за внучкой в сад.

Но садом дело не ограничилось. Милочка стала убеждать бабушку, что гулять все по одному и тому же месту довольно скучно, что было бы веселее пройтись по цветущим лугам, или по полю, посмотреть на зреющие хлеба, на тихую синюю речку, на серые деревушки, мелькающие вдали, на белую сельскую церковь, блистающую из-за перелеска своим высоким шпилем.

— Нет, Милочка! Не могу так далеко... сил моих нет! — говорила бабушка, самым решительным образом отказываясь идти далее своей липовой аллеи.

— Ну, бабуся, милая, попытаемся! — Сил хватит! — щебетала Милочка, ласкаясь к старушке и любовно заглядывая ей в лицо своими живыми, темно-карими глазками. — Мы здесь точно как арестанты... на что это похоже! Все ходим по одним аллеям, все только деревья да деревья. А там, бабуся, видно так далеко, там — простор, место открытое... Чудесно! Ну, хоть только загляните, сделайте несколько шажков, — маленьких, самых маленьких шажков! — Ну-у, бабусенька! Хорошая моя, пригоженькая!

Старушка с улыбкой взглядывала на внучку поверх очков, покачивала головой, но тем не менее сама давалась ей в руки.

И вот начались странствования по полям и лугам.

Старушка, опираясь на костыль, тихо брела по лугу, а Милочка со складным стулом на плече бежала впереди, напевая песенку о том, как птичку выпустили на волю, и она — "исчезла, утопая в сияньи голубого дня"...

Иногда Милочка останавливается, наклоняется над цветами, любуется ими, вдыхает их тонкий, нежный аромат, сама свежая, хорошенькая, как скромный полевой цветочек.

— Милочка! Я сяду! — кричит ей бабушка.

— А вон, бабуся, дойдем до того куста, там я и поставлю вам стул и отдохнем в тени! — откликается Милочка.

— Ох, уж ты, моя мучительница! — ворчит бабушка и плетется к кусту.

А там, в тени, уже раскинут ее складной стул и Милочка сидит на траве, с большим аппетитом кушая кусок черного ржаного хлеба, посыпанный солью.

— Ты это что ж, матушка? Черный хлеб ешь? Отчего же не взяла булки? — с удивлением спрашивает бабушка.

— А я люблю черный хлеб! — отвечает Милочка. — Не хотите ли, бабуся? Скушайте кусочек!

И она подает бабушке половину своего куска.

— Мне этого много, голубчик! — говорит старушка. — Прежде я корки любила, а теперь не могу их жевать, — зубы плохи, а мякиша, пожалуй, поем!

И вот бабушка и внучка сидят посреди цветущего, благоухающего луга, под голубыми летними небесами, и каждая по своему наслаждается пролетающими светлыми мгновеньями. Милочка доедает хлеб, крошки сбрасывает на траву и говорит про себя:

— Пусть птички поклюют!

Бабушка смотрит на нее и улыбается. Милочка, как веселый, шаловливый котенок, то присядет, то приляжет, то перекатится с боку на бок, то лежит смирнехонько на спине и смотрит в глубь ясной, сияющей лазури, прислушивается к пению жаворонка и, закрыв глаза, подставляет свое разгоревшееся личико под поцелуи легкого, перелетного ветерка, и ветерок нежит, ласкает ее... Волосы ее растрепались, губы полуоткрыты, Милочка шепчет:

— Как хорошо!

Бабушка соглашается и говорит:

— Да, милая, хорошо!..

Здесь я должен заметить, что окно в спальне бабушки целые дни оставалось открытым, и бабушка от того не простужалась и вообще не испытывала никаких дурных, неприятных последствий.

Старушка даже как будто перестала бояться своего прежнего, постоянного врага — "сквозного ветра".

Хотя бабушка и называла про себя Милочку своею "мучительницей" и ворчала на нее за то, что Милочка заставляет ее, старуху, ходить так далеко и "шататься по полям", но зато бабушка, действительно, стала лучше себя чувствовать, бодрее, живее, и отлично спала по ночам.

Теперь она стала охотнее лечить своих деревенских соседей, приходивших к ней за помощью.

Когда к Милочке собирались ее деревенские знакомые, порция угощения для них с каждым разом все увеличивалась, и бабушка не только не жаловалась на детский крик и шум, но даже сама иногда показывалась в залу, когда ребятишки играли в жмурки или в кошку и мышку, и с улыбкой смотрела поверх очков на ребят, осторожно пробираясь вдоль стены, чтобы не помешать играющим.

Милочка дома привыкла пить чай после обеда. В Ивановском господском доме послеобеденное чаепитие было вовсе не в обычае, но в угоду Милочке после обеда стал подаваться самовар, и бабушка скоро привыкла к послеобеденному чаю.

Милочка вставала рано, в шесть часов, бабушка просыпалась почти в то же время, но любила полежать в постели. Тогда Милочка являлась к ней с поцелуями и рассказывала о том, что она уже сбегала купаться, что вода чудесная, такая свежая, и заставляла бабушку подниматься с постели.

Испокон веков в Ивановском было заведено ужинать в девятом часу, а в десять — все в доме уже спало, кроме мышей и выходивших на охоту за ними кошек. Теперь же этот порядок был нарушен. Ужинать иногда садились в половине десятого, да после ужина бабушка сидела еще с полчаса и долее.

Когда бабушка уже собиралась идти спать, Милочка взбиралась к ней на колени и упрашивала ее посидеть еще "минутку". Тут между ними начинались тихие разговоры, или рассказы, и милочкина "минутка" иногда тянулась довольно долго... По просьбе Милочки, бабушка иной раз принималась рассказывать о том, как она училась в институте, какие у нее были подруги, как они жили, какие были у них учителя и классные дамы.

— Вы, бабуся, и теперь хорошенькая, но прежде, в молодости, я думаю, вы были красавицей? — однажды спросила Милочка.

— Не знаю, душечка! Люди говорили, что была недурна, — ответила бабушка. — Ведь уж это было давно... Тридцать лет я замужем была, да уж больше двадцати лет прошло после того, как мужа, твоего дедушку, схоронила.

И старушка тихо вздохнула.

— А дедушка был добрый? Вы с ним не ссорились? — продолжала Милочка.

— Он был горячий, вспыльчивый человек, но добрый. Конечно, бывало, и спорили, но больших ссор не было, жили дружно.

— Вам, бабуся, жаль его?

— Конечно, милая, жаль... да ведь что ж делать!

— А вы желали бы, чтобы дедушка возвратился и опять стал жить с вами? — немного погодя, спросила Милочка.

— Кто умер, душечка, тот уж никогда не возвратится к нам!

— с грустью промолвила бабушка, задумчиво смотря в окно на тихий, потемневший сад, на ту пору посеребренный трепетным месячным сиянием.

Иногда Милочка принималась сообщать бабушке свои планы на будущее, свои думы и мечты.

— У нас, близ Березовки, деревни нет! — говорила она. — А здесь вокруг все — деревни... Терентьевка, Дербенька, Шипуново, Ярцево, Выселки... Когда я, бабуся, буду большая, я устрою здесь школу, буду сама учить деревенских ребят, а вы, бабуся, купите нам книг, ландкарт, бумаги, аспидных досок, грифелей, карандашей... Хорошо, бабуся? Да?

— Хорошо, милая! Хорошо!.. Только сама-то сначала хорошенько поучись, чтобы было чем с другими поделиться... — говорила бабушка.

Милочка устала за день, — глаза ее начинают слипаться, голова клонится к бабушке на грудь... Бабушка зевает, гладит Милочку по ее распустившимся волосам и говорит:

— Спать пора, голубчик!

Тут уж и Милочка соглашается с тем, что "пора", целует бабушку и идет спать...

Быстро пролетал день за днем, и, вместо двух или трех недель, Милочка прожила у бабушки Евдокии Александровны уже целый месяц. Мамаша писала, чтобы Милочка собиралась домой.

Хотя Милочка и полюбила бабушку, привязалась к ней, но часто вспоминала о Березовке: там — мама, там ее цветочки, там ее курочки-рябушки, там ее пестрый поросенок... Отчего бабуся не приедет к ним?

— Трудно мне собраться, душечка! — говорила бабушка. — Уж сколько лет я не выезжала так далеко...

— А вы все-таки соберитесь! — упрашивала ее внучка. Я почти уверен, что старые серые кони скоро, очень скоро, может быть, ныне же летом привезут бабушку, Евдокию Александровну, в Березовку...

— Ну, Милочка, я отпускаю тебя домой, — только в августе ты опять приезжай ко мне недели на две, на три или и надольше? — говорила бабушка. — Надо, дружок, посерьезнее заняться твоим воспитанием... Мамаше некогда; она — человек занятой... А я все-таки присмотрю и воли тебе давать не стану!

— Да, бабуся! — смиренно соглашалась Милочка. — Я в августе непременно приеду! Кстати, тогда у вас и яблоки поспеют... Я очень люблю яблоки. А вы, бабуся?

Оказывалось, что и бабушка очень любит яблоки — только печеные.

— А я больше люблю сырые, — прямо с дерева! — заявила Милочка.

Наконец, назначен день отъезда. Завтра!..

Весь вечер бабушка сидела грустная и все ворчала про себя:

— И для чего это Катерине Васильевне дочь понадобилась, — решительно, не понимаю... Вдруг загорелось, — вынь да положь ей Милочку! Странное дело! Хозяйничала бы там себе... а я бы той порой все-таки отучила бы девочку от своевольства...

Ночью бабушке что-то не поспалось. Она встала, зажгла свечку и пошла в соседнюю комнату, где была устроена спальня Милочки. Ей захотелось посмотреть на внучку. Ведь уж завтра Милочка не будет спать под кровлей ее старого Ивановского дома. Осторожно, на цыпочках, стараясь не шаркать туфлями, бабушка подошла к кровати и наклонилась над Милочкой.

Девочка спокойно спала, по обыкновению, на правом боку, слегка подогнув ноженьки и положив руку под щеку. Девочка во сне дышала тихо, ровно... Темные пряди волос свесились ей на лоб, упали на плечи. Бабушка с любовью смотрела на нее и мысленно горячо молила Бога, чтобы он избавил это милое дитя от тяжких житейских бед и напастей, а еще пуще, чтобы Он сохранил ее сердце таким же, каким оно было теперь, чистым и непорочным. Бабушка стояла, наклонившись над спящей, — ее бледные, старческие губы шептали тихие слова молитвы, а на глазах блестели слезы. Рука ее, державшая свечку, слегка дрожала...

Когда свет упал Милочке на лицо, ресницы ее дрогнули и глаза полураскрылись... Милочка проснулась и повернула голову.

— Бабуся! Вы что это... не спите? — пролепетала она, щурясь и протирая глаза, и с удивлением взглядывая на бабушку.

— Так, что-то не поспалось... пришла посмотреть, не раскрылась ли ты, — ответила ей старушка.

— Да если бы и раскрылась... не беда! Теперь ведь тепло...

Но тут Милочка повнимательнее посмотрела на бабушку и вскричала:

— Бабуся! Вы плачете... О чем?

— Нет, Милочка! Я так... — отнекивалась старушка, проводя рукой по глазам.

— У вас на глазах слезки...

Милочка вскочила и, встав на постели на колени, обняла бабушку и нежно припала головкой к ее плечу.

— Нет, нет, душенька... ничего! — бормотала бабушка,

наклонясь и целуя Милочку, и сослепа преусердно капала со свечки стеарином Милочке на сорочку и на постель.

— Нет, бабуся, право, — скажите: вы о чем? — мурлыкала Милочка, прижимаясь к бабушке.

— Так, скучно... грустно мне, Милочка, что ты завтра уедешь, опять я останусь одна, и когда теперь... — заговорила старушка и запнулась.

— Я, бабуся, непременно, непременно приеду к вам в августе! Вот посмотрите, что приеду... — утешала ее внучка. — А потом и вас к себе увезу, и Дуню... И вы живите у нас, пока стоит осеннее ненастье... дольше живите! Бабуся, да вы присядьте!

— Спать ведь пора, дружок! — сказала бабушка, садясь к Милочке на постель.

А Милочка, лукаво посматривая на нее, промолвила:

— А помните, бабуся, как на другой день моего приезда, вы говорили, что ни за что не пригласили бы меня в гости, если бы знали, что я такая своевольная девочка!..

— Да, милая! Я это сказала тогда... — созналась бабушка, улыбаясь сквозь слезы. — Но ведь ты меня совсем из терпенья вывела... Вспомни, что ты тогда напроказила! Ведь ты у меня в спальне окно выставила... А ты, шалунья, дерзкая ты девчонка, помнишь, что сказала тогда: "Я бы ни за что не приехала, если бы знала, что у меня бабушка — такая ворчунья, такая злая, сердитая"...

Бабушка так смешно передразнила Милочку, что та неудержимо расхохоталась и опять бросилась бабушке на шею.

— Ну, а теперь, бабушка, мы подружились, да? — вскричала Милочка. — Теперь уж я знаю, что вы — совсем не злая... что вы добренькая, добренькая, моя бабуся... моя старенькая, моя хорошенькая бабусеночка!

И она ласкалась к старушке, гладила ее по плечу и прижималась своим смеющимся личиком к ее щеке.

— А как же ты смела так говорить тогда? — продолжала бабушка, нежно теребя ее за ухо.

— Я, бабуся, тогда очень рассердилась... — возражала ей внучка.

— Вот это мило! Да разве такие маленькие девочки могут сердиться?..

— Как же! Могут!.. Ведь у них же сердце есть... — утвердительно ответила Милочка.

Бабушка только покачала головой...

Трогательно было видеть, как поутру, при прощании, бабушка и внучка нежно обнимались и целовали друг друга...

— Смотри же, Фома, — осторожнее вези барышню! — говорила бабушка, стоя на крыльце и строго смотря поверх очков на своего старого возницу, пока Милочка со своей Протасьевной усаживалась в коляску.

— Знаю, матушка Евдокия Александровна! Не первый раз ехать приходится, храни Бог!.. — отозвался Фома, молодцевато натягивая вожжи.

— Ты ведь знаешь наших серых... — внушительным тоном продолжала бабушка. — Они — смирны, смирны, да вдруг и подхватят... Под гору-то хорошенько сдерживай их!

Серые смиренно стояли, понурив головы, и если бы они могли понимать человеческую речь, то, вероятно, чрезвычайно удивились бы тому мнению, какое высказывала бабушка об их ретивости.

— Ни в гору, ни под гору не поскачут! — возражал Фома, очевидно ближе бабушки знакомый с качествами своих престарелых коней.

— Ну, то-то, смотри! Я ведь знаю, что ты тоже иногда любишь гнать лошадей, сломя голову, строго выговаривала бабушка.

Фома только молча ухмыльнулся. То время уже давно прошло, когда Фома "гонял лошадей, сломя голову", и дорого он дал бы тому, кто теперь ухитрился бы "разгорячить" его серых и разогнать их — хотя бы под гору...

Коляска наконец тронулась, и бабушка, по своему обыкновению, смотря поверх очков, с грустью глядела вслед уезжавшей внучке. Вот уж выехали за ворота; серые мерной рысью побежали по дороге к лесу...

Милочка стояла в коляске, посылала бабусе воздушные поцелуи, кивала головой, махала платком... И еще раз издали донесся до бабушки ее серебристый голосок:

— До свиданья, бабуся! До свиданья!

РИНАЛЬДОВО СЧАСТЬЕ

I

Ринальд был каменщик — так же, как его отец и дед. Его отец и мать уже давно умерли, и из его близких родных никого не оставалось в живых. Жил он на самом краю города в маленькой, жалкой лачуге, доставшейся ему после отца.

Ринальд был молодец собой: здоровый, сильный, высокого роста, с смуглым, красивым лицом и с густыми, темными, вьющимися волосами. Когда он был еще мальчиком, кумушки-соседки, бывало, смотря на него, говорили: "Счастливый будет сын... весь в мать!" Ринальду уже минуло 30 лет, но счастье еще не заглядывало в его полутемную, старую лачугу.

Была зима. Работы в городе для каменщиков стало мало. Весь день Ринальд проходил по городу, ища какой-нибудь работы, но напрасны оказались его поиски... Зимний день — короток. Сумерки уже сгущались над землей, когда Ринальд, усталый и голодный, печально поникнув головой, возвращался из своих странствований на окраину города, где ютится беднота. Снег густыми хлопьями валил с серого, заоболочавшего неба... "Дома у меня есть еще немного картофеля, кусок черствого хлеба и щепотка соли... Нужно только добыть дров!" — раздумывал Ринальд. Он свернул с дороги и вышел на берег реки, где за городом начинался темный, дремучий лес. Тут, на лесной опушке, он набрал охапку валежника и направился домой.

Придя в свою пустую, холодную лачугу, Ринальд тотчас же принялся разводить огонь на очаге. Но сырой валежник не скоро разгорелся: он долго только шипел и дымил.

Наконец, веселый огонек затрещал на очаге. Тогда Ринальд развесил над очагом свой мокрый плащ и шапку, а затем стал готовить себе обед. Он положил в котелок последние картофелины, налил в него воды и поставил вариться это незатейливое кушанье. А пока, — в ожидании обеда, — он присел на деревянный обрубок перед очагом и с грустью посмотрел на свою мрачную, закоптелую лачугу.

"Вот майся этак всю жизнь..." — со вздохом сказал он про себя, пододвигаясь к огню и потирая свои озябшие, плохо обутые ноги. "Еще хорошо, если перепадет работа, а если нет ее, — голодным насидишься... А ведь есть же на свете счастье, бывают же на свете счастливцы!.. Ох, Боже мой! Хоть бы неделю, хоть бы один денек пожить всласть, вволю, как живут иные добрые люди! А то жизнь пройдет, и ничего-то хорошего не увидишь, не узнаешь... Вот хоть бы теперь..."

В ту минуту кто-то тихо постучал в окно. Ринальд слегка вздрогнул и оглянулся. Ему было неприятно, что перервали его думы... Нехотя встал он и, наклонившись, посмотрел в свое низенькое, крохотное оконце. Там сквозь вечерний сумрак, из-за снежных хлопьев, крутившихся в воздухе, он с трудом разглядел какую-то сгорбленную старуху, в лохмотьях, опиравшуюся на клюку. Старуха, казалось, с любопытством заглядывала в оконце, щуря свои подслеповатые глаза.

— Пусти погреться, добрый человек! — чуть слышно прошамкала старуха, опять постучав в окно своею костлявою рукою.

— Иди! — сказал Ринальд и пошел отворять дверь. Старуха, едва волоча ноги, переступила через порог, отряхнула с себя снег и, подойдя к очагу, присела на другой деревянный обрубок, стоявший перед огнем. Она положила у ног свою походную клюку и, вся сгорбившись, ежась и дрожа, стала протягивать к огню свои посиневшие на холоде руки с костлявыми, крючковатыми пальцами.

— Не красны же твои палаты, да и сам-то ты, молодец, что-то не весел! — промолвила старуха, оглядывая закоптелые стены и низкий, черный потолок, затканный по углам паутиной.

— Не с чего мне, бабушка, быть веселым! — отозвался каменщик.

— Что ж, так, родимый? — вопросительно посмотрев на него и приподняв свои густые, седые брови, продолжала старуха. — Горе у тебя какое-нибудь? Кручина на сердце залегла, что ли?

— Не кручина... горя особенного нет... А так, живется плохо... бедность одолела! — проворчал Ринальд.

— Да сегодня-то у тебя хватит поесть? — спрашивала старуха, наклоняясь к огню.

— На сегодня-то есть!.. — печально проговорил Ринальд, также подсаживаясь к очагу и заглядывая в котелок.

— Ну, а "завтра" будет, — само добудет! — успокаивала его гостья.

— Работы нет, почти весь город исходил, ничего не нашел... — жаловался каменщик.

— Ну, что ж! Ужо еще поищешь... завтра, может статься, будешь счастливее!

— Счастливее! — с горькой усмешкой вскричал Ринальд. — Да если я завтра и найду работу, какое ж в том счастье? Наше каменщицкое дело такое, что от него не разжиреешь... Сколько ни работай, на нем не заработаешь больше, как на кусок хлеба. Работаешь, как будто только для того, чтобы добыть кусок хлеба, и съедаешь этот хлеб для того, чтобы быть в силах опять работать с утра до ночи... И так всю жизнь, — без радости, без веселья...

Собеседники замолчали. Старуха украдкой, долго и пытливо, посматривала на Ринальда, на его понуренную голову. И порой на мгновенье бледная, холодная улыбка, как негреющий луч зимнего солнца, мелькала на ее тонких, сухих губах.

— Обедом-то своим поделишься со мной? — немного погодя, спросила старуха.

— Отчего ж не поделиться, бабушка! Угощу тебя на славу... — с горькою улыбкой ответил Ринальд.

— Вот и хорошо! Вот и ладно! — одобрительно качнув головой, промолвила гостья.

Обед тою порой был готов. Хозяин придвинул к огню небольшой стол, выложил на него из котелка уварившийся картофель, поставил солонку и, разломив пополам свой последний кусок хлеба, сказал старухе:

— Ешь, бабушка!

Та съела одну картофелину и отломила от куска несколько крошечек.

— Ешь! — угощал ее хозяин.

— Сыта! Спасибо, добрый человек! Старухе немного надо...

Когда стол был убран, Ринальд подкинул валежника на очаг, и огонек весело затрещал, беглым, красноватым светом озаряя убогую лачугу. Старуха подняла свою клюку, оперлась на нее и, выпрямившись, сказала Ринальду:

— Ты пустил старуху обогреться и накормил... Я хочу отблагодарить тебя... Скажи, чего ты желаешь, — и исполнятся все твои желанья!

— Ты кто ж такая? Уж не фея ли? — спросил Ринальд, с улыбкой посмотрев на свою неказистую гостью. — Я знаю, что феи в старину водились, но те феи были молоды, красивы, являлись людям в блестящем одеянье и с волшебным жезлом в руке...

— Ты хочешь сказать, что я не похожа на тех фей; что я стара и не нарядна, и в руке у меня дрянная клюка вместо волшебной палочки... — перебила его собеседница. — Почем же знать, голубчик! Может быть, и феи бывают разные... Прежде бывали молодые да красивые, а ныне они, может быть, старые да безобразные...

Старуха усмехнулась. Ринальд внимательно посмотрел на нее, на ее выпрямившийся стан и на серьезное лицо. И вдруг припомнились ему слышанные в детстве от матери песенки и сказки про добрых и злых духов, да про волшебниц; ожила в нем на мгновенье прежняя детская вера в чудеса, — сердце его ёкнуло и сильно забилось. А что, если в самом деле эта безобразная, беззубая старуха в грязном лохмотье — какая-нибудь могущественная волшебница? Ведь мало ли чего не бывает на свете! А что, если она каким-нибудь таинственным образом подслушала жалобы Ринальда на его злую долю — и явилась к нему на помощь в виде этой отвратительной старухи? И Ринальд подумал: "А что, если она в состоянии вдруг превратить меня в принца! Ринальд, каменщик — принц, чорт возьми!.." Было отчего сильно забиться сердцу и закружиться бедной голове!

— Ну, скажи же мне: чего ты желаешь? — повторила старуха, не сводя с него пытливых старческих глаз.

Ринальд не мог удержаться от охватившей его веселости и, ударив себя рукой по колену, вскричал:

— Ну! Я хочу быть счастливым!

— Счастливым! — как эхо пробормотала старуха. — Все хотят быть счастливыми, но не все, дружок, одинаково понимают счастье. Скажи толком: чего именно желаешь ты?

Ринальд на минуту задумался и смотрел на огонек, перебегавший по валежнику. Когда догоравшая ветка падала вниз, золотистые искры взлетали над очагом... Старуха терпеливо ждала, опираясь на клюку своими костлявыми руками и уткнувшись в них подбородком. Задумчиво смотрела она на Ринальда из-под косматых, седых бровей.

В лачужке было тихо, так тихо, что даже норой был слышен легкий шорох, когда хлопья снега, наносимые ветром, ударялись в окно. И вот посреди этого безмолвия Ринальд заговорил:

— Я хочу жить долго-долго, лет сто или более, и хочу быть постоянно здоровым, сильным.

— Так! — поддакнула старуха, качнув головой.

— Я хочу быть всегда сытым, и чтобы всегда были у меня самые вкусные кушанья и самое лучшее, дорогое вино...

— Так! — опять поддакнула старуха.

— Я хочу жить в хорошем, большом, светлом доме — вроде

королевского дворца, и чтобы люди прислуживали мне... Я хочу, чтобы у меня были самые нарядные платья — вроде тех, какие я видал на знатных господах...

Старуха утвердительно кивнула головой.

— Я хочу, чтобы у меня все было, что есть у самого богатого человека на свете... — продолжал Ринальд, стараясь выговорить себе как можно более всяких благ и в то же время опасаясь, как бы чего-нибудь не упустить из вида. — Я хочу, чтобы мне не нужно было работать... Захочу — поработаю, а не захочу, — гулять пойду, или лягу спать, или просто буду лежать и глазеть на потолок... А для того нужно, чтобы у меня было денег много-много...

Старуха только поддакивала.

— Я хочу быстро научиться всему, чему бы я ни вздумал учиться...

Ринальд запнулся и задумчиво посмотрел на уголья, догоравшие на очаге.

— Ну, что ж еще? — спросила старуха.

Ринальд беспокойно заворочался на своем деревянном обрубке и, продолжая смотреть на красные и золотистые искры, перебегавшие по угольям, тер себе лоб. Он ужасно боялся, как бы ему не позабыть какого-нибудь желанья. От волнения даже пот выступил у него на лбу и на висках. Наконец, он поднял голову и, растерянно посмотрев на гостью, с неуверенностью прошептал:

— Пусть бы все желания мои исполнялись!

— Ого-го! Уж не слишком ли будет много? — с улыбкой сказала та. — Нет! Это уж не в нашей власти... Впрочем, скажи мне: твои желания не касаются других? Теперь ты думаешь и говоришь только о себе — о себе одном, или имеешь в виду еще кого-нибудь, кроме себя?

— Нет, нет! Я говорю только о себе и больше ни о ком... Я желаю только для себя... поспешно вскричал Ринальд, словно испугавшись, что его хотят заставить поделиться с кем-то его счастьем и тем уменьшить его долю.

— И будет так! — сказала старуха. — А теперь — прощай!

Она медленно поднялась и, опираясь на клюку, тихими, крадущимися шагами пошла из избушки. Когда дверь неслышно затворилась за нею, Ринальд вдруг вскочил и бросился вслед за старухой. Выбежав на улицу, он торопливо взглянул направо и налево, но из-за снежной бури не увидал никого: старухи и след простыл. Ринальд забыл пожелать сделаться принцем... А впрочем и богатый человек бывает в почете — не меньше принца...

Ринальд, возвратившись домой, диким, блуждающим взглядом обвел свою лачугу, словцо пробудившись от сна. Последние уголья на очаге уже догорели и подернулись серым пеплом. В лачужке было холодно и темно. Оконце, полузанесенное снегом, пропускало скудный свет... Ринальд взглянул на обрубок, где еще недавно сидела старуха, — и вдруг горько рассмеялся.

— Поверил! — прошептал он. — Какая-то нищая, старуха-попрошайка, нагородила мне всякой чепухи, а я и уши развесил... Ха! Теперь она, я думаю, посмеивается надо мной... Одурачила, старая!..

Он с досадой схватил свой на ту пору просохший плащ, завернулся в него и лег на лавку. Засыпая, он ворчал про себя: "Эх, Ринальд, Ринальд! До 30 лет, брат, дожил, а ума не нажил... Всякому вздору веришь! Старуха этакую важность на себя напустила... Фея! Хороша фея... вся в заплатах да в дырах!.. И все эти феи — выдумка, да и все-то на свете — чепуха..."

Разом порешив таким образом все вопросы и окончательно успокоившись, Ринальд повернулся на другой бок и под стоны и завыванье бури скоро заснул крепким, богатырским сном.

А снег по-прежнему падал и падал с серого, ночного неба и белыми хлопьями заносил оконце ринальдовой лачуги...

II

На другой день Ринальд проснулся довольно поздно, раскрыл, глаза и долго недоумевал: действительно ли он проснулся или еще продолжает грезить. Он трогает себя за нос, дергает за волосы... Больно! Значит, он не спит... Да что ж это такое? Господи, помилуй!..

Ему представляется, что он лежит на мягкой, белоснежной постели, — на каком-то великолепном ложе; вокруг постели широкими складками спускаются малиновые занавесы, с золотою бахромой... Что за чудо! Неужели старуха не лгала? Неужели желания его исполняются?.. Сердце его сильно бьется. Задыхаясь от волнения, дрожащею рукой он отдергивает занавес, и просто глазам не верит... Такая роскошь, такой блеск ему и во сне-то никогда не снились.

Ринальд видит перед собой большую комнату, с высокими, светлыми окнами, с прекрасною мебелью. На полу — мягкий, пушистый ковер. Ринальд вскакивает и садится на постели. Глаза его разбегаются, — и он, как ребенок при виде новых, затейливых игрушек, готов был смеяться и плясать...

Вот перед кроватью стоят мягкие, легкие туфли... вот немного подалее — блестящие башмаки с серебряными пряжками. На бархатном табурете лежит, очевидно, приготовленное для него, платье: полукафтанье с золотым шитьем; камзол с драгоценными каменьями вместо пуговиц; темные, бархатные панталоны, — короткие и узкие, в обтяжку, по моде того времени; шелковые чулки...

В комнате две двери: одна — направо, другая — налево. Ринальду не терпится... Он потихоньку надевает туфли, на цыпочках идет направо и робко растворяет дверь. Тут оказывается обширный мраморный бассейн, наполненный чистою, прозрачною водой. На мягком и широком низеньком диване разложены простыни и полотенца из тончайшего полотна. На столике — всевозможные мыла, духи. Вдоль четырех стен стоят большие зеркала — от пола до потолка... Направо виден заспанный, растрепанный Ринальд, и налево виден Ринальд, и прямо и сзади, куда ни оглянись, везде Ринальд...

— Вот так штука! — весело расхохотавшись, сказал Ринальд.

Он понял, что этот бассейн для него, — и отлично выкупался в нем; вымылся, причесал перед зеркалом свои темные, волнистые волосы и возвратился в спальню. С непривычки он долго одевался в свое нарядное модное платье: то — не так, то — не туда попал, то — что-то не ладно... "Скоро этому научусь!" — мысленно ободряет себя Ринальд.

В спальне, в углу, он оглядел большой, тяжелый, железный сундук. Ключ торчал в замке... Очевидно, для Ринальда — в нем не было секретов. И Ринальд, мучимый любопытством, подошел к сундуку, поднял крышку и — ахнул: сундук до краев был полон денег — золота и серебра. Каменщик до сего времени даже не воображал, чтобы в одном месте могло быть собрано столько сокровищ...

С лихорадочною дрожью он наклонился над сундуком. Лицо его вспыхнуло, и глаза загорелись при виде такой массы блестящего металла.

— Все это — мое! Мое! — шептал он, запуская руки чуть не по локоть в деньги, забирая их целыми пригоршнями, любуясь, как они текли у него между пальцами, — и прислушиваясь к звону денег, как к какой-нибудь чудесной музыке.

"Ну! Старуха, знать, не лгала!.. Ай да добрая волшебница!

— сказал он про себя, захлопывая наконец тяжелую крышку сундука. — Напрасно я вчера поклепал на нее..."

Затем Ринальд также потихоньку, осторожно заглянул в дверь налево — и увидал большую, великолепную столовую, с темным, резным, дубовым буфетом вдоль стены. Стол уже накрыт... Ринальд знает, для кого он накрыт, — и с удовольствием осматривается по сторонам.

Окна столовой выходят в сад; там видны деревья, увешанные снегом, как белым полупрозрачным кружевом... Стекла так прозрачны, что их как будто вовсе нет... В углу — большой камин с часами и различными украшениями, и горит в нем на ту пору не сырой валежник, но пылают целые сосновые поленья. Ринальд подходит к камину и, как каменщик, с видом знатока рассматривает работу.

— Было хлопот и труда с этим камином нашему брату-мастеровому! — говорит он, с живейшим интересом заглядывая в каминную трубу и рискуя замарать сажей волосы и свой нарядный костюм.

Он также потрогал решетку и внимательно осмотрел ее.

— Изрядно! — заметил он, одобрительно покачивая головой. — И решетка сделана основательно... на совесть!

Вчера вечером Ринальд съел лишь две или три картофелины и кусок черствого хлеба, и теперь он чувствовал, что сильно проголодался. Накрытый стол еще пуще дразнил и разжигал его аппетит. Ринальд ходил вокруг пустого стола, посматривал на приготовленный прибор, на стул, придвинутый к столу, и долго не знал, как быть и что ему делать. Наконец, он робко, нерешительно хлопнул в ладоши и вполголоса крикнул:

— Эй! Кто тут есть?

В тот же момент дверь тихо растворилась и какой-то прилично одетый человек вошел в комнату.

— Что прикажете, милостивый господин? — с поклоном спросил он Ринальда.

Тот сначала хотел было попросту сказать: "Дайте мне, пожалуйста, чего-нибудь поесть!" — но удержался и, усевшись за стол в мягкое кресло с высокою спинкой, с важностью проговорил:

— Подавайте завтрак!

Через минуту появились слуги с блюдами. Один подавал ему кушанье, другой наливал ему в граненый кубок золотистого, искрометного вина. Кушанья были вкуснее одно другого, а вино — один восторг! Ринальд за раз наелся, кажется, за три дня.

Наевшись досыта и напившись вволю, Ринальд приказал

убирать со стола, а сам, сгорая от нетерпения скорее познакомиться со своими владениями, пошел в следующую комнату... Тут он увидал перед собою целую анфиладу зал. И он переходил из залы в залу, с каждым шагом все более и более изумляясь царственной роскоши этих громадных палат.

Тут были какие-то таинственные уголки — беседки из зелени и цветов. Там и сям из-за темной зелени высоких, развесистых растений выглядывали белоснежные статуи каких-то героев и богинь — все художественные произведения. На стенах висели чудные, старинные картины, — изображенные на них люди только лишь не говорили... И Ринальд долго ходил по залам, долго любовался на свои сокровища. Он, конечно, не знал им цены, но уже догадывался, что все это стоит очень дорого...

Наконец, Ринальд попал в переднюю, спустился с широкой лестницы, устланной великолепным ковром, обставленной цветущими растениями, — и сказал, что он идет гулять. Тут слуга накинул на него шубу, другой подал ему шапку, а третий — могучий великан — распахнул перед ним высокую, тяжелую дверь и почтительно спросил: угодно ли "его милости" пройтись пешком или прокатиться? Карета ждет его...

И Ринальд, действительно, увидал у подъезда пару отличных серых лошадей, запряженных в щегольскую карету. Садясь в карету, он велел кучеру проехать по всем лучшим улицам и площадям города... Его старые знакомые — рабочий, мастеровой люд, — разумеется, не узнавали в нем прежнего каменщика Ринальда, а люди, совсем ему незнакомые, ехавшие в экипажах, при встрече здоровались с ним. Ринальд удивлялся, но также снимал шапку и кланялся, причем старался подражать всем их движениям и манерам.

В сумерки Ринальд возвратился с прогулки, когда в столовой уже горела люстра и обед ожидал его. Долее часа просидел он за обедом, а потом ушел в одну уютную комнату с мягкою мебелью, полуосвещенную голубыми фонариками, и там прилег отдохнуть... Когда он, отдохнув, вышел в залу, к нему явился тот же человек, которого он первым увидал в этом доме, и почтительно доложил:

— Смею напомнить вам, милостивый господин, что уже пора одеваться, если вы сегодня намерены поехать к королевичу на музыкальный вечер.

— А что такое сегодня у королевича? — уже входя в свою роль и нимало не смутившись, спросил его Ринальд, сделав вид, что он как будто позабыл: что такое сегодня у королевича?

— Какой-то знаменитый артист будет играть на арфе, а заморская певица станет петь! — пояснил слуга.

— А-а, да!.. Пожалуй! Давайте одеваться! — сказал Ринальд таким беспечным тоном, как будто для вчерашнего каменщика было самым обыкновенным делом поехать на вечер во дворец — к королевскому сыну.

И он был на том музыкальном вечере; пришел в восторг от арфы и от пения певицы и вообще очень весело провел время. Он познакомился со многими знатными особами и с их семействами. Очень охотно все знакомились с ним... Знатные люди в той стране были придурковаты и каждого богатого, хорошо одетого человека, считали очень умным и прекрасным человеком. А Ринальд был одет очень нарядно, и богатство его видимо и убедительно для всех сверкало в блеске бриллиантов, украшавших его перстни, и в золотом шитье, как жар горевшем на его рукавах и на груди. Чего ж еще более?.. По наивному мнению знатных людей той страны, человек, обладающий такими бриллиантами и украшенный таким золотым шитьем и вообще так хорошо, "по моде", одетый портным, не мог быть плохим человеком.

Уже за полночь Ринальд возвратился домой. Слегка поужинав, он лег спать и спал отлично.

Проснувшись, Ринальд долго лениво потягивался под мягким, шелковым одеялом; то снова начинал дремать, то раскрывал глаза и, сладко позевывая, с блаженною улыбкой думал про себя: "Некуда мне теперь торопиться! Искать работы мне не надо... Полежу еще!" И он продолжал валяться в постели, вспоминая о том недавнем времени, когда он, усталый и голодный, шатался по городу, ища работы за кусок хлеба: тогда рано приходилось ему вставать... Без забот и без печалей теперь пойдет его жизнь... И так будет долго-долго, потому что ведь Ринальд прежде всего выговорил себе долгую и безболезненную жизнь. Если исполнились его два-три желания, то значит, исполнятся и все остальные, какие тогда он успел высказать...

Желания его исполнялись все до единого.

Захотел он научиться играть на арфе — и уже на другой день играл прекрасно. Захотел он научиться танцовать, — явился к нему танцмейстер, и через день Ринальд уже в совершенстве знал все танцы. Знание танцев было важно потому, что знатные женщины той страны только хороших танцоров и шаркунов считали порядочными людьми, то есть стоящими их внимания и благосклонности... Захотел Ринальд познакомиться с тою или с другою наукой, и через несколько дней знал уже более, чем иной мог узнать во всю свою жизнь.

Скоро Ринальд свел большое знакомство. Везде принимали его радушно. В самых знатных домах самые красивые девицы были с ним милы и любезны. Мужская молодежь любила его, как веселого собеседника, допускавшего иногда в разговоре веселые и остроумные, простонародные шуточки. Эти шуточки для молодежи были новостью, а Ринальд между тем, по старой привычке, забывшись, употреблял их в разговоре. Люди пожилые, степенные уважали его за ученость, удивлялись его обширным и глубоким познаниям. Все же вообще в городе считали его необыкновенным богачом, прибывшим неизвестно откуда. Шли слухи о том, что незадолго до его приезда явился какой-то человек (должно быть, управляющий его именьями) и купил для него дом, уже давно стоявший пустым, обмеблировал его, устроил в нем все заново, накупил экипажей, лошадей, нанял слуг...

Так прошло полгода с той снежной, зимней ночи, когда бедный, несчастный каменщик превратился в счастливца... И Ринальд заметил, что в жизни его один день походил на другой, как две капли воды. Позднее вставанье, завтрак, прогулки, обед, приятный послеобеденный отдых — не то сон, не то полузабытье; затем — или у него гости, или он отправляется на бал; позднее возвращение домой и — сон... Он знает, какое кушанье будет у него завтра, послезавтра. Он уже знает, о чем завтра, послезавтра будут разговаривать в обществе и какие остроты и анекдоты он услышит. Часы идут правильною чередой; утро переходит в день, день сменяется вечером, за вечером наступает ночь... За весной идет лето, за летом — осень и зима... Колесо жизни вертится однообразно, не тише, не скорее. На завтра то же, послезавтра то же, как по расписанию. Это страшное однообразие, несмотря на беспечальную, беззаботную жизнь и на весь ее комфорт, начинает как-то смутно неопределенно тяготить Ринальда.

Ночью, во сне, или в шумном обществе он как бы забывался, и ему казалось, что он живет самою настоящею жизнью; но в те минуты, когда он оставался один дома, однообразие и пустота жизни давали ему ясно чувствовать себя. Конечно, Ринальд не грустил о прошлом, — избави Бог!.. Он не роптал на судьбу-волшебницу... конечно, нет! Но ему иногда становилось не по себе, как-то скучно...

Однажды весной, в сумерки, Ринальд долго бродил по своим обширным, великолепным залам, вспоминал о своей прошлой, бедной, рабочей жизни и, вдруг остановившись, оглянулся на окружавшую его царскую роскошь. Вечерние тени уже ложились по углам, и громадные залы в тот тихий, сумеречный час, действительно, казались пустыней — холодною и безлюдною.

"Так вот, значит, что такое счастье! — подумал Ринальд, с удивлением оглядываясь вокруг себя. — Да полно, счастье ли это? Настоящее ли это счастье? Тут не подмен ли какой-нибудь?.."

И в ту минуту какое-то смутное, неприятное ощущение пробежало у него в душе... "При всем изобилии, при всем моем богатстве, при всем моем довольстве, мне как будто бы чего-то недостает... Но чего же? Чего?" — с тайною тревогой спрашивал он самого себя.

Может быть, в жизни Ринальда недоставало радости, — той великой, чистой радости, которая вспыхивает и в темной жизни бедняка, и от которой у человека, — даже накануне смерти, — трепещет сердце и каким-то неземным светом проникается все его духовное существо...

"Все желания мои исполнились... все до единого! — раздумывал Ринальд. — Не позабыл ли я пожелать чего-нибудь такого, без чего не может быть настоящего счастья? Старуха в тот вечер соглашалась сделать меня счастливым и только спрашивала: как я понимаю счастье? — и требовала, чтобы я точно высказал свои желания... О, лукавая старуха!.. не подсказала она мне того, что нужно для счастья..."

Правда, Ринальд забыл пожелать сделаться принцем. Но теперь, за последние полгода, каменщик уже убедился, что не только звание принца, но и гораздо более пышный титул не прибавили бы ему счастья ни на йоту. Нет! Он, видно, забыл пожелать чего-нибудь другого, более существенного, более важного, что окончательно скрасило бы для него жизнь и сделало бы его вполне счастливым...

III

На другое утро Ринальду пришла в голову блестящая мысль.

"Я хочу видеть весь широкий Божий мир, все чудеса его! — сказал себе Ринальд. — Что ж я, в самом деле, сижу на одном месте, как улитка в раковине! Отправлюсь путешествовать... Посмотрю на чужие страны, на горы, на моря..."

И в тот же день прекрасные вороные лошади, взвевая свои темные гривы, помчали его в заманчивую, таинственную даль.

Перед Ринальдом мелькали веселые, улыбающиеся холмы, поросшие виноградниками, зеленые луга, как разноцветные, пестрые ковры; обширные поля, как безбрежное море колосьев, золотившихся на солнце; мелькали перелески и темные, дремучие леса. Ринальд видел деревни, ютившиеся там и сям; видел знаменитые, старинные города, дивные храмы, словно созданные нечеловеческими руками, и сказочно-великолепные, роскошные дворцы. Он увидел широкие, многоводные реки и чудные, затейливые мосты, переброшенные через них.

Ринальд видел посреди зеленых, изумрудных берегов синие озера — гладкие и спокойные, словно осколки громадного зеркала, там и сям брошенные на землю — для того, чтобы днем с небесной высоты могло смотреться в них солнце, а ночью на их блестящей поверхности могли играть своими бледными, трепетными лучами месяц и звезды... Он любовался на живописные пастушьи хижины, приютившиеся под нависшими скалами, как гнезда горных птиц...

Ринальд со страхом смотрел на пенистые, бурливые потоки, с глухим шумом несшиеся между утесами, и на мшистые стволы елей, вместо моста переброшенные через них, вечно дрожащие над клокочущею бездной и обдаваемые ее брызгами, как дождем. Ринальд взбирался на горные вершины, поднимающиеся выше облаков и от века покрытые снегами и льдом, где жизнь замирает и где лишь бушуют свирепые зимние бури... Он видел громадные водопады, свергавшиеся со стремнин и с страшною, чудовищною силой увлекавшие в своем буйном течении целые скалы и вековые деревья, с корнем исторгнутые из земли. Он видел горячие ключи, бьющие из гор; видел горы, дышащие огнем и пеплом...

И Ринальд изумлялся, то приходил в восторг, то ужасался, то умилялся, растроганный до глубины души.

Но Ринальд не удовольствовался путешествием но ближайшим соседним странам. Ведь он хотел видеть весь свет, — и увидел его... Ринальд захотел проплыть все моря и побывать на самых дальних островах, о которых, он слыхал, рассказывали разные диковины. И он долго плавал по морям и испытал на море страшные бури, носившие, как щепку, его корабль, то взлетавший на гребень волн, словно на гору, то низвергавшийся в бездонную пучину кипящих вод. Ослепительно яркие молнии горели в темных тучах, казалось, совсем опускавшихся над морем. Ветер со свистом и ревом проносился над кораблем и рвал, обрывал его снасти...

Ринальд проезжал на верблюде по песчаным пустыням, выжженным солнцем, где в течение нескольких дней пути не встречалось жилья человеческого, ни деревца, ни кустика, ни былинки. Здесь порой поднимались песчаные бури, — ураганы; солнце скрывалось за тучами, и среди дня по земле распространялся мрак. Облака песку неслись по пустыне, и Ринальд со своими проводниками не раз рисковал быть занесенным песками той великой пустыни... Иногда, во время странствований по пустыне, в золотисто-розовой дали мерещились Ринальду чудесные марева, заманчивые и таинственные... Там виднелись зеленые, тенистые рощи, серебристые струи воды и целые воздушные города с высокими башнями, с блестящими куполами храмов... Миг, — и все это расплывалось, пропадало, и Ринальд видел себя покачивающимся на верблюде посреди необозримой, раскаленной пустыни, под палящим зноем южного солнца...

Ринальд проникал в сумрачную чащу дремучих, первобытных лесов, где, как говорили ему, еще не бывала нога человеческая. Он посетил страны, где в лесах водятся животные, похожие на людей, и живут дикари-людоеды, похожие на хищных зверей... Он побывал на самых дальних островах, над которыми по ночам в синем небе горит, сверкает чудесное созвездие Южного Креста. Ринальд любовался на сказочно-роскошную растительность... Там — на тех дивных островах — великолепные, яркие цветы цвели. И цветов было так много и так они были разнообразны, что ярко раскрашенные птицы и крупные бабочки, порхавшие по ветвям деревьев, казались летающими по воздуху цветами, а цветы, в свою очередь, казались разноцветными птичками и бабочками, на мгновенье присевшими на стебли растений и готовыми вспорхнуть и исчезнуть...

В тех далеких странах Ринальд видел черных, желтых и медно-красных людей, ходивших голыми, с перьями в волосах и расписывавших свое тело красками. Он видел громадных, неуклюжих, тяжело движущихся животных; видел страшных хищников-ящериц, закованных в броню, подобно средневековым рыцарям, и пожирающих людей; видел чудовищных змей в несколько аршин длиной, птичек величиной с муху и насекомых с птицу; видел в воде, у берега, совершенно неподвижных животных, растущих как растения, и видел странные, загадочные растения — движущиеся подобно животным, ползающие, переносящиеся с места на место и поедающие насекомых...

Много-много диковинок насмотрелся Ринальд: он видел все чудеса природы и искусства — гениальные произведения рук человеческих. Больше ничего не осталось смотреть. Любопытство и любознательность Ринальда были удовлетворены. Разве еще слетать бы на небо, или проникнуть в недра земли? Но бедные сыны земли еще не нашли средств для таких путешествий... На небо они могут только смотреть в свои трубы, а о недрах земли могут только строить более или менее остроумные, более или менее сбивчивые догадки.

И Ринальд, сколько ни странствовал, все-таки наконец возвратился домой, на тот клочок земли, где ему суждено было родиться и жить.

IV

Снова, по-прежнему однообразно, завертелось колесо жизни... Ринальд спал вволю, ел и пил всласть, прогуливался, принимал у себя многолюдное общество и сам ездил в собрания. И все одно и то же, сегодня, — как вчера, завтра, — как сегодня...

Ринальд очень хорошо видел, что люди слетаются к нему, как мухи на сладкое кушанье, но вовсе не ради него лично. Он сознавал, что и сам идет к ним не по какому-нибудь душевному побуждению, но лишь для того, чтобы "провести" вечер, "убить время", то есть прожить его так, чтобы оно показалось коротко, прошло незаметно... И вот люди сходились и болтали о том, о сем, но у них за душой решительно не было ничего такого, чем бы они жаждали поделиться друг с другом, о чем нужно бы было подумать, порассуждать горячо и страстно... У них не было никакого общего дела, никакой своей работы, которая захватывала бы всего человека, а поэтому и не было между ними живой связи.

Ринальду казалось, что и все эти люди — его новые знакомые — такие же счастливцы, как и он, и собираются друг к другу лишь для того, чтобы не скучать в одиночку. "Но ведь если все пойдет так, то мы должны будем наконец надоесть друг другу до одури, до отвращенья!" — думал Ринальд.

В то же время он заметил, что в том обществе, куда он

попал, все держится на вежливом обращении, на условных приличиях, иногда довольно-таки нелепых, на сладеньких комплиментах, на приятной лжи и на самом почтительном обмане. О доброжелательстве, об искреннем сочувствии, о бескорыстной, нежной ласке или о простом добром слове — тут не могло быть и речи.

Но Ринальд, бывший каменщик, чувствовал, что вежливое обращение, — хотя само по себе и очень хорошо, — становится весьма дурно, когда люди хотят им заменить сердечные, задушевные отношения; но старания — совершенно напрасны, и большой, блестяще отшлифованный камень не в состоянии заменить собой самого маленького кусочка хлеба... Видя любезные улыбки, выслушивая пустые любезные фразы своих знакомых, слыша вокруг себя их громкий, хотя вовсе не веселый смех и говор и звон бокалов; слыша шутки и остроты, засалившиеся от продолжительного употребления; видя в своих залах нарядную многолюдную толпу, под шаблонною улыбкой скрывающую свою скуку, — Ринальд чувствовал самое холодное, отчаянное одиночество.

Его прежние, старые знакомые, — его товарищи и приятели, — от души радовались, когда ему удавалось найти хороший заработок, и искренно печалились над его неудачами. У них было общее дело, и им было о чем поговорить друг с другом... О, да еще как! Они, бывало, проговаривали целые вечера и расходились по домам довольные и успокоенные, высказав то, что у каждого лежало на сердце... Им незачем было стараться "убивать время": в работе и отдыхе время и без того проходило быстро, незаметно... Не пойти ли ему теперь к тем старым знакомым?

Однажды в воскресенье (в другой день он, наверное, никого не застал бы дома) Ринальд, одевшись поскромнее, вышел из дома пешком, как бы на прогулку, но вместо того отправился в одно из городских предместий навещать своих старых добрых знакомых. Но тут постигла его неудача: не с распростертыми объятиями встретило предместье нашего счастливца.

Многие не признали в нем прежнего собрата, каменщика Ринальда; иные же хотя и узнали, но отнеслись к нему как-то сдержанно и смотрели на него с подозрением. Его внезапное исчезновение года два тому назад из города (вернее было бы сказать — из предместья) казалось странно, необъяснимо и смущало этих простых людей. На их вопрос — где он пропадал, — Ринальд не мог рассказать всей правды (да ему, пожалуй, и не поверил бы никто), отвечал уклончиво.

136

— Я долго странствовал! — говорил он.

"Для чего же он странствовал?.." На этот вопрос Ринальд отвечал еще сбивчивее: "Так уж пришлось... хотелось ему видеть другие города, другие страны..." Слушатели с недоумением молча смотрели на него и лишь пожимали плечами.

Не откликнулись на его зов старые знакомые, не встретил он у них прежнего доверия, не нашел ласки, привета и прежней задушевной беседы. Как чужого встречали его и с холодным поклоном провожали. Сердца простых людей не раскрывались на его призыв.

У бедных, убогих очагов для него места не оказывалось...

Каменщик Ринальд, вдруг куда-то пропавший и теперь возвратившийся одетым по-барски, конечно, не мог внушить доверия своим прежним товарищам. Они из чувства деликатности, — иногда свойственной беднякам-рабочим даже в большей степени, чем людям "благородного звания", — не спросили Ринальда: откуда у него такое платье? Откуда взялись у него деньги?.. А сам он не решался признаться им в том, что он стал богат.

"А-а? Так ты разбогател? Так ты теперь на наш счет живешь, барствуешь?" — сказали бы ему старые товарищи, если бы он объявил им о своем богатстве. Если бы он стал объяснять им, что все его богатство — от волшебницы, то те, разумеется, только рассмеялись бы ему в глаза: "Как же! Знаем мы этих добрых волшебниц!" — и остались бы при том убеждении, что он, Ринальд-каменщик, должно быть, каким-нибудь мошенническим способом разбогател от их трудов.

А если бы при этом Ринальд вздумал уверять их, что, несмотря на все свое богатство, он не может назвать себя счастливым человеком, те только махнули бы рукой: "Сказки-то, мол, нам не рассказывай!.." А кто-нибудь из них, может быть, с насмешкой и со злостью заметил бы ему: "Если ты счастья не находишь в богатстве, так откажись от него, от этого богатства... Откажись! Брось его псам!.."

"Откажись! Откажись!" — мысленно передразнивал Ринальд своего мнимого, воображаемого собеседника. "Легко сказать, но не легко то сделать!.." Ринальд уже привык к своему дворцу, к удобствам, к спокойствию и беззаботной жизни...

Так он и не сказал ничего о своем богатстве старым товарищам; те почувствовали, что он что-то не договорил и прячет от них. Скрытность Ринальда вызвала холодное недоверие к нему и оттолкнула от него старых товарищей.

Но неудачное посещение старых знакомых живо

напомнило Ринальду его прошлое. И опять потянуло его на окраины города, в те узкие и темные, мрачные переулки и закоулки, куда не проникает веселый, солнечный луч и где в полутьме, таясь от света, гнездятся бедность и несчастье. Ринальд стал похаживать сюда; и тут снова предстали пред ним знакомые картины человеческих страданий...

Вот маленькие дети хватаются за руку умершей матери, прижимаются к ней и горько плачут о том, что мама их не слышит, не отвечает на их зов... Там семья рабочего, долго болевшего и оставшегося без гроша, сидит голодная; дети плачут, а мать с тупым отчаянием смотрит на них... Старуха, брошенная одна на произвол судьбы, беспомощно мечется на своем убогом ложе и напрасно молит, чтобы ей дали пить... У ворот тюрьмы стоит женщина, понурив голову, и держит за руку мальчугана; за этою серою каменною стеной ее муж сидит в заключении и ждет решения своей участи... Вон у окна плачет молодая девушка, закрыв лицо руками, горько плачет: она только что получила известие о том, что жених ее убит на войне. А она, бедная, уже шила себе подвенечное платье, украшенное цветами, а еще более — радужными надеждами на светлое будущее... Она только что с сияющею улыбкой смотрела на это платье, а теперь с горечью, сквозь слезы взглядывает на него...

Нищий-калека ползет по улице на коленях, поднимая пыль, и жалобно просит милостыни. А там другой несчастный, весь в язвах, жмется к стене и также робко протягивает руку к прохожим...

А дети, — эти слабые, беззащитные существа — сколько горя переносят они от людской несправедливости!.. Вон хозяин бьет своего мальчика-ученика, жестоко бьет палкой по спине, по голове — по чему попало. Ребенок кричит и бессильно рвется из рук своего мучителя. И никто не заступится за этого бедного мальчика, никто слез его не осушит: он — сирота... А там вон маленькая девочка, избитая и вытолкнутая из родного дома злою мачехой, задыхаясь от слез и закрывая ручонками ушибленную голову, умоляющим голосом шепчет:

"Мама, мама! Возьми меня к себе на небушко! Не стало мне житья без тебя!.."

Конечно, Ринальд видит и милые детские улыбки, и веселые лица; слышит беззаботный, незлобивый смех, — видит порой, как радость, словно яркий солнечный луч, озаряет на мгновенье темную жизнь бедняка... Но горя он встречал несравненно больше; горе во всевозможных видах, на каждом шагу проходило перед Ринальдом. И болезненно сжалось его сердце; жаль, нестерпимо жаль стало ему всех этих несчастных — обездоленных...

Иные страдания — телесные и духовные — можно было облегчить, иные — устранить совсем. Умерших не возвратишь, но оставшимся в живых Ринальд мог бы облегчить их бремя: горюющих утешить, к больным привести врача, обиженных защитить, приютить бездомных, накормить голодных...

"Я здоров, я силен, богат, живу в довольстве весело, привольно, а вокруг меня столько горя и несчастья... Ужасно!" — сказал про себя Ринальд и тут же решился сделать, — по возможности, — всех счастливыми... Но тут страшное открытие словно громом поразило его, довело до слез, до отчаяния: оказалось, что счастливец Ринальд бессилен бороться с несчастием окружающих его.

Лишь только он брал деньги для того, чтобы подать бедному, деньги в руках его моментально обращались в стружки. Хотел он подать нищему кусок хлеба, — хлеб превращался в булыжник. Хотел он дать бедняку-оборванцу новую одежду, и прежде чем бедняк успевал дотронуться до той одежды, она мигом разлезалась, рассыпалась, словно вся изъеденная молью... только пыль поднималась и неслась в глаза прохожим; — и Ринальд с полным правом мог сказать про себя, что он пускает пыль в глаза своею благотворительностью... Стал он подавать воду одинокому, брошенному больному, и вода мигом высохла в чашке, испарилась, пока он подносил ее к губам больного...

Захотел Ринальд утешить горевавших — и не умел, не мог: с его языка сходили вовсе не те слова, какие были нужны, какие собирался он произнести... слова, холодные, как лед! Хотел он вступиться за детей, и вообще за обиженных и угнетенных, и был не в состоянии сказать ни слова; язык не повиновался, руки и ноги оставались неподвижны, как разбитые параличом. В самые трогательные минуты Ринальд чувствовал, что по губам его пробегает улыбка, и дикий, чудовищный смех начинает душить его... А напротив, в тех случаях, когда нужно было утешить, ободрить, посмотреть весело, — на глазах его навертывались слезы...

"Что ж это такое? Я ничего не могу сделать для других... Желания мои перестали исполняться!.. Ах, старуха, старуха!" — с горечью и недоумением говорил он про себя, ложась в тот вечер спать, усталый и разбитый напрасными усилиями помочь своим ближним.

Ринальд уже начинал слегка дремать, как вдруг ему показалось, что малиновые занавесы его алькова чуть заметно зашевелилась, и чья-то темная, морщинистая рука стала тихо раздвигать их. Ринальд вздрогнул и, опершись на локоть, приподнялся на постели. И когда занавес раздвинулся, Ринальд при слабо мерцающем свете ночника, увидал перед собой знакомую старуху в грязном, нищенском лохмотье.

— Почему ты удивляешься, что ничего не можешь сделать для других? — заговорила она, шамкая своими беззубыми челюстями и опираясь на клюку. — Разве ты уже забыл те желания, какие высказывал мне около трех лет тому назад? Ты не можешь пожаловаться на меня. Все твои желания, касающиеся лично твоего благополучия, исполнялись в точности — и будут исполняться... Но большего тогда ты ничего не желал... Ты помнишь, тот зимний снежный вечер... надеюсь, помнишь! Я ведь давала тебе время подумать и сама еще переспросила тебя: "Твои желания не касаются других? Ты думаешь и говоришь только о себе, — о себе одном, или имеешь в виду еще кого-нибудь, кроме себя?" Ты мне тогда ответил: "Я говорю только о себе и больше ни о ком... Я желаю только для себя..." Кажется, ты высказался совершенно ясно. А я, помнишь, после того сказала: "И будет так!.." и теперь повторяю тоже... Ты сам избрал свою долю. Не ропщи же напрасно на судьбу — и не тревожь меня!

Занавес тихо опустился и, слегка волнуясь, снова лег мягкими складками по сторонам постели. А Ринальд после того впал словно в какое-то сонное оцепенение...

После этого вечера еще грустнее жилось Ринальду. Старуха была права, — он только для себя желал счастья — и получил его... Но то счастье, какое он выбрал себе на долю, уже перестало радовать его...

Садясь за богато убранный стол, Ринальд без аппетита жевал куски вкусных кушаний, невольно вспоминая о том, как много вокруг него голодных, лишенных даже куска черного хлеба; самые лучшие, заморские вина казались ему кислыми, как уксус, когда он вспоминал о брошенных больных, умирающих от жажды и не могущих достать капли воды, чтобы смочить свои запекшиеся губы.

Обширные, великолепные залы его дворца казались ему скучны и унылы, когда он представлял себе, как много в мире бесприютных скитальцев, лишенных крова в ночную пору и защиты от бурь и непогод. Вспоминаются ему девочка, выгнанная на улицу злою мачехой, и толпы жалких нищих. У тех нет угла своего, те иногда были бы рады собачьей конуре, а у него — эти залы-пустыни. И Ринальду чудится, что высокие, тяжелые, каменные своды, прежде казавшиеся такими

140

изящными и величественными, мрачно высятся над его головой и гнетут его, как своды могильного склепа...

Старинные картины, прелестные статуи и другие художественные произведения не радуют по-прежнему Ринальда, не приводят его в восторг. Он вспоминает жалкие, пустые коморки, в каких ютятся семьи бедняков. Проезжая по городским улицам в блестящем, спокойном экипаже, он вспоминал о калеке-нищем, ползавшем на коленях по пыльной мостовой, — и прогулка не доставляла ему удовольствия. Он помнит, каких усилий стоило этому несчастному проползти какой-нибудь десяток шагов... Общественные собрания также не давали ему развлечения. Грустную отраду Ринальд находил в те дни лишь в игре на арфе. Но ведь нельзя же было бряцать на арфе вечно!..

Томительно проходили дни за днями. Ежечасно, ежеминутно душевное недовольство тревожило, мучило Ринальда. И, оставаясь один, Ринальд тоскливо бродил по своим роскошным покоям... Он уже не находил вкуса в том счастье, какое сам выбрал на свою долю; он не чувствовал себя счастливым.

"Где же счастье?" — в сотый раз спрашивал он самого себя.

Да! В самом деле... где ж оно? Все о нем говорят, мечтают, грезят во сне и наяву, все за ним бегут, к нему стремятся, но в руки оно не дается никому...

Однажды вечером Ринальд сидел у раскрытого окна и задумчиво смотрел на догоравший закат. Откуда-то издали жалобный плач доносился до Ринальда. Музыка, игравшая где-то в саду, не могла заглушить этот плач; — протяжный, тоскливый, он явственно слышался в тихом вечернем воздухе... Кто плачет и о чем? Чья душа скорбит, томится в этот прекрасный, благоухающий вечер, так мирно догорающий над землей?..

Давно уже душа нашего "счастливца" томилась недовольством, но никогда еще недовольство не давало ему так болезненно чувствовать себя. Он облокотился на подоконник и опустил голову на руки.

"Нет! — думал он: — То, чего я желал, что я считал счастьем, — просто какой-то призрак, — блестящий, правда, как те миражи, какие мне грезились в раскаленном воздухе пустыни, но совсем — не счастье. Для счастья мне недостает... недостает..."

И Ринальд мысленно запнулся. Чего же, в самом деле, еще недоставало и недостает ему?..

Выпадают в жизни такие минуты, когда потемки

человеческой души вдруг освещаются, и чем ярче горит тот внутренний свет, тем яснее человек начинает чувствовать и сознавать то, что ранее постоянно ускользало от его внимания... Словно молния блеснула в душе Ринальда и рассеяла окутывавший ее мрак.

Да! Вот что!.. Человек может быть счастлив лишь тогда, когда все счастливы вокруг него, но человек один не может быть счастлив никогда!

Ринальд вдруг словно прозрел и, бледный, взволнованный, широко раскрытыми глазами смотрел на погасавший запад... Жалобный плач, доносимый до него легким вечерним ветерком, не даст ему наслаждаться даже этим прелестным вечером... Так и всегда! Вечные жалобы, слезы и стоны мольбы о помощи, доносившиеся до него отовсюду, отравляли ему покой, не давали ему быть счастливым. Вот откуда его недовольство, его скука и томленье...

— В таком случае, что ж мне в этом счастье? — с отчаянием прошептал Ринальд.

Воспоминания прошлого и то, что он теперь видит и слышит, доносящиеся до него вопли и стоны отравляют ему существование каждый час, каждый миг... В думах о своем личном благополучии он забыл о своих страдающих ближних, — он тогда думал только о себе, — о себе одном, только для себя он желал счастья, он даже боялся, чтобы его не заставили поделиться своим счастьем с кем-нибудь... Теперь он понял, что настоящее-то, истинное счастье и заключается именно в желании и возможности делиться им со всеми.

Теперь Ринальд не в состоянии помогать людям, умоляющим о помощи; и сознание бессилия мучит его тем больнее, тем ужаснее, что сам он пользуется полным благополучием, — всеми удобствами и радостями жизни. Теперь он знает, отчего душа его болит, несмотря на то, что все его желания исполнились... Теперь он чувствует, как тяжело, тяжело невыносимо жить только для одного себя. Он с изумительною ясностью теперь сознает, что несчастья окружающих лишают и его счастья, не дают пользоваться им.

— Счастливым быть я не могу... Нет, старуха! Не дала ты мне счастья!.. — прошептал Ринальд.

— Я исполнила все твои желанья! — раздался за ним в ту минуту знакомый, дрожащий голос. — Чего ж тебе еще надо, неблагодарный, беспокойный человек?

Ринальд быстро обернулся.

Старуха в своем грязном лохмотье стояла перед ним и,

опираясь на клюку, с грустною, холодною улыбкой смотрела на него из-под своих косматых, седых бровей.

— Ну, старуха, легка на помине... Волшебница или ведьма, кто бы ты ни была, выслушай же меня теперь! — горячо заговорил Ринальд. — Правда, ты исполнила мои желанья, но я не сделался от того счастлив. Для счастья мало того, чего я пожелал... Для счастья нужно еще другое... нужно еще исполнение других желаний... Видишь: я ошибся...

— Ты ошибся? — промолвила старуха, с какою-то странною, загадочною улыбкой посмотрев на Ринальда. — Не ты один в этом ошибся... Весь ваш род людской так-то ошибается — ищет счастья не там, где его можно найти... Но теперь, дружок, поздно: сделанного уже не переделать! В третий и последний раз являюсь я тебе... Помни же: каждое твое желание, касающееся лично тебя, исполнится. И если ты пожелаешь снова превратиться в каменщика, — всегда можешь... Это — в твоей воле. Прощай!..

И старуха исчезла, словно слилась с вечернею темнотой, сгущавшеюся в комнате. Ринальд встал, сделал, как бы в забывчивости, два-три шага по комнате и остановился.

Ринальд был не дурной, не злой человек, но лишь заблуждавшийся, полагавший счастье в том, в чем полагали его почти все люди — до и после Ринальда. Но теперь, когда Ринальд разглядел воочию всю призрачность своего счастья, он не мог долее цепляться за него.

— Если я не могу быть один счастлив, то уж пусть лучше я буду несчастлив вместе со всеми — с теми! — с решимостью прошептал он, протягивая руку к окну и как бы указывая на смутно выступавшие в вечернем сумраке городские предместья. — Пусть лучше опять я буду Ринальдом-каменщиком... Знаю, что мне опять предстоит нужда, бедность, но я буду в состоянии хоть чем-нибудь помогать другим, на душе будет легче и, значит, я буду ближе к счастью там, чем здесь!..

Наутро Ринальд, проснувшись, увидал себя опять в своей жалкой, закоптелой лачуге.

Он вскочил с лавки, приоделся, бодро взвалил на плечи свой мешок с инструментами, взял в руки свой старый верный молоток и пошел искать работы...

Последние три прожитые им года казались ему теперь каким-то странным, сбивчивым сном...

143

В МАЙСКИЙ ДЕНЬ

I

Старый Ильяшевский сад вновь помолодел под теплыми, животворящими лучами весеннего солнца. Нежною зеленью покрылись кусты и деревья; в траве мелькали белые и желтые цветочки; цвели сирень и бузина. Весь день, с раннего утра в кустах птички пели и щебетали на сотни ладов; порой прилетала кукушка из соседнего леса и усердно куковала, а вечером по саду громко раздавалась переливчатая, мечтательная песнь соловья.

Уже давно Николай Петрович Карганов поселился в своей небольшой усадьбе, Ильяшеве. Пять лет тому назад он овдовел и теперь под старость жил в деревенской глуши со своей единственной девятилетней дочкой Ниной. Нина — свет и радость его одинокой жизни...

* * *

Был тихий и ясный майский день. Голубые небеса кротко, ласково сияли над землею.

В полузаглохшей аллее ильяшевского сада, на деревянной скамье, подернутой зеленоватым мохом, сидела Ниночка и вязала какое-то узенькое кружево. Она была не одна... Тут же верхом на скамейке сидел Боря, ее маленький друг и участник во всех ее детских играх и занятиях, — сын соседнего помещика, Федора Васильевича Вихорева. Боря был годом старше своей подруги, хотя по росту их можно было принять за сверстников.

Ниночка была очень мила, хотя далеко не красавица. Рот у нее был большой, губы — довольно толстые; но когда Ниночка улыбалась (а улыбалась она часто, потому что была нрава веселого), рот ничуть не портил общего привлекательного выражения ее лица; нос был хоть небольшой, но тоже какой-то толстенький... Отец, смеясь, говорил, что "нос у нее похож на картошку". Густой румянец на щеках, да большие, темно-карие глаза, блестящие, живые, скрашивали ее личико. Белокурые волосы, мягкие и шелковистые, были заплетены в косу и лежали на спине.

144

У Бори лицо было правильное, словно выточено: тонкий, прямой нос, красивый рот, прекрасные голубые глаза под густыми темными ресницами, добрые, задумчивые. Из-под белой фуражки, сдвинутой на бок, вились светлые льняные кудри, — и было видно, что ножницы уже давно не касались этих светленьких кудрей.

Дети одеты были по-деревенски. Ниночка была в белой, расшитой пестрыми узорами рубахе, с широкими, короткими рукавами и в коричневой юбке. На Боре была старенькая, синяя шерстяная рубашка, обхваченная по талии узким красным пояском, и серые шаровары, запрятанные в сапоги: так удобнее бегать по полям. В руках он вертел тонкий ивовый прутик.

Теперь, когда Ниночка и Боря были вместе, особенно сказывалась между ними разница. Нина была девочка здоровая, веселая, жизнерадостная, и ее блестящие карие глаза бойко, смело смотрели на мир. Боря был худощав, бледен, по-видимому, не особенно богат здоровьем, и только весенний загар немного оживлял его задумчивое, бледное личико. Улыбка у него иногда выходила невеселая и во взгляде, его голубых глаз просвечивала грусть...

Прекрасную, чудесную картинку представляли собою теперь наши маленькие друзья, когда сидели в своем зеленом, уютном уголке, на старой мшистой скамье, под нависшими деревьями, когда над ними раскидывалось голубое, безоблачное небо и золотистые лучи яркого весеннего солнца, пробиваясь из-за редкой, бледно-зеленой листвы, падали на них, озаряя их милые личики и блестящие белокурые волосы.

Они очень оживленно разговаривали вполголоса, и девочка часто отрывалась от работы.

— Твой папаша сюда не придет? — спрашивал Боря, озираясь по сторонам и особенно внимательно всматриваясь в ту сторону, где в конце аллеи виднелся старый, серый дом с колоннами и с обширной верандой, выходившей в цветник.

— Нет! Он редко заглядывает в сад! — успокаивающим тоном ответила Ниночка. — Он все больше ходит в поле — смотреть на озими...

— А задаст он мне, если я попадусь ему на глаза! — заметил мальчуган.

— Я, Боренька, заступлюсь за тебя... Не бойся! — промолвила Нина.

— Нет... да что ж! Я и сам не боюсь... — поправился Боря, по-видимому, сконфузившись, что он как бы выказал трусость перед своей подругой.

— Ты ушел вчера поздно... Твой отец не узнал, что ты был у нас в саду? — спросила Нина, взглядывая на своего собеседника.

— О, нет! Когда он возвратился с охоты, я был уже дома... — отвечал Боря, похлестывая себя прутиком по сапогу.

— А знаешь, Боря, — я иногда думаю... — немного погодя, заговорила Ниночка. — Хорошо вот теперь — лето... Ну, а придет зима! Как же мы тогда будем видаться с тобой?

— Уж я, право, и не знаю, Ниночка! — промолвил Боря, понурившись, и невесело посмотрел в чашу сада. — Так скучно! — добавил он и еще пуще захлестал прутиком по сапогу. — Я даже и не знаю: за что они поссорились?

— Я-то слышала кое-что, да все-таки в толк не возьму! — перебила его Нина. — Тут, видишь, все дело в Кривой Балке...

— Да что ж им — Кривая Балка? — вполголоса вскричал мальчик, с недоумением смотря на Нину.

— Вот из-за этой-то Кривой Балки вся беда и вышла... — заговорила та, опуская свою работу на колени. — Как-то в конце великого поста приезжал к нам из города Иван Григорьич... Полуянов! Знаешь?.. Ну, вот я одним ухом, мельком, и слышала, как папаша разговаривал с ним, все жаловался на твоего отца... "Кривая Балка, говорит, всегда была наша... И Вихореву, говорит, не видать ее, как ушей своих!" И уж как он бранил твоего отца!.. Ах!

— И мой тоже ужас как бранится! — уныло промолвил мальчуган.

— Мой хотел послать бумагу куда-то... кажется, в сенат! — шепотом сказала Ниночка.

— А мой говорит, что самому Государю будет жаловаться! — прошептал мальчуган.

— Ах, Боренька! Да что ж это такое будет?.. Все жили так хорошо — и вдруг...

— Я уж и не знаю!..

С минуту собеседники молчали. Только было слышно, как птички пели в кустах.

— А если бы твой папаша узнал, что я бываю у вас в саду, я думаю, — он рассердился бы, закричал бы на тебя: "Нина! Это что такое значит?" — И Боря, чтобы лучше представить рассерженного Ниночкина отца, нахмурил брови и заговорил петушиным басом. Ниночка рассмеялась.

— Ну, положим, кричать-то бы он не стал, а, пожалуй, рассердился бы не на шутку! — заметила Ниночка.

— А мой, когда рассердится, на весь дом заскрипит, как коростель: "Боря! Я тебе что говорил!.."

— А ты сейчас и испугаешься? — с улыбкой смотря на своего приятеля, сказала Нина.

— Нет, я его не боюсь! Он ведь только шумит... — проговорил тот, сдвигая еще более на лоб свою фуражку. — Ниночка!.. Оса! — вдруг крикнул он.

— Где? где? — спросила Ниночка, поднимая голову. Действительно, летела оса, то удаляясь, то низко опускаясь над Ниночкой. Боря стал отмахивать осу своим прутом и, увлекшись, как-то нечаянно концом прутика хлестнул девочку по шее. Ниночка вскрикнула.

— Я больно хлестнул тебя? Да? Тебе больно?.. — виноватым, сконфуженным тоном заговорил мальчуган, хватая Ниночку за руку.

— Нет... ничего! — успокаивала его та, гладя рукой по ушибленному месту. — А рубец есть?

— Есть!.. Вот здесь! — сказал мальчик, осторожно проводя пальцем по красной полосе, резко выступавшей на белой шее.

— Ну, не беда!.. заживет! — со смехом говорила Ниночка.

Но Боря все-таки, по-видимому, страшно досадовал на свою неловкость. "Конечно, ей больно... только она притворяется..." — думал мальчик, смотря на красный рубец.

— А оса-то все-таки улетела... Мы, видно, напугали ее! — со смехом сказала Ниночка, оглядываясь по сторонам.

— А ну ее! — прошептал мальчуган, сердито хмуря брови при воспоминании о назойливой осе.

— Принес бы ты мне лучше тот обрубочек... вон, видишь, лежит под яблонькой!.. Мне бы вместо скамейки... — промолвила Ниночка. — А то мне неудобно сидеть...

Боря вскочил и побежал к яблоне. Ниночке, действительно, было неловко сидеть, потому что ноги ее едва доставали до земли. Через минуту Боря уже подставлял ей под ноги обрубок.

— Ну, вот — теперь отлично! — одобрительно заметила Нина, упираясь ногами в обрубок.

И опять они стали тихо беседовать...

— Боренька! Побежим в поле рвать цветы! — предложила Нина.

— Отлично! Бежим!.. В поле теперь так хорошо... — согласился Боря, вставая с лавочки.

Но вдруг в эту минуту со стороны дома послышался громкий голос Ниночкина отца:

— Ниночка! Ниночка! Ты где? Иди сюда!

— Ид-у-у! — откликнулась девочка.

— Куда ты запропастилась? Нигде тебя найти невозможно...

— Завтра придешь? — вполголоса спросила Ниночка Борю, поднимаясь со скамейки и забирая свою работу.

— Как же, приду! — шепотом ответил тот.

— Смотри же, приходи пораньше!..

Ниночка пожала руку своему маленькому другу, ласково кивнула ему на прощанье головой и побежала по аллее — в ту сторону, где из-за деревьев, опушавшихся зеленью, виднелся старый барский дом. А Боря, помахивая прутиком, пустился по противоположному направлению и, дойдя до конца сада, перескочил через низкий плетень, а затем прямо полем, как вороны летают, направился туда, где из-за сада выступал одним углом такой же, как Ильяшевский, только немного поболее, старый помещичий дом.

Для Бори дорога была недальняя: Ильяшево находилось от Вихоревки не более, как в полуверсте. В этом поле каждая тропинка, каждый кустик, каждый камень были знакомы Боре, и в глухую осень, бывало поздно вечером, почти впотьмах, он легко находил дорогу.

II

Карганов и Вихорев были старыми закадычными друзьями.

Вихорев немного ранее поселился в деревне, но по приезде Карганова, они — как ближайшие соседи — скоро познакомились и стали неразлучны. Редкий день — особенно летом — проходил без того, чтобы тот или другой не навестил своего приятеля. Зимою, в непогодь или в сильный мороз, они переезжали друг к другу в саночках. Жены их также подружились.

Соседи, бывало, мирно беседовали о разных хозяйственных делах, о сельских работах, о городских новостях, изредка доносившихся до них, по целым часам сидели за самоваром, выкуривали несчетное число трубок, а иногда играли в шашки или в шахматы. А дети их той порой играли, рассматривали картинки или читали какую-нибудь книжку. Время незаметно проходило, вечер кончался, и друзьям приходилось расставаться...

Вихорев при прощанье часто говаривал, провожая гостей в переднюю:

"Вот вам ужин! Спать пора! "Гости — едут со двора!"

А Карганов при этом повторял: "От ворот поворот "Виден по снегу".

И друзья крепко пожимали друг другу руки.

Семь лет тому назад Вихорев овдовел, и друг утешал его в горе, как мог. Через два года после того и Карганов похоронил жену, и друг, конечно, не оставил его в несчастье. Общее горе еще более сближало друзей. Они не стыдились слез и, вспоминая какой-нибудь разговора, тот или другой случай из прошлого, они вместе плакали о своих умерших подругах жизни.

Дети их росли вместе. Боря сначала с нянькой, а затем уже один проводил иногда целые дни в Ильяшеве. И отцы, смотря на детей, уже составляли какие-то планы насчет их будущего.

— И заживем все вместе... Ты переезжай тогда ко мне! — предложил Вихорев.

— Ну, что ж!.. Впрочем, нет... — говорил Карганов. — Мы лучше сделаем так: зиму будем жить у тебя, а летом ко мне — в Ильяшево.

— Именно! Можно и так!.. Станем, значит, переезжать на дачу! — со смехом соглашался приятель.

— Пускай бы судьба послала им счастливую долю! — говорил Вихорев.

— А теперь, Бог с ними, пускай бегают, играют! — добавлял Карганов. — Главное, вырастить бы их добрыми, да здоровыми, а остальное со временем все приложится...

— Приложится! — как эхо, отзывался приятель.

И старикам было отрадно смотреть на весело, беспечно игравших детей.

Ниночка относилась к Боре, как к брату, а Боря видел в ней сестру. Дети горячо любили друг друга и друг к другу были так привязаны, что чувствовали себя несчастными, если не видались неделю — и искренно скучали в ожидании свиданья...

Вихорев поговаривал, что скоро надо Борю везти в реальное училище; Карганов толковал о том, что пора бы Ниночку отдать в гимназию, но из этих разговоров пока еще никакого толку не выходило: все оставались по своим местам. Дети, привыкшие к деревенской свободе, охотно учились дома, но в школу не торопились. А старикам и самим было жаль расставаться с ними, и они без грусти не могли подумать о том дне, когда одному из них придется расстаться с дочерью, а другому — с сыном.

Так соседи жили мирно, дружно, душа в душу, — и старые, и малые неразлучны... Полгода тому назад, в прошлую осень, разыгралась трагикомическая история. И вышло-то все из-за сущих пустяков...

Старики, гуляя однажды по полю, расспорили об одном небольшом клочке земли, врезавшемся клином во владения Вихорева.

— Ведь вот, по-настоящему, Кривая-то Балка моя! — заметил Вихорев, указывая чубуком на этот участок земли.

— Ну, брат, с чего ж она твоя-то? — возразил Карганов. — Балкой владели мой отец и дед... От отца вместе с прочей землей я получил и ее.

— Мой дед обменял ее у твоего деда, и вместо Кривой Балки уступил ему Низкий Лог... Знаешь, — под Заречьевским лесом? — пояснил Вихорев.

— Да ведь Низким-то Логом ты владеешь! — сказал ему приятель.

— Что ж из того? Отдай мне Кривую Балку, и я тебе с удовольствием уступлю Низкий Лог... Бери пожалуйста! Сделай милость!

— Ну, голубчик, я — не цыган, меняться не люблю... — отвечал Карганов. — Если хочешь, подарить тебе могу!

— С чего ж я стану брать от тебя такие подарки! — с неудовольствием отозвался Вихорев. — Ты говоришь: не цыган... а я не приживалка, чтобы принимать подарки! Вихоревы, брат, — столбовые дворяне...

— Ну и пусть — столбовые... Мы тоже не рогожей шиты! — проворчал Карганов.

Соседи, молча, дошли до конца межи и поворотили назад.

— Ты уж не первый раз заводишь речь об этой Кривой Балке... Только, воля твоя, я, право, не понимаю таких претензий! — немного погодя, заговорил Карганов, хмуря брови. — Выходит так, что я как будто владею твоею землей...

— Именно! — поддакнул Вихорев.

— Да скажи, пожалуйста, на каких же основаниях ты так думаешь? — спросил его приятель. — Какие у тебя имеются документы, доказательства? Во сне ты их видел, что ли? Сорока тебе их на хвосте принесла?

— Нет, не сорока их мне на хвосте принесла! — сердито проговорил Вихорев и начал высчитывать по пальцам: — Во-первых, в календаре рукой моего деда сделана запись об этой меже... памятная запись! Да-с!

— В котором же году происходил этот обмен — или, вернее,

150

в каком столетии? — перебил приятель, насмешливо поглядывая на Вихорева.

— Под записью значится ясно 1806 год! — насупившись, ответил Вихорев.

— Давненько же это было! — заметил Карганов.

— У порядочных людей, Николай Петрович, давности быть не может! — все более и более волнуясь, возразил его приятель.

— Это верно, Федор Васильевич! Не спорю... — спокойно отвечал Карганов, лучше владевший собою, чем его горячий сосед.

— Потом у меня хранятся письма твоего дедушки к моему дедушке и из этих писем можно все видеть... — скороговоркой продолжал Вихорев, размахивая трубкой. — Наконец, есть свидетели... живы люди, которые могут показать, что Кривою Балкой владел мой дед, Иван Глебович... царство ему небесное!

— Кто ж эти свидетели? — спросил Карганов.

— Старика Парфена знаешь? — проговорил Вихорев. — Ну, вот спроси его... Он тебе скажет...

— У-ху-ху! — опять усмехнулся Карганов. — С такими глухими свидетелями немного наговоришь... Твой Парфен, я думаю, уж давно из ума выжил! Ведь ему в субботу сто лет минет...

— Ну, хорошо! — загорячился Вихорев. — А календарная запись? А письма твоего деда?

— Что ж, покажи! Посмотрим! — недоверчивым тоном сказал Карганов.

— Посмотрим! Посмотрим! — повторил Вихорев, сердито тряся головой.

При первом же удобном случае — вскоре после разговора, произшедшего на поле, — друзья заглянули в вихоревский календарь, пересмотрели старые, пожелтевшие письма. Было только видно, что между их дедами, действительно, шла речь об обмене Кривой Балки на Низкий Лог, но совершился ли этот обмен — ни из записи в календаре, ни из писем — нельзя было заключить.

Спрашивали и ветхого старика Парфена, бывшего крепостного господ Вихоревых.

— Как же, — говорит, — помню, что раз либо два с парнями косил я Кривую Балку... Косил! Это — точно... Молод еще был в те поры... Помню! Это, надо быть, было еще до "француза"...

— А отчего же потом, после, ты не косил Кривую Балку? — закричал Карганов, наклоняясь к самому уху старика.

— А не посылали, так и не косил... — прошамкал старик.

— А отчего не посылали-то? — спросил Карганов.

— Это уж, батюшка, неведомо... Господская была воля! Посылают, — идешь... — ответил Парфен, смотря на вопрошавшего своими тусклыми, слезящимися глазками, и, по-видимому, недоумевая: для чего господам вдруг понадобилось узнавать о том, — косил ли он, Парфен, Кривую Балку и почему он перестал косить ее?

Все же формальные, законные документы ясно указывали на то, что Кривая Балка испокон веков находилась во владении Каргановых и была приписана к Ильяшеву. Казалось, и спорить бы не о чем, но беда в том, что у стариков были свои недостатки: Вихорев был горяч, обидчив, а Карганов — упрям, как вол.

— А-а! Он мне не верит! Хорошо же! — кипятился Вихорев. — Я и без Кривой Балки проживу... Чорт бы ее побрал!

— Если бы он попросил меня, я уступил бы ему Кривую Балку... Ну, а если дело уж зашло о правах, так сначала докажи, а потом и требуй... — говорил Карганов.

С такими же документами, как запись в календаре от 1806 года или как дедушкины письма, Вихорев, конечно, не мог обратиться к суду.

Приятели стали видаться все реже и реже. Началась между ними переписка — крайне неприятная, тягостная, еще более разжигавшая возникшие между соседями неудовольствия. То тот, то другой сгоряча, неумышленно употреблял в письме какое-нибудь неловкое выражение; приятель, и без того уже читавший между строк и в самой невинной фразе усматривавший оскорбительный для себя смысл, обижался на такое выражение и в своем ответном письме уже с умыслом подпускал соседу "шпильку". Чем дальше в лес, тем больше дров... Гнев с той и с другой стороны пуще и пуще разгорался. Вражда усиливалась...

Соседи уже в течение многих лет были знакомы и дружны, но только теперь для Вихорева выяснилось, что Карганов — человек сухой, бессердечный, злой человек, жадный, корыстолюбивый, "отца родного не пожалеет"; Карганов в свою очередь так же только теперь увидал, что Вихорев — гордец, "римский гусь", кичащийся своими предками, сутяга, кляузник и вообще пустой человек...

Быть справедливым, беспристрастным для человека так же трудно, как быть великодушным. В друге мы не видим ни одного пятна, а в человеке, причинившем нам неприятность, мы уже не находим решительно ни одного хорошего качества.

— Провалиться бы ему со своей Кривой Балкой! — ворчал бывало Вихорев, не указывая места для "провала", но можно было думать, что то место, по его предположению, не особенно приятное.

Карганов был сдержаннее и ограничивался лишь усмешками.

Наконец, Вихорев послал своему соседу весьма резкое письмо и в заключение его говорил: "Я надеюсь, милостивый государь, вы сами поймете, что с этих пор между нами все кончено — и навсегда!"

И Карганов на этот раз тоже вскипел от ярости и ответил не менее резко. "Ваше последнее неприличное письмо, милостивый государь, — писал он между прочим, — написано в таком тоне, как будто вы своим знакомством делали мне величайшее одолжение. Могу вас уверить, что я в вас не нуждался, не нуждаюсь и нуждаться никогда не буду. А за сим остаюсь известный вам — Н. Карганов".

III

Старики в своих письмах говорили вовсе не то, что было у них на душе.

В то время, когда Вихорев, по-видимому, с легким сердцем, как ни в чем не бывало, объявлял Карганову, что между ними "все кончено — и навсегда", ему было очень, очень невесело, было не по себе или, как говорится, на сердце у него кошки скребли. Когда он уже отправил письмо, ему стало страшно при мысли, что он своими последними, необдуманными, запальчивыми словами порывал старую, многолетнюю дружбу и сам себя присуждал к одиночеству.

И Карганов также в свою очередь, выведенный из терпения резким тоном письма приятеля, говорил вовсе не правду, утверждая, что он "не нуждался и не нуждается и не будет никогда нуждаться" в Федоре Васильевиче. Карганов очень хорошо чувствовал, что ему недостает общества старого приятеля, что он и нуждался, и нуждается в нем и до конца жизни с горечью будет вспоминать о несчастной распре, поселившей между ними раздор и вражду. Теперь уж ему не с кем побеседовать по душе, не с кем коротать томительно-длинные, скучные осенние и зимние вечера, когда за окном ветер бушует и унылую песню поет; не с кем ему поиграть в шашки, в шахматы; не с кем вспомянуть о покойной жене...

Старики оба втайне упрекали себя за упрямство, за горячность и, вспоминая о Кривой Балке, без вины виноватой в их горе, от чистого сердца проклинали ее.

— На что она мне! Ну, на что — спрашивается?.. Да возьми он себе хоть сейчас эту чертову Балку! Тьфу! — ворчал, бывало, про себя Карганов, энергично отплевываясь и ходя с трубкой по комнате из угла в угол, томимый одиночеством и раскаянием.

— Он думает: очень мне нужна его Кривая Балка! Невидаль какая!.. — бурчал Вихорев, пасмурный, невеселый, бродя по пустынным комнатам своего обширного барского дома.

Но как бы то ни было, злое дело было сделано и всякие сношения между Вихоревкой и Ильяшевым были окончательно порваны с той поры, как рассвирепевшие владельцы их обменялись последними любезностями.

— Теперь, дружок, ты не изволь ходить в Ильяшево... Слышишь? Ни ногой! — сказал Вихорев сыну.

— Да отчего же?.. — робко спросил мальчик, вытаращив свои голубые глазенки и с недоумением смотря на отца.

— А оттого! — пояснил ему отец. — Нечего шляться туда! Сиди дома! А придет ужо лето, гуляй в саду, на дворе, играй, бегай в поле... Места есть, слава Богу, — и кроме Ильяшева. Земля-то не клином сошлась... Проживем! Ну их!..

— Да я ведь, папаша... Ниночке... — хотел что-то возразить мальчик.

— Что-о-о? Что такое — Ниночка?.. Ну, тебе сказано!.. И если только я услышу... — сердито заговорил Вихорев, грозя сыну пальцем. — Если только я узнаю, — я ведь не посмотрю, — сейчас в кабинет и — чик-чик... без рассуждений!.. Я ведь знаю: ты у меня — кривое деревцо... ты упрям... Ну, да я выпрямлю...

Отец говорил таким злым, раздраженным тоном, что Боря не посмел приставать к нему с дальнейшими расспросами: отец редко пугал его "кабинетом" и упоминал о "кабинете" лишь в исключительных случаях, когда бывал сильно рассержен.

Короткое отцовское "оттого" Боре ровно ничего не объяснило. Мальчик грустно понурился и замолчал.

Подобное же распоряжение — только в несколько иной форме — было сделано и в Ильяшеве.

— Прошу тебя, Ниночка, с Борей больше не видаться... Ни ты — к нему, ни он — к тебе! Баста! — сказал своей дочери Карганов, с самым решительным видом потягивая трубку.

— Что это значит, папаша? Почему мне с ним не видаться? — с величайшим изумлением и беспокойством спросила Ниночка. — И то уж несколько дней он не был у нас... Здоров ли он? Не корь ли у него?

Старик пуще засопел над своею трубкой.

— Не корь... — начал он — и вдруг возвысил голос: — Я полагаю, Ниночка, довольно того, что я не желаю, чтобы ты видалась с ним... И ты не будешь с ним видаться! Баста!

— Господи! Да уж у него не скарлатина ли? — вскричала Ниночка.

— Говорят тебе: нет у него ни кори, ни скарлатины... здоров, как бык, твой Боренька! — сердито проворчал отец. — Только я не желаю... Ну, и баста!

— Да что ты, папка, затвердил все — "баста", да "баста!" — приставала к нему девочка. — Скажи мне толком: почему ты не хочешь, чтобы я виделась с Борей!

— А потому, что он — негодный мальчишка, озорник... дрянь! — говорил Карганов, окружая себя целыми облаками синеватого табачного дыма.

— Боря-то озорник? — с негодованием возразила Ниночка, всплеснув руками. — Вот уж нет! Вот неправда! Он такой смирный, милый мальчик!.. Что ты, папочка! Да я — гораздо шаловливее его...

— Я только говорю, что ты с этим Борькой больше видеться не будешь — и баста! — сердито крикнул Карганов.

— Ну, вот... опять "баста!" — с неудовольствием проговорила Ниночка, надув губки.

Отец, конечно, никогда не угрожал ей ни "кабинетом" и никакой другой комнатой. Ниночка не боялась его, и перестала приступать к нему только потому, что "все равно", "теперь от него толку не добиться, сердится на что-то"...

"Что это такое? не понимаю..." — думала Ниночка, смотря на отца. Что сталось, в самом деле, с ее "милым, добрым папочкой?" За что он бранит Борю "негодным" и "озорником?" Что такое сделал ему Боря?.. Только уже гораздо позже, из разговора отца с одним городским знакомым, Ниночка узнала, что ее отец поссорился с Бориным отцом из-за какой-то Кривой Балки, но что сам Боря, решительно, не при чем во всей этой печальной истории.

Старики скучали, грустили, были недовольны собой, но ни тот, ни другой не хотел сделать первого шага к примирению. То тот, то другой иногда думал про себя: "Пойти бы теперь к нему... и сказать: ну, полно дуться! Довольно! Подурили..." Иногда старикам казалось, что помириться — легко, идти да протянуть руку... А в другой раз им думалось, что их уж ничто не примирит, что так — врагами — они и в могилу лягут...

— Что ты, папка, какой невеселый? Здоров ли? —

спрашивала, бывало, Ниночка, видя, как ее отец, хмурый, ходил по комнате, молча куря трубку за трубкой.

— Ничего, милая! — рассеянно отвечал тот и думал про себя: "Как-то поживает теперь Федор Васильич?"

А Федор Васильич томился не меньше его, каждый день по нескольку раз вспоминал о своем старом приятеле и, качая головой, говорил про себя: "Э-эх, старина! Посмотрел бы я теперь на него!.."

И дети так же, как их отцы, грустили в разлуке, постоянно вспоминая друг о друге и все ожидая: когда же их отцы "подобреют" и снова "залюбят" друг друга.

Зимою дети, конечно, не могли встречаться, но весною — другое дело... Когда снег сошел, земля пообсохла, Боря, несмотря на строгое отцовское запрещение и на его угрозы "кабинетом", украдкой стал пробираться в Ильяшевский сад и, наконец, однажды повстречался там с Ниночкой... Дети в это первое свидание, после полугодовой разлуки, просто не могли наговориться. Столько у них было новостей, столько им хотелось высказать друг другу... Трудно было увидаться в первый раз, а там уж дети почти каждый день, когда позволяла погода, стали проводить вместе целые часы под гостеприимною сенью старого, полузапущенного сада. Иногда Ниночка в поле встречалась со своим маленьким верным другом, но чаще Боря приходил в Ильяшевский сад...

На другой день после описанной сцены в саду, Боря около полудня уже опять сидел в старой, мшистой беседке под деревьями. Вскоре пришла к нему Ниночка, и у них опять завязался тихий разговор.

Старик Карганов в это время также вышел с трубкой на веранду и посмотрел на сад. День был ясный, тихий, теплый — и манил на прогулку. Старику вздумалось пройтись по саду; давно он не заглядывал в него. Сначала он пошел по главной аллее, — по той, где приютилась Ниночка со своим приятелем, но потом свернул в сторону, чтобы посмотреть: нет ли где-нибудь в саду посохших деревьев и не нужно ли их убрать... Бродя из куртины в куртину, он подошел близко к тому месту, где сидели Ниночка и Боря, услыхал голоса и остановился. Он скоро узнал голос Нины, — но с кем же она разговаривала? Старик заинтересовался или, вернее сказать, от нечего делать ему захотелось послушать, с кем и о чем разговаривает Ниночка, — и тихо подкрался он к кустам, за которыми сидели дети...

— Знаешь, Ниночка... я нарисовал две картинки красками! — кто-то вполголоса говорил Ниночке. — На одной картинке я

156

нарисовал ваш дом, веранду, а на веранде тебя... Ты будто сидишь на верхней ступени, а у твоих ног корзинка с цветами, и ты делаешь себе букет...

— Ну, и что ж, я похожа? — спросила Ниночка.

— Да-а... ничего!.. — не совсем уверенно проговорил ее собеседник.

— А цветы-то хорошие?

— О, да! Красные, розовые, синие, лиловые... и зелень очень красивая! — вполголоса продолжал рассказчик. — А на другой картинке я нарисовал наш дом, балкон, — и на балконе будто я сижу с книгой и читаю... И Полкашку нарисовал... И знаешь, Ниночка, — очень, очень похоже...

"А-а! Да это Борис Федорович изволил пожаловать в гости, — незванный, непрошенный! — сердито смотря на кусты, подумал старик Карганов. — Да, да! Это — он..."

— Эту картину я подарю тебе, а ту себе оставлю, — продолжал Боря. — Я, значит, всегда буду видеть ваш дом, а ты будешь смотреть на наш... Вот и хорошо будет!

— Когда же ты принесешь? — спрашивала Ниночка. — Ты обе мне покажи!

— Как же, как же! Завтра принесу, — шептал Боря. — Мне осталось уже немного... только Полкашку отделать...

Первым намерением Карганова было прогнать непрошенного гостя, а Ниночке за ослушание задать хороший нагоняй. Но он приостановился и невольно заслушался тихого, милого детского воркованья.

— Ах, Боринька! Как опять скучно будет зимой жить врознь... не видаться! — говорила Ниночка.

— Что ж делать! Ведь и мы скучаем... И папаша мой тоже... — сказал Боря.

"Скучает!" — подумал про себя Карганов, и ему стало так грустно-грустно при воспоминании о старом друге.

— Ну, что ж, Ниночка! — говорил Боря. — Хоть лето наше... будем вместе гулять! Да? Я буду читать тебе, а ты работай... Станем в поле ходить за ягодами...

— Какое ягодное место я покажу тебе на канаве, за гумном! — перебила его девочка. — Просто, — усыпано ягодами...

— Чу! Какая-то птичка поет! — прошептал Боря. — Слышишь? Ах, как хорошо!..

Дети замолкли. В кустах очень мило напевала птичка.

Старик Карганов, затаив дыхание, осторожно заглянул на детей из-за кустов. Они сидели, не шелохнувшись, и прислушивались к пенью чудесной птички.

— Ты, Ниночка, не знаешь, какая это птичка? — спросил Боря.

— Не знаю! — шепотом ответила ему Ниночка. Боря держал девочку за руку, а та с улыбкой смотрела на него. Дети в ту минуту были счастливы в своем зеленом, уютном уголке...

Старик с каким-то странным чувством, — грустным и отрадным, — долго смотрел на них. Потом он выпрямился и оглянулся по сторонам.

Голубое, безоблачное небо сияло над его головой, и с этого ясного, голубого неба ярко светило на него майское солнце. Вся чаща сада, казалось, была пронизана золотом солнечных лучей... Свет, блеск, сияние!.. Все вокруг него зелено, все в цвету; легкий ветерок обвевает его ароматами, птички щебечут в кустах, а тут перед ним, как притаившиеся птички, дети нежно воркуют, склонившись доверчиво друг к другу...

Все было так гармонично вокруг него, так хорошо, так светло, — и старику в то мгновение показалось, что только он один, — со своим ожесточенным сердцем, с неприязнью и злобой в душе, — представлял собою темное пятно на сияющем фоне. В то время, когда вокруг него в природе все жило и радовалось, только он один, — неблагодарный, злой человек, — таил в душе ненависть, вражду... Старику даже стало совестно в виду окружавшей его благодати; раскаяние проникло ему в душу, сердце его смягчилось... За что минуту перед тем он хотел прогнать из сада этого мальчугана, не сделавшего ему решительно никакого зла? Они, старые упрямцы, мучат друг друга, да еще и детей заставляют страдать! Ведь это же жестоко!..

Вон как они, бедняжки, притаились тут, говорят чуть не шепотом... А вокруг-то как все светло, как радостно! Все говорит о мире, о милости, о любви... Старик почувствовал, что глаза его затуманились слезами. Он провел рукой по глазам... Через минуту он решительно двинулся с места, обошел куст, осторожно ступая по мягкой траве, и вдруг совершенно неожиданно очутился перед детьми.

Боря, при виде такого грозного явления, вскочил со скамейки и с испугом посмотрел на старика. Его личико за минуту такое оживленное вытянулось и побледнело.

— А-а! Вот тут кто! Борис Федорович изволил пожаловать... — заговорил Карганов, как-то странно, загадочно поглядывая на Борю и на дочь.

Ниночка бросилась к нему и схватила его за руку.

— Он, папочка, не сам пришел, — я позвала его... — начала она скороговоркой.

— Нет, я сам пришел, Николай Петрович!.. Я пришел... потому что... — смутившись, забормотал Боря.

— Почему? — переспросил старик, пытливо взглянув на него и склонив на бок голову.

— Потому что мне было скучно без Ниночки... — промолвил Боря. — Отец запретил мне ходить к вам...

— А ты его не послушался и все-таки пришел! — заметил Карганов.

— Папочка! Милый!.. Да, право же, я звала его... я сама хотела, чтобы он ходил к нам... Папочка, послушай! — приставала Нина, теребя изо всех сил отца за рукав и тем как бы стараясь убедить его в невиновности своего друга.

— Иди сюда! — сказал старик, обратясь к Боре. Мальчик слегка вздрогнул, поднял голову и взглянул на Карганова, крутя поясок, и в смущении не зная, что ему делать. Он побаивался старика и в то же время ему казалось опасно раздражать его своим неповиновением. Он нерешительно сделал шаг вперед и остановился.

Старик, наконец, сам подошел к Боре, взял его за руку, наклонился и крепко поцеловал его. Тут уж оба, — Нина и ее маленький друг, — пришли в недоумение... Боря, прямо сказать, ожидал, что сердитый старик, застав его у себя в саду, задаст ему изрядную встрепку. Нина не думала, чтобы отец как-нибудь обидел Борю, но была почти уверена, что "папаша рассердится" и с бранью прогонит Борю из сада... И — вдруг!.. Что ж это такое? Что же случилось?..

Старик ласково смотрел на мальчика, тихо гладил его по голове и говорил:

— Ты не бойся, дружок! Я тебя не гоню... Гуляй у нас, сколько хочешь! Ильяшевский сад ведь велик... Слава Богу, всем нам места хватит... Передай от меня отцу поклон! Зови его к нам... Скажи, что мы с ним что-то уж давно не видались... Скажешь?

— Скажу, Николай Петрович! — ответил Боря. А Нина той порой, веселая, сияющая, шаловливо прижималась к руке отца своею разгоревшеюся щекой...

— А ты, мадмуазель-стрекозель, смотри же, — не отпускай гостя без обеда! — сказал ей старик. — Ужо веди его в дом... А пока гуляйте!..

Карганов круто повернулся, провел украдкой рукой по глазам и, глубоко растроганный, пошел к дому. Он был доволен собой.

* * *

159

Вечером Борю встретили строгим допросом.

— Где изволил, сударь мой, пропадать о сю пору? — заворчал на него отец. — Небойсь, опять с деревенскими ребятишками пропадал... по деревьям лазил? Уж сломаешь ты себе шею!..

— Нет, папаша! Сегодня я не был в деревне. Я был в Ильяшеве, там и обедал... — весело промолвил Боря, встряхивая своими растрепанными волосами.

— В Ильяшеве? Да как ты смел?.. — напустился на него отец. — Тебе что сказано? Чтоб ты к Каргановым носу не показывал! А ты еще вздумал обедать у них!.. У-у-у, повеса! Бесстыдник!.. Каргановы нас бранят, поносят всячески, делают нам неприятности, а ты сам лезешь к ним... Ведь ты уж не маленький, — балбес! Как тебе не совестно?..

— Они, папаша, нас никак не бранят... напротив, папочка, — они... Ниночка и Николай Петрович... — защищался Боря.

— Молчи, глупый, если ничего не понимаешь! — крикнул на него отец, размахивая трубкой. — Следовало бы тебя увести в кабинет, да там хорошенько... Этакая упрямая дрянь!.. Места ему мало гулять! Непременно ему надо в Ильяшево!.. Нет, голубчик, я уж до тебя доберусь! Перестанешь ты своевольничать!..

— Я зашел в сад, встретил там Ниночку... — говорил мальчуган, не слушая отцовских "прочувствованных" слов — угроз и брани. — Потом пришел Николай Петрович... позвал меня обедать... просил передать тебе поклон...

— Поклон? — переспросил Федор Васильевич, откидываясь на спинку кресла и пуская густой клуб дыма.

— Да! — кивая головой, отвечал Боря. — Просил звать тебя к ним... в Ильяшево!

— Гм! — промычал Вихорев, перекладывая ногу на ногу и усиленно покачивая ногой.

— Он говорит: "мы с ним уж давно не видались"... это — с тобой-то, папа! — пояснил Боря. — Говорит, чтобы я приходил к Ниночке, когда хочу... Поцеловал меня!

— Поцеловал? — как эхо, повторил старик.

— Да! И такой он — ласковый... — рассказывал Боря. — Ниночке сказал, чтобы она без обеда меня не отпускала... За обедом все угощал меня... Звал — Боренькой.

— Гм!.. Ну, что ж он еще говорил? — хмурясь и сопя над трубкой, спросил Вихорев.

— Много он говорил... — продолжал мальчуган. — Два раза положил мне вафель со сливками... и варенья, да так много-много...

— Гм! — мычал Вихорев.

И чувствовал старый упрямец, что от простого, безыскусственного рассказа дитяти словно теплым, нежным ветерком повеяло на него, — и хотя он не забыл о Кривой Балке, но уже не мог вызвать в своем сердце прежней злобы к старому другу. Карганов "поцеловал" Борю, "обласкал", послал с ним ему привет, звал к себе... И Вихореву казалось, что как будто его самого поцеловал и обласкал его старый друг...

Впрочем, Вихорев весь тот вечер хмурился, ворчал на прислугу "за дело и не за дело", ворчал на Борю, звал его "упрямым, своевольным, негодным мальчишкой", поминал о "кабинете" и о том, что бы, по его мнению, следовало там сделать с Борей, — и хмурый ушел спать.

Злые чувства, как злые демоны, раз завладев человеком, не вдруг оставляют его...

V

Через два дня после описанных происшествий в полуденное время в Ильяшеве произошло событие.

В главной аллее, по направлению к дому, показался Боря, а за ним старческой походкой тащился Федор Васильевич Вихорев. Карганов в то время, заложив руки за спину, расхаживал по веранде, а Ниночка на нижней ступени веранды сидела со своей работой. Увидав гостей, она бросила работу и побежала навстречу Вихоревым. Карганов остановился и издали кивал головой. А Ниночка взяла старика Вихорева под руку и, как любезная хозяйка, повела его к веранде.

— А вы уже давно, Федор Васильевич, не бывали у нас! — говорила она, умильно заглядывая старику в глаза.

— Да, милая! Давненько... — отозвался тот, расправляя чубуком свои седые, нависшие усы. — А ты выросла, Ниночка... Право, совсем большая стала... девица хоть куда!

— Ведь вы полгода меня не видали! Еще бы не вырасти!.. — сказала она и затем, оставив старика, побежала с Борей в сад.

Старики, молча, пожали руки друг другу и опустились в кресла, стоявшие рядом посреди веранды. Карганов, молча, подал гостю только что набитую трубку; тот взял ее, а свою отставил в сторону. Затем Карганов подал ему огня; Вихорев закурил и кивнул хозяину головой.

— Трубка мира! — с улыбкой заметил Карганов.

— Гм! Н-да! — промычал Вихорев, окружая себя синеватыми облаками дыма.

— Старые дураки мы... вот что! — немного погодя, проговорил Карганов.

— Именно! — своим обычным, отрывистым тоном подтвердил Вихорев.

Старики в молчании несколько мгновений курили трубки.

— Как твое здоровье? — спросил Карганов.

— По-стариковски — хорошо, пожаловаться не могу! Вот только ноги немного изменяют подчас, а то все ничего... — ответил гость. — А ты?

— Да тоже — ничего, живу, как видишь!..

— Живешь — не унываешь, на Бога уповаешь! — шутливо заметил Вихорев.

— Да, живу, пока живется... — отозвался хозяин. Опять молчание.

— На охоту ходишь? — спросил Карганов.

— Брожу изредка... А ты ныне ходил? — осведомился Вихорев.

— Нет, брат... как-то не манит!

— Одному, конечно, не интересно... Ужо пойдем вместе! — предложил гость.

— Пойдем! — согласился Карганов.

Старики видели уже плохо, и руки у них дрожали; на охоту они ходили по привычке, как на прогулку... Эти охотники ни малейшей опасностью не угрожали ни птицам, ни зверю...

Через полчаса старики уже по-прежнему, оживленно и дружески разговаривали о том, каковы ныне будут озими, хорошо ли пойдут травы, не пострадают ли яровые хлеба от того, что давно не перепадает дождя и т. д. А по саду той порой раздавались звонкие детские голоса и сливались в одну мелодию с веселым птичьим щебетаньем... Под теплыми лучами майского солнца, в тихой, дружеской беседе старики отогревались, чувствовали себя довольными и счастливыми... Умоляющие, трогательные взгляды кротких детских глаз, да светлый и радостный майский день сделали свое дело, — смягчили озлобленные сердца, примирили враждующих.

А птички пели, — заливались на сотни ладов, тихий, легкий ветерок доносил на веранду цветочные ароматы, весь сад был залит золотистым сиянием, и голубые небеса — без тени, без единого облачка — раскидывались над цветущей, ликующей землей, разубранной по-праздничному.

— А ведь хорошо! — с чувством промолвил Карганов, указывая на землю и на небо своим длинным черным чубуком.

— Именно! — согласился его собеседник, кивнув головой.

В ПОДВАЛЕ

I

О том, что это был за подвал и кто в нем жил

В большом городе, в подвале одного высокого каменного дома жила бедная вдова с двумя детьми — с сыном и дочерью. Прежде, до смерти мужа, этой женщине жилось гораздо лучше; но вот уже два года, как мужа ее не стало, и она из маленькой, но уютной и светлой квартиры перебралась с детьми в мрачный, полутемный подвал многоэтажного дома, заселенного почти сплошь бедняками.

В этой подвальной каморке было только одно небольшое оконце, да и то выходило во двор и приходилось вровень с мостовой; оно так мало пропускало света, что в подвале были вечные сумерки. Только в ясные летние дни, около полудня ненадолго в подвале становилось посветлее, но ни клочка неба нельзя было видеть из окна, и еще ни разу, с того времени, как выстроен дом, золотистый солнечный луч не пробился сюда, чтобы порадовать подвальных жильцов. В течение же полугода, — с октября месяца и по апрель, — в подвале, можно сказать, царил мрак настоящей полярной зимы, озаряемой не фантастическим светом северного сияния, но тусклым мерцающим светом маленькой, жестяной керосиновой лампы.

Дело в том, что узкий, грязный двор, куда выходило подвальное окно, со всех четырех сторон был окружен высокими каменными стенами, потемневшими от времени, и походил на колодезь — лишь без воды: только загнувши голову, можно было там, высоко, увидать над собою клочок неба...

В этом-то неуютном, жалком подвале, лишенном света приветливых солнечных лучей и всяких удобств, жила бедная вдова, Марья Назаровна Лебедева, со своей Лизуткой и с маленьким Степой.

Налево от входа помещалась старая, истрескавшаяся плита, немилосердно дымившая в ветряную погоду. В другом углу, напротив плиты, устроилась Марья с детьми; за старой полинявшей занавеской стояла их кровать; под кровать был задвинут сундук. У окна стоял стол.

Марья Лебедева не одна с детками жила в подвале: у нее были еще квартирантки, две старушки-торговки, ютившиеся в остальных двух углах. В одном углу, направо от двери, жила селедочница Максимовна, старуха костлявая, как скелет, хмурая, ворчливая и, казалось, вся насквозь пропахнувшая селедочным рассолом. В другом углу, против нее, "квартировала" очень говорливая, веселая старушка Дмитриевна, торговавшая на улице с лотка то яблоками, то лимонами, то пряниками и леденцами, смотря по времени года.

Торговки платили каждая за свой угол по полтора рубля в месяц, так что Марье, хозяйке этого сырого и полутемного подвального помещения, приходилось доплачивать домовладельцу еще два рубля. Кроме этих двух рублей, Марье еще надо было заработать на еду, на одежду, на обувь, на покупку лекарства в случае болезни, да и мало ли еще на что... Но Марья была хорошая женщина, работящая, бодрая духом и трудилась, не унывая и не покладая рук.

Марья занималась прачечным делом; дома она стирала редко, но все больше ходила работать поденно. Она получала в день по 40 копеек и, кроме того, завтракала и обедала у тех, на кого стирала. Если месяц выдавался для нее счастливый, Марья могла заработать рублей десять-одиннадцать, И, значит, за вычетом квартирной платы у нее оставалось на все про все рублей 8 или 9. Не велики деньги при той дороговизне, какая была в "большом городе", и нет ничего мудреного, что Марья с детьми жила в большой нужде и не раз случалось, что у нее не хватало денег для того, чтобы купить керосину или хлеба, сколько нужно. Платья у них уже давно обшмыгались, не раз зачинивались и были все в заплатах. Некоторые одежды Лизы и маленького Степы пестротой своих заплат напоминали костюм арлекина — лишь с тою разницей, что нелепый арлекинский костюм гораздо щеголеватее лохмотьев наших подвальных обитателей.

Кое-какие вещи, бывшие при муже, Марья продала, и деньги, вырученные от продажи их, были уже давно прожиты. Теперь в Марьином хозяйстве самыми дорогими предметами были самовар, медный кофейник и три утюга.

По годам Марья была не старая женщина, но горе и бедность, тревоги да заботы не красят и не молодят человека, — состарили они прежде времени и Марью. За последние два года Марья очень похудела, и лицо ее стало бледное; в русых волосах ее поблескивала седина. От горячего, сырого воздуха прачечной ее глаза — добрые, кроткие, голубые глаза — были

165

красны и слезились, а от постоянной работы внаклонку ее спина и плечи сгорбились совсем по-старушечьи. От частого перехода из прачечной прямо на двор во всякую погоду, — в холод и ветер, Марья часто простужалась и зимою почти постоянно кашляла. Из аптеки ей давали от кашля капли датского короля, но капли ни датского и никакого другого короля были не в состоянии помочь Марье Лебедевой до тех пор, пока она торчала в прачечной над котлом и жила в сырой, промозглой подвальной каморке... Много она хлебнула горя, много бессонных ночей провела, оставшись после смерти мужа с детьми на руках и без всяких средств к жизни...

Лизе минуло шесть лет, и она замечательно походила на мать: такое же милое лицо, с таким же добрым выражением, только более нежное, и такие же, как у матери, кроткие глаза — светло-голубые, как ясное весеннее небо. Еще более, чем в лице, сходство с матерью сказывалось в ее голосе и манерах, в походке и вообще в ее ухватках.

— Ну, Лизутка! сейчас видать, чья ты дочь... спрашивать не надо! — смеясь, говорили ей знакомые.

В богатых семьях такая маленькая девочка, как Лиза, не только не помогает матери, не нянчится с младшим братом или сестренкой, но с ней-то еще нянчится какая-нибудь бонна, русская или иностранка, за ней ухаживает целый штат прислуги, иногда еще присматривает гувернантка, а высший надзор остается за отцом и матерью; такая девочка в богатой семье решительно еще ничего не работает, даже для себя ничего не умеет сделать, даже не умеет сама одеться, постлать себе постель, и все носятся с ней, как с маленькой, нарядной живой куклой.

В семьях же бедных и работящих, как семья Марьи Лебедевой, дети живут совсем иначе...

Лиза, хотя ей только что исполнилось шесть лет и она была еще очень мала ростом, уже помогала матери, сколько позволяли ее детские силы. Она умела подмести каморку, вымыть посуду, нащепать лучины, растопить плиту, поставить самовар, разогреть похлебку... Правда, Лиза иногда хозяйничала не совсем ловко, — бывали с нею и несчастные случаи, но это еще не беда... Не испытывает неудач и не делает ошибок лишь тот, кто сидит, сложа руки. Один раз, например, Лиза принялась так усердно щепать лучину, что едва совсем не отрезала себе большой палец левой руки. В другой раз, снимая с плиты похлебку, она как-то покачнулась и окатила похлебкой братишку — еще, к счастью, похлебка-то была пс особенно горяча и не ошпарила мальчугана. Впрочем, такие катастрофы случались редко.

Когда мать уходила на работу, Лизутка присматривала за Степой, кормила его, играла с ним; если Степа ушибался и начинал реветь, она точь-в-точь так же, как мать, старалась утешить его и, водя пальчиком по ушибленному месту, тихим, успокаивающим тоном приговаривала:

— У вороны боли, у сороки боли, а у нашего-то Степушки все заживи!

И плачущий мальчуган понемножку замолкал, начинал внимательно прислушиваться к приговорам сестры и таращил на нее глазенки.

— А еще у кого "боли"? — лепетал Степа, с интересом следя за сестрой и сморгивая с ресниц последние капли слез.

— У кошки боли, у Жучки боли... — продолжала Лиза, иногда, если мальчик сильно ушибся, перебирая почти всех известных ей птиц и животных.

Тут уж Степа окончательно затихал и, размазав ручонкой слезы по своим грязным щекам, снова, как ни в чем не бывало, принимался за игру, по-видимому, вполне успокоенный тем, что у него заживет, а будет болеть у вороны, у галки, у волка, у зайца...

Когда Марья, усталая, возвратившись с работы, приляжет, бывало, на постель, Лизутка, по ее поручению, бежит в лавку то за тем, то за другим. А то она примется носить дрова для утренней топки, — обхватит ручонками сырое, тяжелое полено, прижмет к груди и тащит его из сеней, а сама раскраснеется, запыхается. Лиза не могла унести зараз больше одного полена, а нужно было натаскать их, по крайней мере, десятка два; поэтому ношенье дров происходило довольно долго. Потом еще следовало сырые дрова уложить рядком на неостывшую плиту для того, чтобы они к утру немного пообсохли.

Устанет, бывало, измучится Лизутка, но это не беда...

Смотрит она на ряды поленьев и с удовольствием думает о том, как завтра утром, когда на дворе будет еще совсем темно, а в подвале у них станет так холодно, эти дрова весело загорятся под плитой, затрещат, и мерцающим, красноватым светом озарятся серые своды их низкого подвального потолка. Тогда Лиза прямо с постели подбежит к устью плиты и с наслаждением станет греться у веселого огонька, сыплющего искры и слегка обдающего дымом...

II

Степан Иванович Лебедев и его вечерние беседы с "баушками"

Степе едва лишь минуло три года. Он слегка пришепетывал и некоторые слова выговаривал еще так неправильно, что только мать с сестрой, да "угловые" старухи могли вполне понимать его речь. Он так же, как Лиза, походил на мать; только его волосы и глаза были потемнее, и вообще он был посмуглее сестры.

Ему жилось веселее сестры. Лиза уже разглядела в жизни немало горького, немало такого, что перед глазами Степы проходило еще совсем бесследно. Лиза уже знала, что мать работает иногда через силу, что, возвращаясь домой, мать иной раз чуть не падает от усталости, — и маленькое сердечко ее сокрушалось: ей жаль было маму.

Лиза знала, что из лавки даром ничего не дают — даже протухлой печенки для их Мурысьи; что за все нужно деньги платить, а деньги нужно зарабатывать, и достаются они с большим трудом. Она уже знала, что, если у них не будет денег, то не будет ни хлеба, ни чаю, ни дров и даже с квартиры — из этого темного, неприглядного подвала — хозяин выгонит их на улицу, хотя бы то случилось в зимнюю стужу.

А у Степы еще не было этих понятий о нужде, о деньгах, о работе, хотя и он иногда горько плакал, когда, бывало, вечером не хватало хлеба и ему приходилось голодному ложиться спать... Степа был мальчик бойкий, живой и служил немалой утехой для подвальных жильцов. Когда Степу, например, спрашивали: — как его зовут? — он с расстановкой, отчеканивая каждый слог, говорил:

— Я — Степан Иваныч Лебедев!

Он стоял, заложив руки за спину и расставив ножонки, и говорил с таким серьезным, внушительным видом, что даже ворчливая Максимовна усмехалась, глядя на него. Иногда та же Максимовна нарочно замечала ему, что он — не Степан Иваныч, а просто "Степка", и тогда мальчуган еще громче выкрикивал на весь подвал, что он именно — "Степан Иваныч Лебедев". Мальчик был очень любознателен и разговорчив и своими расспросами иногда надоедал взрослым, в особенности селедочнице Максимовне.

Однажды в сумерки, когда Максимовна только что

возвратилась из своих странствований и собиралась отдохнуть, Степа приступил к ней с разговорами.

— Баушка! Где селедки живут? — спросил он.

— Известно, где... в воде живут, в море! — ответила старуха.

— А отчего они в воде живут? — продолжал Степа.

— Потому, что на земле им никак неспособно жить... на земле они задохнутся!

— Отчего? — с изумлением спросил Степа, вытаращив глазенки.

— А оттого! — пояснила Максимовна, уже начиная сердиться. — Отступись, Степка!

— А кто их, баушка, в море-то напустил? — немного погодя, опять заговорил Степа.

— Бог напустил... Кто ж больше! — проворчала Максимовна.

— А для чего Он напустил их туда? — допрашивал мальчуган.

— Для того, значит, чтобы люди их ели... Да чего ты, в самом деле, пристал? Сказано тебе: отступись!.. — окрысилась на него старуха.

— А что, баушка, селедки-то делают там... в море? — как ни в чем не бывало, продолжал Степа.

— Уйди! Сказано — уйди! — шипела на него Максимовна.

— Скажи, баушка, что они там делают? — ласково упрашивал ее Степа.

— Ну, плавают, значит, играют — тихим манером, либо заберутся между камушками и спят, а не шалят, не балуют, как ты, озорник... — сердито проговорила старуха. — Отвяжись, Степка! Убирайся!

И Степа отправлялся в свой угол или к Дмитриевне. А эта старуха никогда была не прочь покалякать и мальчика от себя не гнала. Иногда между Дмитриевной и Степой происходили очень долгие и любовные разговоры.

— Баушка! Где растут яблоки? — спрашивал Степа.

— В саду, голубчик, растут... — отвечала Дмитриевна.

— А где же этот сад? Далеко? — продолжал мальчуган, пытливо взглядывая на старуху.

— О-о! Этот сад далеко-далеко отсюда... — говорила та, гладя Степу по голове и с тихой, задумчивой улыбкой смотря в темный угол, словно там мерещилась ей какая-нибудь заманчивая картина.

— Расскажи, баушка, про тот сад... как яблочки-то родятся! — упрашивал ее Степа. — Ты ведь знаешь... видала, как яблочки-то растут?

— Как, батюшка, не видать! Видала... Сама я с той стороны! — отвечала Дмитриевна. — Сама, голубчик, под яблонями выросла... Насмотрелась!.. Так вот, родной, как весна-то придет, как станет солнышко-то пригревать, в саду-то и сделается тепло, и распустятся тогда на яблонях белые и розовые цветочки... А-ах! сколько цветочков!.. Даже листу из-за них не видать... Вот ведь как! Все цветы, — и пахнут так сладко, так чудесно, что просто и сказать нельзя... А потом, знаешь, из каждого цветочка сделается яблочко — сначала зеленое и такое маленькое-маленькое... Ну, а потом будет все расти-расти, станет желтеть, зарумянится... Сделаются тогда яблоки большие, да тяжелые, так ветку-то и огнетут. Иные от ветра на землю падают... Ну, а ребятишки, известно, подбирают их да — в рот... Ребятишкам в ту пору бывает пожива большая! Тогда они уж не зевают... и всю-то осень, целые дни, с утра до вечера, яблоками забавляются...

— А сад-то, баушка, большой? Яблоков-то много? — спросил Степа.

Щеки его разгорелись, и темные глазки блестели от волнения при мысли, какое хорошее житье ребятишкам в том саду...

— Сад большой-большой, и яблоков видимо-невидимо! — прищурившись, говорила старуха и с таким величественным видом размахивала рукой, что мальчуган невольно засмотрелся на ее жесткую, морщинистую руку. — Да какие яблоки-то, Степушка! Ты таких еще от роду не видывал... Вон я ношу на продажу, — так разве это яблоки?.. Только одно названье, что яблоки: то незрелые, то гнилые, порченые, то мороженые... просто дрянь! В нашей-то стороне таких яблоков и свинья не станет есть, — ткнет рылом, хрюкнет, да и прочь пойдет...

Старуха замолкла и, сгорбившись, грустно поникла головой. А Степа той порой уже забрался к Дмитриевне на постель и, обеими ручонками обхватив старушку за руку, припал головой к ее плечу.

— Баушка, миленькая! Расскажи еще что-нибудь о том саде! — умильно упрашивал ее Степа.

— Вот тоже вишенье... Сколько было этих вишень! И-их!.. Вкусные, сладкие были вишни... Нарвешь их, бывало, целые пригоршни и ешь! — рассеянно промолвила Дмитриевна с таким видом, как будто мысли ее были где-то далеко от этого темного, мрачного подвала...

Дмитриевна уже более сорока лет жила в том "большом городе", мыкаясь по "углам". Родом она была издалека, с теплого юга, и разговоры о яблонях и вишенье напомнили ей родную сторону, напомнили детство и раннюю молодость.

Ночь... Марья с детками уже спит за своей занавеской; спит и Максимовна в своем углу... Темно в подвале. Только красноватый свет фонаря, стоящего в глубине двора, смутно мерцает в окно.

А Дмитриевна не спит, только подремывает...

И чудится старухе, что серые каменные своды потолка, тяжело нависшего впотьмах над ее головой, как будто поднимаются все выше и выше, раздвигаются, исчезают; исчезает грязный, сырой подвал... и перед нею уже не темный подвальный "угол", но зеленый, цветущий луг, простор необъятный, синяя даль... Над нею уже не закопченные, низкие своды, но голубое, безоблачное небо, и не подвальной сыростью обдает ее, — теплом обвевает ее ветер с полудня, ласкает и нежит ее... Белые мазанки блестят на солнце, отливают золотом их соломенные крыши, и зеленые вишневые садочки тихо дремлют под горячими лучами полуденного солнца. А там, подальше, старые, корявые ветлы склонили над прудом свои гибкие, бледно-зеленые ветви... А еще дальше, за полями, крест сельской церкви горит и сверкает, как звездочка, в ясном небе...

Старуха раскрывает глаза...

Ночь в подвале; темно в подвале... Красноватый свет фонаря брезжит в окно.

— О, Господи! Спаси и помилуй!.. — зевая, шепчет Дмитриевна, осеняя себя крестным знамением. — И чего только не пригрезится в сонном-то видении...

Ее отец и мать, братья и сестры уже давным-давно померли, никого из близких у нее не осталось на родной стороне; только могилы их травой зарастают... Живут там ее племянники, да племянницы, но Дмитриевна их не знает, да и те не знают ее. Хотелось бы ей побывать на родной стороне, глотнуть родного воздуха, зайти на могилки... Да нет! Где ж ей, старой, немощной, добраться до тех далеких могил!..

— Охо-хо! Как думушки-то расходятся, не скоро уймешь их, сердечных! — думает Дмитриевна, ворочаясь с боку на бок.

А Степа и не подозревал того, как он растревожил в тот вечер своими разговорами бедную старуху!

III

Свет и тени подвальной жизни

Иногда, бывало, Дмитриевна возвращалась домой, распродав с лотка почти весь свой товар, возвращалась веселою и не особенно усталая; тогда она рассказывала детям всякие сказочки и бывальщины. Лиза и Степа очень любили слушать ее...

Старуха обыкновенно сидела на своей постели и вязала чулок или перешивала какое-нибудь старое рванье, а Степа с Лизой усаживались у ее ног, на толстом деревянном обрубке, заменявшем скамейку; этот обрубок Лиза выпросила у дворника Леонтья, коловшего на нем дрова.

И много чудных сказок поведала им Дмитриевна в длинные зимние вечера.

Она рассказывала им об Иване Царевиче и об Иване Дурачке, о Коньке-Горбунке и Жар-Птице, о волке и лукавой лисице, о девушке, завезенной отцом в лес, по наущенью злой мачехи, о Ветре Ветровиче и его семи дочерях, живших в доме посреди сада, где ветер никогда не бушевал и в мертвом безмолвии, неподвижно стояли деревья...

Дети слушали, затаив дыхание, и с пристальным вниманием глядели на старуху.

Когда же сказка кончалась свадьбой или каким-нибудь веселым пиром, Дмитриевна обыкновенно заканчивала таким приговором:

— И я там была, пиво и мед пила, по усам текло, а в рот не попало...

Лиза понимала, что это просто — присказка, а Степа серьезно раздумывал о том: — Неужели баушка и в самом деле была там?

— Отчего же, баушка, меду тебе в рот не попало? — спрашивал он.

— Да уж, батюшка, такой мед там, что только, значит, по усам течет! — с усмешкой говорила старуха.

— Ну, баушка, расскажи еще! — приставала Лиза. И дело кончалось тем, что Марья, управившись со своей работой, говорила деткам:

— А что, ребята, — не пора ли спать!..

Жизнь в подвале вовсе не походила на ту, о какой говорилось в сказках: здесь не висели золотые яблоки, Жар-

Птица не летала, и никакой — даже самый плохенький — царевич не заглядывал сюда. Жизнь здесь шла тихо, однообразно, но и в ней бывали свои приключения...

Выпадало порой такое времечко, что которая-нибудь из старух плохо торговала, или у обеих товар с рук не шел, а у Марьи бывало меньше работы. Тогда в подвале жилось тоскливо. Начинали разглядывать последние копейки, как будто век не видали их, и со вздохом начинали рассчитывать: вот на столько-то копеек надо купить хлеба, соли, — и вот сколько еще останется на день — на два. А потом что? Откуда взять денег на еду?.. Тогда брови хмурились, опять слышался тяжелый вздох, или шепотом произносились тихие слова молитвы: "О, Господи, спаси и помилуй нас, грешных!" Тогда в подвале становилось как будто еще темнее, еще тише.

Только один Степа не боялся нужды, и, если не бывал голоден, только он один своим веселым лепетом нарушал тягостное молчание, разгонял скуку и тоску. Никакие опасения и тревоги не смущали его чистую младенческую душу.

В подвале часто подумывали о том: что-то будет через неделю? Будут ли деньги на еду? Не придется ли голодать? Если бы человек, живущий в достатке, не считающий ежеминутно денег в кармане, вдруг разорился, обеднел и очутился в положении наших подвальных жильцов, то он, конечно, стал бы страшно тяготиться мыслью о завтрашнем дне, его нестерпимо мучила бы неуверенность в том, хватит ли у него завтра денег хотя бы на самый скромный, скудный обед, и не было бы для него ни минуты покоя... Подвальные жильцы уже привыкли к такой неуверенности, попривыкли к мысли о том, что завтра у них может не оказаться денег на хлеб, и они спокойно спят...

Так матросы, привыкшие к морю, иногда во время бури-непогоды спят спокойно, как ни в чем не бывало, в ту пору, когда волны, как горы, вздымаются над кораблем, бросая его из стороны в сторону, как ореховую скорлупу, и грозя затопить его... Если бы вы, читатели, в такую бурю очутились на корабле, в открытом море, то вероятно вы каждую минуту умирали бы со страху и прощались бы с белым светом, а матросы, люди привычные, равнодушно смотрели бы на разверзающиеся перед ними бездны, кипящие во мраке...

Иногда из подвальных жильцов кто-нибудь простужался, заболевал; тогда в аптеке покупали сушеной малины, липового цвета или какого-нибудь спирту, чтобы растереть больное место.

Самыми же крупными происшествиями в жизни

подвальных обитателей считались, например, такие случаи. Однажды какой-то сердитый полицейский придрался к Дмитриевне, не позволил ей постоять с лотком на углу одной бойкой, людной улицы, прогнал, да еще посылал ей вслед самые ужасные угрозы.

— Что ты, что ты! — говорю я ему, — рассказывала потом Дмитриевна: — угомонись, говорю, Христос с тобой! Что ты, говорю, кавалер, взъелся на меня? Ведь я места не простою... А он все на меня, а усы так и ходят, как у таракана... Нечего делать, отошла... Вижу: осерчал человек... Да, признаться, я поустала, все утро бродила... ну, и присела на тумбочку у фонаря, а лоток на коленях держу. Оглянулась, смотрю, а лиходей-то мой уж тут, как тут... И напустился он на меня, и-и-и, страсти божеские!.. Тут уж я давай улепетывать... потому вижу, что дело мое плохо... А он-то мне кричит: "Я, говорит, тебя, старую, в участок, в нищенский комитет заключу, — я, говорит, тебя!.. Ты, говорит, у меня!.. И сердит же кавалер! Волк его нанюхай!..

После того несколько вечеров подряд шли в подвале толки о сердитом "кавалере", о том, как Дмитриевна удирала от него во все лопатки, а тот страшными угрозами провожал ее...

В другой раз как-то во время гололедицы Максимовна, торопясь обойти с селедками свой квартал, поскользнулась, упала и так сильно зашибла ногу, что три недели не могла ходить.

— Подвертываться стала... проклятая! — ворчала Максимовна на изменившую ей ногу. — Взять бы топор хороший, вострый, отрубить бы, да вот и все!..

С больной, ворчливой старухой было немало хлопот.

Особенно сильный переполох произвел однажды слух о том, что хозяин дома хочет отказать Марье Лебедевой от квартиры, потому что задумал устроить в подвале какие-то кладовые.

— Вот беда, ежели погонит! — почти с ужасом говорила Марья. — Куда мы тогда денемся? Квартиры нынче все дорогие, приступу нет, да где их и найдешь среди зимы! Каждый угол, поди, занят... А ежели какой и остался пустой, так уж, значит, совсем в нем жить нельзя; либо в нем холодно, либо весной воды по колено...

— Беда! Сущая беда! — толковали старухи. — Ну, храни Бог, куда мы в самом деле пойдем?..

Но, впрочем, слух не оправдался: хозяин раздумал и отложил до будущего года устройство кладовых.

— Ну, а там, глядишь, опять отложит на год... — успокоившись, говорила Марья.

Подвальные обыватели жили все-таки не в вечных сумерках: и для них выпадали светлые минуты. Такие большие праздники, как Рождество, Пасха, Троицын день, были событиями в подвальной жизни. В такие дни и ворчливая Максимовна казалась спокойнее, добрее, и не отгоняла от себя Степу. Но такие проблески душевного спокойствия и довольства были очень редки.

Вот куда — в эти темные подвалы, где ютится беднота, люди с добрым сердцем могут принести немало света и радости и осчастливить себя, если только они искренно захотят поделиться со своим обездоленным ближним всем, что у них есть в душе и в кошельке... не милостыню, не подачку бросить, но именно поделиться, как должно, сделать для бедняков все, что в их силах...

IV

О том, как Лизутка заслушалась музыки, и что оттого произошло

В тот год, о котором я теперь веду речь, зима была суровая, — жестокая.

В начале декабря выпало много снегу, а с половины декабря закрутили сильные морозы. Бывали такие дни, когда птички не могли перенести стужи, и с деревьев и с крыш, а то, бывало, и налету бедняжки падали мертвыми. Они замерзали... Для бедного люда эта зима осталась очень памятна. По ночам на улицах горели костры, и извозчики грелись у огня.

— Ну, зима нынче — не "сиротская"! — толковали добрые люди. — Зима лютая... много она нынче дров сожжет!

Наши "угловые" старухи возвращались домой иззябшие, и было слышно, как зубы их стучали от холода. Прежде, чем раздеться, они старались отогреться хоть сколько-нибудь, бегали по подвалу взад и вперед, топтались на месте или подходили к горячей плите и протягивали над ней свои закоченевшие руки.

— Ну, и мороз! Ах, чтоб его! — ворчала Максимовна.

— Ой, студено, студено, голубка! — поддакивала

Дмитриевна. — Тебе-то на ходу еще ничего... А мне-то каково на углу стоять! Как ветер-то дунет, так лицо-то, ровно иголками, заколет...

Перед святками полегчало, морозы поспали, и хотя стали не так жестоки, но все-таки еще шибко пощипывали прохожим нос и уши.

Однажды утром, уходя на работу, Марья сказала Лизутке, чтобы та сходила в лавку к Ивану Семенычу и взяла у него каравай хлеба.

Когда Марья бывала при деньгах, то всегда покупала по целому хлебу: целого хлеба им хватало надолго; хлеб черствел, а черствый хлеб оказывался спорее мягкого, хотя, конечно, был не так вкусен, а остатки хлеба сушили и пускали в дело в виде сухарей.

— Деньги-то я сама занесу Ивану Семенычу, а ты только за хлебом сходи! — наказывала мать Лизе. — Я раньше вечера не приду, а Степка, может быть, есть захочет... У нас ведь ни корочки не осталось...

— Ладно! Ужо схожу! — сказала Лизутка. — Вот только поприберусь...

Дмитриевне в тот день что-то нездоровилось, и она не пошла "торговать". Значит, Степу было с кем оставить дома.

Управившись "по хозяйству", Лиза собралась идти в лавку. Она надела свою старенькую, темную кацавейку с заплатами на локтях, а голову накрыла серым мамкиным платком и большим узлом завязала его на затылке. На груди кацавейка расходилась, рукава были коротки и не доходили до кисти рук. Кацавейка была ей не впору; Лиза уже выросла после того, как ей сшили эту кацавейку, а завести новую у матери денег не хватало.

— Смотри же, Степа! Не балуй! — сказала она брату на прощанье.

Когда девочка пришла в лавку, хозяин, Иван Семенович, выложил перед нею на прилавок каравай хлеба и сказал:

— На, бери, Лизутка! Деньги заплачены.

Лизе пришлось подняться на цыпочки, чтобы взять хлеб. Обеими ручонками она обхватила каравай и, крепко прижав его к груди, пошла из лавки. Знакомый ей мальчик Яшка, служивший в лавке на побегушках, размахнул перед нею дверь и шутливо-торжественным тоном крикнул:

— Пожалуйте, барышня!

"Барышня" выкатила на улицу с караваем в руках и вдруг остановилась как вкопанная. По улице рядами, дружно, нога в ногу, шли солдаты, масса солдат!.. и пешие, и конные, и пушки

176

везли, и музыка так громко, так весело играла, что под ее звуки ноги сами были готовы пуститься в пляс. Громыханье пушек по мостовой, грохот барабанов, ружья, поблескивавшие на солнце, разноцветные значки на высоких древках, развевавшиеся в воздухе, красиво выступавшие лошади, — и вообще вся эта пестрая, оживленная картина сильно поразила Лизу. Мальчишки вприпрыжку бежали за солдатами по краям улицы...

Подвальные дети не знают никаких удовольствий и развлечений: нет у них игрушек, нет для них ни театра, ни цирка, ни выставок, ни балов, ни лотерей-аллегри, музыки они не слышат, за исключением тех случаев, когда подгулявшему мастеровому вздумается на улице поиграть на своей гармонии, да и то, того гляди, полицейский заслышит и разом прекратит музыку.

Немудрено, если теперь эта громкая и веселая военная музыка заставила Лизу забыть и про хлеб, лежавший у нее на руках, и про мороз, и про Степу, оставшегося в подвале, и про все на свете... И девочка, заслушавшись музыки, поворотила не домой, но пошла в ту же сторону, куда направлялись солдаты. Звуки музыки просто очаровали ее и влекли, влекли ее неотступно все вперед и вперед, и девочка покорно шла за ними. Она не чувствовала, как ее толкают прохожие, как резкий северо-восточный ветер раздувает полы ее жалкой кацавеечки, режет ей лицо, знобит и прохватывает ее до костей.

— Ах, какая славная музыка! Ах, как хорошо! Как весело! — думала про себя Лиза, обнимая каравай своими красными, голыми ручонками.

Солдаты шли довольно скоро, и девочке приходилось почти бежать бегом. Солдаты завернули в один переулок, потом в другой, и Лиза за ними... Наконец, она начала отставать, солдаты уходили все дальше и дальше, и музыки стало уже не слышно...

Лиза опомнилась, остановилась и стала оглядываться по сторонам... Где ж она?.. Дома перед нею все незнакомые. В этом переулке она еще никогда не бывала... Куда ж она зашла? Далеко ли отсюда до их дома? Переулок пересекал не одну улицу, — в которой же из этих улиц тот подвал, где живет Лиза? Девочка испуганно, с недоумением озиралась по сторонам. Конечно, свою Воздвиженскую улицу она отлично знает, но — вот беда! — как ей выбраться из этих переулков? Нужно пойти назад по переулку, а далее-то куда? — Увлекшись музыкой, она не замечала дороги...

По переулку ехали и шли люди всякого рода, шли

торопливо, занятые каждый своим делом, и никто из них не обращал внимания на маленькую девочку, державшую в своих объятиях большой каравай хлеба. Лиза устала и медленно, с неуверенностью подвигалась вперед. Она чувствовала, что озябла, и особенно зазябли ее голые руки, обхватывавшие хлеб. Напрасно она сжимала то одну, то другую ручонку. Хлеб мешал ей... Да, впрочем, если бы и не было хлеба, — все равно рукава кацавейки были так узки и коротки, что даже и пальцев нельзя было бы в них запихать.

Мороз все пуще и пуще щипал ей руки и лицо... Пройдя два переулка, Лиза остановилась на углу и стала опять усиленно озираться по сторонам — в надежде увидать знакомый дом или какую-нибудь знакомую вывеску. Ничего нет похожего на их Воздвиженскую улицу!.. Лиза просто пришла в отчаяние. Ее голым ручонкам стало так больно, так стало колоть концы пальцев, что Лиза не выдержала и горько заплакала. А большой, тяжелый хлеб, казалось, еще более отяжелел и едва не падал у нее из рук.

Наконец, некоторые более жалостливые прохожие обратили внимание на страдальческое выражение лица маленькой плачущей девочки, и скоро небольшая толпа собралась вокруг Лизутки.

— Чего тебе? О чем ревешь? — спросил ее какой-то бородатый мужчина в белом переднике и с корзиной на голове.

— Заблудилась, что ли? Дорогу домой не найдешь? — обратился к ней мастеровой. — Или потеряла что-нибудь? А?

— Девочка? Где ты живешь-то? — спрашивали ее из толпы.

— В подвале... в подвале!.. — сквозь слезы бормотала Лиза.

— Ну, так плачешь-то о чем же? — приступала к ней кухарка, тащившаяся домой с провизией.

— Ой, ручки!.. Ой, ручки — больно! — всхлипывая, дрожащим голосом вскрикнула Лиза.

Тут в толпе поднялись толки и рассуждения.

— Руки, вишь, познобила...

— Как не познобить! Такой мороз...

— Вон, пальцы-то белеют... Гляди, чтоб совсем не отморозила!

— Ну, полно врать!

— Да недолго, брат... Ребенок глуп!

— И диво! Как это такую маленькую девчоночку одну отпускают!

— А ты бы ей губернатку-французинку наняла!

— С вами не говорят, так вы молчите! Вот что!..

— Что тут народ-то? Задавили кого-нибудь, что ли?

— Не толкайся! Чего лезешь?..

— Отвести бы ее надо домой!

— Веди, коли время есть!..

— Разве городового позвать?

— Городово-о-о-ой!..

Городового поблизости не случилось, а толпа, между тем, понемногу увеличивалась, и зрители, стоявшие в задних рядах, видевшие Лизу лишь мельком и не знавшие в точности, в чем дело, пустились уже в совершенно превратные толкования:

— Да что тут такое? Для чего городового-то кликали?

— Девочку изловили.

— Э-э-э! А что она?.. что-нибудь украла?

— Да вон, никак, целый хлеб стащила где-то...

— Вот так-так! Ловко!

— О, Господи Боже! С этих-то лет в воровство пустилась...

— Ведь, поди-ка, не одна была...

— Я вот сейчас мальчишку встретила... бежит со всех ног и веревкой машет...

— А куда он бежал-то?

— Прямо, голубчики, к Пушному Ряду...

— Уж не иначе, как он с ней был!

— Ну, уж и народ нынче! И ребята-то, гляди-ка... Ай-ай-ай!

— А ты как бы, бабушка, думала?..

В то время, когда шли эти толки, суды да пересуды, а Лизутка с умоляющим, растерянным видом смотрела на собравшихся вокруг нее незнакомых людей, сквозь толпу не без труда протискался какой-то мальчик лет десяти или одиннадцати, по-видимому, из достаточной семьи, одетый весьма прилично. На нем было теплое пальто с черным мерлушечьим воротником, мерлушечья шапка и теплые перчатки на меху. Личико, дышащее здоровьем, пухлые, румяные щеки, еще пуще разгоревшиеся на морозе, веселые и блестящие карие глаза, — одним словом, вся наружность обличала в нем мальчугана, живущего без забот и без печали.

Он перебежал с противоположной стороны улицы и пробрался через толпу просто из праздного любопытства, из желания узнать, что такое случилось? не извощик ли кого-нибудь с ног сшиб? или не изловили ли вора?.. Но тут, при виде девочки, дрожащей от холода, его веселое, оживленное настроение улетучилось, и карие глазки его омрачились. Он увидел заплаканное личико, посиневшее от холода, увидел слезы, застывшие на ресницах, увидел красные, почти закоченевшие ручонки, — и ему стало жаль, невыразимо жаль

179

эту маленькую девочку. Ему хорошо: он одет тепло — на нем пальто, перчатки... А эта бедная малютка мерзнет...

— Ой, ручки... ой, ручки... больно! — дрожащим голосом шептала Лиза той порой, не зная, что делать, и переминаясь с ноги на ногу.

Вдруг мальчику пришла в голову блестящая мысль.

— Дай мне хлеб, я понесу его... А ты иди за мной! — сказал он девочке.

Лиза поглядела на него, одно мгновенье колебалась, не решаясь отдать ему хлеб, опасаясь, как бы он не убежал с ее караваем, — но, увидав, что мальчик вовсе не похож на тех уличных сорванцов, от которых ей не раз доставалось, Лиза успокоилась, отдала ему хлеб и пошла за ним.

Толпа мало-помалу стала расходиться...

V

У Лизутки — рукавички

Мальчик повел Лизу через улицу прямо к торговке, стоявшей с лотком на противоположном углу. На лотке грудой лежали разноцветные шерстяные шарфы, шерстяные чулки, туфли, рукавицы, теплые перчатки, пояса и всякая мелочь.

— Нужны небольшие рукавички! — сказал мальчик, подойдя к лотку. — Вот для этой девочки!..

И он указал на Лизу.

— Что ж, выбирайте, барин, любые! — предложила торговка. — Потеплее нужно?

— Конечно, потеплее... потолще! — ответил мальчик, с видом знатока посматривая на разложенный товар.

Лиза уже не плакала; с изумлением и с большим интересом поглядывала она то на мальчика, то на торговку, то на груду весьма заманчивых, разноцветных шерстяных вещей, лежавших на лотке... Стали примерять Лизе рукавички — пару за парой, и, наконец, выбрали очень хорошенькие, теплые варежки. Лиза уже напялила варежки, и ручонки ее стали понемногу отогреваться.

— Что стоит? — спросил мальчик.

— 20 копеек, баринок! Меньше уж никак нельзя... Товар у

меня, сами видите, все хороший! — мягким, вкрадчивым тоном промолвила торговка.

— Гм! Ну, что ж... — промычал мальчик, вытаскивая из бокового кармана портмонэ с таким видом, как будто у него денег куры не клюют.

Да и действительно, в то утро у него в портмонэ была довольно "крупная" сумма денег — 55 копеек... Лиза и торговка почтительно посматривали на маленького богача.

В ту минуту на глаза мальчику попались шерстяные чулки, и он опять зажал портмонэ в руке.

— У вас тут все большие чулки... А нет ли маленьких? На ее ногу?.. — спросил он торговку, кивнув головой на Лизу.

— Есть, есть... Как не быть! Есть на всякую ногу... Чулки у нас на весь свет запасены... — затараторила та, очень довольная покупателем за то, что он поступает "по благородному": берет вещи, не торгуясь, и даст бедной бабе нажить лишний грош.

Эта женщина так же, как и все ее товарки, очень дорожила такими "благородными" покупателями. Мигом вытащила она из-под груды своего товара маленькие детские чулки из черной шерсти.

— Чулочки — первый сорт! И барышне не стыдно надеть... уж останетесь довольны!.. Уж одно слово — заграничные, из кашмирской шерсти... — сочиняла торговка, ни мало не смущаясь и помахивая перед покупателем чулками.

— Что стоят? — осведомился мальчик.

— 45 копеек... Дешево, ну, да уж... — проговорила торговка и стала проворно свертывать чулки.

— Гм! — промычал мальчик, но уж другим тоном, не так уверенно, как в первый раз; открыл портмонэ, порылся в нем и сконфуженно вытащил оттуда три небольшие серебряные монеты.

Торговка уже начинала несколько подозрительно посматривать на своего "благородного" покупателя и подумывала о том: "Не с грошом ли паренек на базар вышел?.. Или еще хуже: не жулик ли какой-нибудь навязался? Всякие шатаются... по одеже ведь не узнаешь!"

— Вам за все следует 65 копеек?.. — сказал мальчик.

— Да! Так точно... — с расстановкой проговорила торговка, невесело посматривая на своих покупателей и придерживая чулки: — "Потому, неровен час — еще на какого наскочишь! Пожалуй, отдай им, а они стрекача зададут... Лови ветер в поле!.." — Эти — 45 копеек, да двугривенный за варежки... — промолвила она.

— Как же быть? А у меня только 55 копеек... — уже окончательно смутившись, проговорил мальчуган.

Тут было Лиза явилась ему на выручку.

— Да чулок-то мне и не надо... у меня еще старые хороши... — начала она, но торговка с живостью перебила ее...

— Ну, да Бог с вами! Давай уж... Гривенник уступлю... Бери чулки-то! — великодушно воскликнула она, сунув в руки девочке чулки.

Мальчик, видимо, был очень рад такому благоприятному исходу дела, поблагодарил торговку за сделанную ему уступку и пошел с Лизой далее.

— Ну, девочка, где же ты живешь? Я бы проводил тебя... — заговорил он. — Ты живешь на какой улице?

— На Воздвиженской! — ответила Лиза, любуясь на свои рукавички.

— А в чьем доме? — продолжал мальчик.

— В нашем доме — лавка Ивана Семеныча, а против нас — часовой мастер... — объясняла Лиза.

Скоро наши путники очутились на Воздвиженской улице и пошли в ту сторону, где по предположению Лизы, находилась мелочная лавочка Ивана Семеновича, а против нее был часовой магазин. Пока они шли по Воздвиженской улице, Лиза уже успела узнать, что мальчика зовут Павликом, и успела сама рассказать ему, что мать ее занимается стиркой, что у нее, у Лизы, есть маленький брат Степа, что Дмитриевна сегодня не пошла торговать своими пряниками и леденцами, сидит дома, и Степа с ней...

— Ах, вот и чайный магазин! — вскричала Лиза, увидав знакомую вывеску. — Ну, теперь недалеко и наш дом...

— Какой номер вашей квартиры? — спросил Лизу ее спутник.

— Мы живем без номера, в подвале... — ответила та. — Только старший дворник Кирилл нынче грозился, что и нам номер дадут...

— Грозился? — с недоумением переспросил Павлик, смотря на Лизу. — Да что же тут худого, если у вашей квартиры будет номер?

— А как же! Мама говорит, что это уж не даром... не к добру... — сказала Лиза. — Уж если номер дадут, значит, на квартиру набавят... А мы и то пять целковых за квартиру платим.

— Пять целковых? — повторил мальчик, удивившись, что есть на свете такие дешевые квартиры: его отец платил за квартиру 75 рублей в месяц, то есть в один месяц переплачивал больше, чем эти бедняки во весь год.

— Да право же, пять целковых! — с азартом воскликнула девочка, думая, что барчонок не верит тому, что они так баснословно дорого платят за квартиру: подвал рядом с ними ходил за три рубля. — Ведь не все мама платит, — старухи наши за углы платят три рубля...

Затем последовал краткий рассказ о Дмитриевне и Максимовне.

— Ну, вот и наш дом... вот и лавка! — весело вскричала Лиза и приостановилась было в воротах, чтобы взять от Павлика хлеб и сказать ему спасибо, но Павлик объявил ей, что сам донесет хлеб: барчонку очень хотелось заглянуть в их пятирублевое трущобное жилище.

— Что ж, пойдем! — сказала девочка. — Погреешься... Дмитревна, поди, уж плиту затопила... Зазяб ведь тоже, небось!

И Лиза участливо посмотрела на своего доброго спутника.

Они миновали двор, потом попали в какой-то закоулок, где помойные ямы обдали их такими ароматами, что барчонок с непривычки даже зажал себе нос, и, наконец, подошли они к грязной, темной лестнице, спускавшейся вниз — словно в преисподнюю.

— Да это что ж?.. Подземелье? — спросил Павлик, стоя на верхней ступени и напрасно всматриваясь в глубину зиявшей перед ним ямы.

После яркого дневного света, действительно, было трудно разобрать, — длинна ли была эта лестница и куда она вела...

— Какое "подземелье"!.. Это — ход в наш подвала — сказала Лиза. — Да ты, барин, иди, не бойся! Дай мне руку!

Лиза взяла его за руку и помогла ему спуститься с лестницы.

— Вот тут, в проходе-то, у нас темно... да ничего... только держись правее, — ободряла она Павлика. — Тут, видишь, у нас дрова навалены... Да вон кадка стоит.

Барчонок решительно не мог ничего рассмотреть толком, шел ощупью и все удивлялся тому, какие бывают странные ходы в квартиру. У них лестница светлая, покрыта ковром, на площадках в углу стулья стоят, внизу, около швейцарской, железная печка стоит, и на лестнице всегда тепло; вечером она ярко освещена газом...

Наконец, Лиза растворила дверь в подвал, и барчонок, следуя за ней по пятам, попал из мрака в какой-то тусклый полусвет. Лиза взяла у него хлеб и положила его на стол.

Прежде всего в этой "преисподней" Павлик разглядел

огонь, горевший под плитой, потом увидал маленького мальчугана, босого, сидевшего на корточках перед огнем, и старуху, как ему показалось, одетую в какие-то лохмотья и копошившуюся над чем-то в углу. Оконце, — почти сплошь разрисованное ледяными узорами; вместо потолка — серые, обслизлые своды; щелеватый пол; по углам грязные занавески, стол, скамейка, табурет; холодный, сыроватый воздух, клубы пара над котелком, стоявшим на плите, запах кислой капусты, луку и сильный, едкий запах дыма, вырывавшегося порой из-под плиты, — вот что барчонок нашел в подвале.

— Где ты, баловница, столько времени пропадала? — ласково заговорила старуха, обращаясь к Лизе. — Я уж думала, не извозчик ли тебя с ног сшиб... Все я передумала, отчаянная ты этакая!.. А это кого еще привела?

И старуха мотнула головой на барчонка.

— Погоди, баушка, все расскажу... А вот это-то что? А это что? — приговаривала Лиза, с торжествующим видом помахивая чулками и варежками перед глазами старухи. — Видела? А?

— Это откуда же, Лизутка? — не без удивления спросила Дмитриевна.

Лиза той порой очистила на скамейке местечко и предложила барчонку сесть.

— Ах, баушка! Какую музыку я слышала... ай-ай-ай! Трах-трах, бум-бум! — в восторге болтала Лиза, как будто уже позабыв о недавно перенесенных злоключениях.

Отрывочно, сбивчиво, перескакивая с одного на другое, начиная и не договаривая, с различными отступлениями и восклицаниями, Лиза поведала "баушке" о том, как она бежала за солдатами, слушая музыку, как потом устала и руки ее зазябли "до смерти"; как она путалась в незнакомых переулках, плакала и не знала, куда идти; как вокруг нее собрался народ, стали ее расспрашивать, кто-то хотел позвать городового; как, наконец, добрый барчонок купил ей варежки и чулки "заграничные", "первый сорт", как он нес хлеб и вывел ее на Воздвиженскую улицу. Старуха слушала и, взглядывая на мальчика, только покачивала головой.

А Павлик между тем думал: "Господи! да как они тут живут?.. Темно, сыро, тесно... дым глаза выест!.." Вспомнил он свою комнату, чистенькую и светлую, вспомнил блестящие квартиры некоторых из их знакомых, и думы его полетели далее: "Но разве это хорошо? Разве это справедливо?.." И ему становилось все более и более жаль Лизу, ее маму и братишку, и старух, вынужденных жить в таких ужасных трущобах.

— Тебя зовут Степой? — вполголоса спросил он мальчугана, гревшегося у скудного огонька.

— Нет! Меня зовут — Степан Иваныч Лебедев! — отрывисто и самым серьезным тоном возразил ему тот.

Барчонок при этом не мог удержаться от улыбки.

Лицо Степы, озаренное красноватым светом очага, резко выступало из окружавшего его полусумрака и казалось живым портретом на темном фоне. У ног его лежала кошка — белая, с серыми пятнами, лежала, тихо мурлыча и подобрав под себя лапки: в этот зимний, морозный день она, по-видимому, также находила приятным погреться у огня.

— Не хочешь ли с нами пообедать? У нас сегодня щи из кислой капусты со снятками... вку-у-усные! — сказала Лиза, прищурившись, с таким видом, как будто и в самом деле в перспективе ей представлялось очень лакомое, заманчивое кушанье.

— Нет! Я сыт... А что у вас еще на обед? — промолвил Павлик.

Лизутка с удивлением посмотрела на него.

— Больше ничего... А то что ж еще надо? — ответила она.

Павлик в свою очередь с изумлением поглядел на Лизу: у них за обедом обыкновенно бывает три кушанья, а по праздникам даже и четыре, и пирожное обязательно.

— Вы все здесь, в одной комнате и живете? — спросил он.

— Да много ли же нас... пять человек! В таких-то больших подвалах по десяти человек живут... — сказала Лиза.

Павлик вздохнул и поднялся со скамьи, собираясь уходить.

— Ну, спасибо, баринок! Спасибо, голубчик! — заговорила старуха, ласково взглядывая на мальчика. — Спасибо, что привел эту баловницу... И хлеб сам нес... Да еще и варежки ей купил и чулки... Ну, уж, Лизутка, и счастливая же ты!..

— Совсем не за что благодарить!.. Что ж тут такого... — смутившись, отозвался Павлик.

Лиза ничего не сказала ему, но выразила ему по своему благодарность. Она подошла к Павлику, крепко обхватила ему руку около локтя и припала головой к рукаву его пальто: так она обыкновенно ласкалась к матери.

— Прощайте, бабушка! Прощай, Лиза... — говорил барчонок, подвигаясь к двери. — Прощай...

Он было запнулся, но затем с самым серьезным видом, протянув руку Степе, сказал:

— Прощайте, Степан Иваныч!

А тот, продолжая сидеть на корточках, важно пожал ему руку и пролепетал:

— Прощайте! Заходите к нам в другой раз!

На пороге барчонок приостановился и сказал Лизе:

— Да! Я к вам еще приду... непременно!

Теперь в темном проходе, между кадкой и дровами, он легко нашел дорогу: в подвале глаза его уже привыкли к полусвету...

VI

В которой все хорошо кончается

На возвратном пути домой Павлик все думал о том, что он видел в подвале, и тогда же решился помочь Лизе. Все деньги, какие мама дарит ему на картины и на игрушки, и те, что дарит ему отец в день рождения, в именины, на Пасхе и на святках, — он будет отдавать Лизе и ее матери. Он все расскажет отцу, будет просить маму, а уж добьется того, что Лиза с матерью и с братом и с этими бедными старухами оставит темный, сырой подвал и устроится в небольшой, но светлой и теплой квартире. Им всем нужно хорошенько одеться. Лиза станет ходить в училище, и Степа также, — когда вырастет...

Павлик помнит, как он учил заповедь: "Люби ближнего, как самого себя!" И мама объясняла ему:

— Это, значит, голубчик: не желай ближнему того, чего сам себе не желаешь, искренно не можешь пожелать...

Павлик не желал бы зимой ходить с голыми руками, в плохеньком, дырявом пальто, не желал бы жить в темном, смрадном подвале, — значит, он должен желать, чтобы и другие не жили так же бедно и жалко... Значит...

Но в ту минуту, как Павлик уже подходил к своей квартире, уже поднимался по лестнице, вдруг одна мысль так сильно поразила его, что он на мгновенье даже приостановился и, опершись одной рукой на перила, с недоумением посмотрел на знакомую дверь, обитую зеленым сукном... Как же он теперь явится к сестре с пустыми руками? Сестра его спросит: "Где же ангел?.." А ангела нет... Вот так штука!

Дело в том, что несколько дней тому назад он со своей сестренкой Катей оглядел в окне одного магазина канцелярских принадлежностей прехорошенького ангела из папье-маше, изящно раскрашенного и вершков восьми ростом, если еще не выше. У этого ангела были великолепные белокурые волосы, глаза голубые-голубые, щеки розовые, одеянье такое блестящее, с золотистыми звездочками и серебристые крылья. Ну, просто прелесть, что за ангел!.. Стоил он дорогонько: сначала запросили за него 70 копеек, уступили за 55.

И вот Павлик с Катей решили: как только наберется у них столько денег, сейчас же купить этого ангела с серебристыми крыльями. Катя пока им поиграет, полюбуется на него, а потом, на святках этим ангелом они украсят свою елку... Наконец, они накопили денег, и Катя попросила брата скорее идти и купить ангела.

— Ах, Павлик! Я боюсь, как бы кто-нибудь до нас не купил его! — говорила Катя, волнуясь, и даже щечки ее покрылись горячим румянцем от овладевшего ею нетерпения.

— Сходи поскорее! Купи... Да беги же скорее, Павлик! — торопила она брата: — Я бы и сама пошла с тобой, да мама не пускает меня сегодня... Этот противный насморк!

Теперь оказывается, ни 55 копеек, ни ангела — нет... Что же Павлик скажет сестре?

Он угадал. Катя выскочила в переднюю на его звонок, и ее первый вопрос был:

— А где же ангел?

— Нет ангела! — ответил ей брат.

— Уже купили? Ну, я так и знала... Прособирались! — плаксивым, недовольным тоном затянула Катя, надув губки. — А ты еще копался... Где ты был так долго?

Павел увел сестренку в свою комнату и там рассказал ей все свои приключения в это утро.

— Смотрю — толпа народа, — говорил он. — Ну, я туда, значит, пробился... Вижу — стоит на панели маленькая девочка, видно, что очень бедная, такая жалкая... Большой хлеб держит в руках, прижимает к груди, а руки у нее, знаешь, голые и уж совсем синие от мороза... Девочка стоит и плачет... Ну, мне стало жаль ее... Я взял ее и повел...

Затем последовал довольно подробный рассказ о том, как Павлик примерял девочке рукавички, как покупал ей чулки из "кашемирской" шерсти, как он проводил ее на Воздвиженскую улицу. Далее следовало яркое описание "подземелья", Лизы, "Степана Иваныча", бабушки и пестрой кошки...

Катя с живейшим интересом, молча, выслушала брата, и, когда брат кончил свой трогательный рассказ о посещении подвала и о своем намерении помочь беднякам, девочка с сосредоточенным видом приложила пальчик к губам, потом вздохнула и посмотрела на брата.

— Ну, что ж, Павлик! — подумав, сказала она, — нам, пожалуй, ангела и не нужно...